COLLECTION FOLIO

Maryse Condé

Histoire de la
femme cannibale

Mercure de France

Merci à Michel Rovélas de m'avoir prêté son titre.

Maryse Condé, née en Guadeloupe, partage aujourd'hui son temps, après de nombreuses années d'enseignement à Columbia University, entre son île natale et New York. Elle a publié plus d'une douzaine de romans, dont *Moi, Tituba sorcière…* et *Traversée de la Mangrove*.

Pour Richard

Supposez trente Anglais en tout et pour
tout, de par le monde. Qui les remar-
querait?

HENRI MICHAUX
Un barbare en Asie

1

Le Cap dormait toujours de la même façon, couché en chien de fusil. Après des heures de silence
funèbre, lourd comme la pelisse d'un dirigeant
soviétique d'autrefois, des moteurs se mettaient à
pétarader de tout partout, des engins à tonitruer.
Dans le lointain, pareilles aux glapissements des
cormorans, les sirènes des premiers ferries déchiraient les nuages de brume flottant ras sur la mer
au départ de Robben Island, ex-île-camp de
concentration métamorphosée en attraction touristique internationale. Puis les freins des autobus
bondés, convergeant de la misère des bas-fonds

11

vers la splendeur du centre, butaient aux mêmes arrêts. Les milliers de pieds mal chaussés des Noirs se hâtaient vers les emplois subalternes qu'ils n'avaient pas cessé d'occuper. Ces bruits étaient précédés des vroum-vroum de rondes d'hélicoptères trouant l'aube, les hélicoptères de la police aux yeux perçants débusquant les malfaiteurs de leurs trous à rats. Car la nuit du Cap débordait de toutes qualités de puanteurs et de pourritures. C'était un cauchemar dont la ville sortait exsangue, ses dalots charroyant la bile et la sanie, sa chevelure de néfliers et de pins maritimes raidie d'effroi.

Rosélie s'assit sur le lit que, depuis trois mois, elle occupait seule, roulée en position de fœtus, le nez collé contre la cloison parce que le vide derrière son dos la terrifiait. Est-ce que j'ai dormi cette nuit ? Non, je n'ai pas dormi. Je ne dors plus. Est-ce que mes dents ont grincé ? Parfois, elles s'entrechoquent comme des billes de bois sur l'eau furieuse d'un fleuve. Je mords mes lèvres : elles saignent. Je geins. Je gis et je geins.

Elle trébucha jusqu'à la coiffeuse aux trois miroirs ovales, opaques, brouillés par endroits de taches vertes dérivant comme des nénuphars sur l'eau d'un lac indien. Elle contempla avec une délectation morose ses cheveux ras, jaunissant par places, les traits au fusain dessinés sur son front couleur terre de Sienne, ses yeux obliques, au-dessus de flaques de peau molle, sa bouche serrée entre deux tranchées, en un mot, sa figure ravagée qui affichait que la traversée déjà longue avait été rude, si rude. Seule la peau détonnait. Aussi soyeuse qu'au temps d'enfance quand sa maman répétait en la mangeant avec des baisers :

— Quelle peau de velours satin !

En Guadeloupe, on s'extasie plutôt : «peau de sapotille». Mais Rose détestait ces clichés créoles et tenait à tout désigner à sa manière. C'est ainsi qu'elle avait forgé Rosélie, prénom absurde. Fille de Rose et Élie. Elle adorait son mari et entendait le clamer au monde entier par enfant interposée. Qu'elles étaient loin, ces années-là ! À croire qu'elles n'avaient jamais existé. C'est vrai, l'enfance est un mythe, une fabrication sénile des adultes. Moi, je n'ai jamais été enfant.

Autour d'elle, le mobilier choisi à la fantaisie de Stephen s'ébrouait, se débarrassait peu à peu des inquiétantes formes animales dont, soir après soir, la noirceur le dotait. C'était son obsession depuis un week-end avec Stephen, deux ans plus tôt au parc naturel de KwaMaritane, à quelques pas de Sun City, la capitale d'un ex-bantoustan promue, quant à elle, au rang de Centre de loisirs international avec casino et hôtels pour étoiles. Elle n'avait pas prévu que les animaux, aperçus pendant ces trois jours, inoffensifs, somnolant à l'ombre des buissons dans l'immensité du veld, de nuit, se ressouviendraient qu'ils étaient des fauves et la chargeraient. Car ce qui l'avait effrayée, c'étaient les hommes. Blancs. Guides, gardiens, visiteurs autochtones, touristes étrangers. Tous bottés, coiffés de chapeaux à bord souple, fusils de chasse à canons superposés au poing, animant ces images de westerns sans bisons futés, ni Indiens, déjà trucidés ou défaits, édentés, parqués dans les réserves. Stephen, au contraire, avait adoré se déguiser en saharienne et short de toile moucheté, façon treillis, gourde au côté et lunettes de soleil sur le nez :

— Tu ne sais pas t'amuser, lui avait-il reproché, empoignant virilement le volant d'une Land Rover.

Pas sa faute si elle souffrait du complexe des victimes et s'identifiait à ceux qui sont poursuivis.

En bas, la porte grillagée, bardée de crochets, de barreaux de fer et de cadenas pour tenter de résister aux agresseurs nocturnes de plus en plus nombreux, de plus en plus hardis, gémit. Elle signalait que Deogratias, le gardien, ragaillardi par six heures de sommeil, rentrait chez lui. Une demi-heure plus tard, elle gémit de nouveau. Une toux caverneuse de fumeuse invétérée en dépit des campagnes télévisées sur les méfaits du tabac annonça l'arrivée de Dido, la métisse qui cuisinait et faisait le ménage, plus amie en vérité que servante, bien que payée au mois. Bientôt, elle monterait dans la chambre, ferait alterner le récit archi-connu de ses insomnies, de ses peines, mari emporté par une crise cardiaque, fils emporté par le sida, avec la lecture par le menu et le détail des agonies de la ville. Et il semblerait à Rosélie qu'elle imitait Rose, sa mère, qui, matin de carême comme matin d'hivernage, s'entretenait avec Meynalda, sa bonne, une ex-jeunesse de l'Anse Bertrand qui ne s'était jamais mariée et avait vieilli fille à côté d'elle. Ces deux-là se détaillaient leurs rêves et comparaient des «Clés des songes». Meynalda tenait d'une des patronnes de sa mère, cuisinière avant elle, une «Clé des songes» traduite du portugais qui répertoriait et expliquait deux cent cinquante rêves.

— Je me suis réveillée sous le coup que j'en ai eu, musait Rose. C'était le devant-jour. J'étais comme la Samaritaine, assise sur la margelle d'un puits. Les gens passaient devant moi et me lançaient des roches. Peu à peu, j'étais couverte de sang.

— Sang veut dire victoire, la rassurait Meynalda.

Victoire sur quoi? Pas sur la vie, assurément. Parce qu'elle n'avait pas été capable de la mater, celle-là. Sa poigne sur les rênes de ce foutu cheval arabe qui cabre et rue à fantaisie n'avait jamais été ferme. Après six années d'amour fou, Élie, son mari, était entré dans le rang et coureur comme les autres dilapidait sa paie de greffier au tribunal de grande instance avec les bòbòs du Carénage. Il se donnait de bonnes excuses. Sitôt mariée, Rose avait commencé à souffrir d'un embonpoint, non, d'une enflure, non, d'une boursouflure contre laquelle les régimes draconiens, le dernier en date imposé par un nutritionniste grec qui avait guéri l'obésité de vedettes de cinéma américaines, étaient aussi inopérants que des emplâtres sur une jambe de bois. Elle avait toujours été une «belle Négresse». En Guadeloupe, l'expression signifie ce qu'elle signifie. Elle qualifie une femme noire, ni rouge, ni câpresse, ni chabine, noire ; cheveux fournis ; trente-deux dents de perle ; bien en chair et de haute taille. Élie avait bataillé pour l'épouser, car vous connaissez nos pays ! Lui était plutôt mulâtre, clair en tout cas, avec des cheveux qu'il couchait, gominait, pommadait et le faisaient ressembler à Rudolph Valentino, une fois enlevé le voile du Cheik. Les gens racontent que Rose l'avait charmé avec sa voix de sirène mezzo-soprano, car, avec du métier, elle aurait pu devenir cantatrice professionnelle. Elle lui avait susurré à l'oreille l'air bien connu de *Carmen*, elle n'appréciait que les mélodies françaises, pas les créoles, trop vulgaires, parfois les espagnoles :

> *L'amour est enfant de Bohême*
> *Il n'a jamais, jamais connu de loi,*
> *Si tu ne m'aimes pas, je t'aime,*
> *Si je t'aime, prends garde à toi.*

Puis, à dater de ses vingt-six ans, de la naissance de sa fille, la maladie, sournoise et souveraine, avait triomphé. La graisse avait inexorablement interposé ses coussins adipeux entre elle et l'affection, l'amour, le sexe, toutes ces choses dont les humains ont tellement besoin pour ne pas finir déments. Peu à peu, son précieux organe s'était réduit à un couinement de souris qui fusait, incongru, pathétique, de sa gorge. Un jour de mars et le carême incendiait La Pointe, sa voix s'était définitivement éteinte sur un couac comme elle entonnait *Adios, pampas mias*. Elle avait été clouée pendant seize ans dans un fauteuil d'invalide, vingt-trois ans dans un lit dont ses chairs débordaient, aussi incontrôlables que les eaux d'un fleuve en crue. Quand la délivrance était survenue à soixante-cinq ans, Roro Désir, de l'Entreprise des pompes funèbres Doratour, « Confiez-nous vos morts, nous leur rendrons la jeunesse », lui avait confectionné un cercueil de quatre mètres sur quatre. Certains êtres ne sont pas bénis par la bonne chance. À leur naissance, des comètes furieuses zigzaguaient à travers le ciel, s'y cognaient, s'y bousculaient, s'y chevauchaient. Conséquence, ce désordre cosmique a influencé leur destinée et, dans leur vie, tout va de travers.

À sept heures, le soleil était déjà impérieux. Il heurtait obstiné les grandes jalousies de bois qui masquaient les fenêtres. Dido poussa la porte et embrassa tendrement Rosélie avant de poser sur la coiffeuse le plateau contenant le journal et les premières tasses de café. Dans un bruit de papier froissé, elle déplia et parcourut minutieusement, page par page la *Tribune du Cap*, se pourléchant les lèvres, se récriant de façon gourmande quand le récit d'un crime était par trop succulent sans cesser de siroter le breuvage qu'elle coulait « sang de taureau », c'est-à-dire noir d'encre, puis qu'elle aromatisait avec du sucre vanillé et un zeste de citron.

Ainsi que chaque matin, Rosélie se plut à ronchonner, dans le bonheur d'être servie au lit comme une sultane de harem ou une princesse de conte de fées :

— Ce n'est pas du café, ça. Avec tout ce que tu mets là-dedans, on ne sent plus le vrai goût, l'amertume.

Élevée au tchyòlòlò, elle ajouta :

— Aussi, je l'aimerais plus léger.

Habituée à ses récriminations, Dido ne se défendit pas et replia le journal. Elle était parée pour la journée, ragaillardie par le café et la pitance d'horreurs avalés. Un père avait violé sa fille. Un frère, sa petite sœur. Des inconnus, un bébé, huit mois, grassouillet dans sa poussette. Un mari avait égorgé sa compagne. Des braqueurs cagoulés avaient dévalisé les villas d'un quadrilatère de rues. Dido avait noué un foulard écru autour de sa crinière poivre et sel, et revêtu une informe blouse grise. Mais sa jupe à ramages violets godillait de vingt bons centimètres par en dessous, ses paupières étaient peinturées de mauve et de vert, sa bouche dégoulinait de rouge. Elle ressemblait à un travesti : « Drag-queen ! » Des deux femmes, elle se rapprochait davantage de l'image populaire d'une pythie, d'un mage, d'une dormeuse, d'une guérisseuse, qu'on appelle cela comme on voudra.

« Rosélie Thibaudin, médium. Guérison de cas reconnus incurables », assuraient les cartes de toutes les couleurs, imprimées à prix discount dans un magasin de la rue Kloof et distribuées chez les commerçants du quartier.

L'idée était née en Dido après une semaine de cogitations frénétiques. Stephen disparu, Rosélie demeurait sans ressources. Or elle ne savait rien d'autre que peindre. La peinture n'est pas comme la musique, piano, violon ou clarinette. Un pianiste, un violoniste, un clarinettiste peuvent toujours donner des leçons aux enfants moyennant un paiement de l'heure. La peinture est comme la littérature. Sans profit matériel ni utilité immédiats. Si les cartes avaient indiqué : « Rosélie Thibaudin, artiste-peintre » ou « Rosélie Thibaudin, écrivain », personne ne s'en serait occupé. Tandis que là, les clients n'avaient pas manqué. Elle en avait retenu quinze qui paraissaient solides payeurs. Pour les impressionner, elle avait vidé les rayons d'un réduit au premier étage, baptisé cabinet de consultations. Elle l'avait décoré d'une effigie d'Erzulie Dantor achetée lors d'une exposition sur le vaudou à New York, d'une poupée africaine en bois noir, symbole de fertilité, souvenir de ses six années à N'Dossou, d'une reproduction de Jérôme Bosch, un de ses peintres favoris. Elle avait aussi suspendu au mur une de ses compositions. Sans titre, un pastel sur papier. Elle avait le plus grand mal à trouver un titre. Elle désignait ses toiles 1, 2, 3, 4 ou A, B, C, D, laissant à Stephen le soin de les baptiser, tâche à laquelle son imagination excellait. Au cours de ses séances, elle allumait des bougies et parfumait la pièce à l'encens. Parfois, elle parachevait l'atmosphère avec la musique zen, un disque acheté au grand magasin Mitsukoshi à Tokyo. Il n'y a pas de sots métiers. Qu'aurait-elle pu devenir sinon médium ? Au moins, Stephen avait mis la maison à leurs deux noms, personne ne pouvait l'en déloger. À cause d'elle, tout le quartier avait souffert la disgrâce. Imaginez une négresse à demeure rue Faure ! Se pavanant sur le balcon à balustrade de fer forgé d'une demeure victorienne, prenant impudemment ses repas dans le patio entre l'arbre du voyageur et les bougainvillées, attirant par son peu ragoûtant commerce un défilé de clients de sa couleur. De mémoire d'homme, apartheid comme nouveau régime, les seuls Noirs qu'on ait jamais signalés de ce côté de la montagne de la Table étaient des domestiques. Déjà quelques années plus tôt, quand elle était descendue avec son Blanc du camion de déménagement Fast Move, les voisins s'étaient offusqués. Des renseignements, ils avaient déduit que ce nouveau venu, Stephen Stewart, n'était pas un natif-natal. Son père était un Anglais du Royaume-Uni. Ses parents avaient divorcé. Sa mère française l'avait élevé du côté de Verberie, dans l'Oise. D'une certaine manière, cette facette de son hérédité expliquait l'outrage ! Les Français ont des goûts impurs, car ils ont le sang impur et sont plus qu'à moitié métèques. Des peuples de tous acabits ont enjambé les frontières de l'Hexagone, campé et fait leur couche en son mitan.

Dido posa sa tasse et prit son air important pour souffler :

— J'ai un client pour toi ! Un bon ! C'est un francophone de je ne sais trop quel pays. Congo ? Burundi ? Rwanda ? En tout cas, un des trois. Il s'appelle Faustin Rumiya ou Roumaya ou Roumimaya ! Tu sais, moi, les noms ! C'était un type important, qui s'est mis à mal avec son gouvernement. Il se méfie de tout. Aussi, pour la première consultation, il faut que tu viennes chez moi.

Encore une histoire d'immigré ! Dans ce pays, tout le monde en déballait, des cocasses, des ridicules, des rocambolesques, plus abracadabrantes les unes que les autres. Deogratias, le gardien, se présentait : ex-professeur d'économie politique de l'université nationale du Rwanda. Miraculeusement réchappé du génocide au cours duquel avaient trépassé son papa, sa maman, son épouse enceinte, ses trois filles. À vrai dire, ce mensonge était peut-être vérité, vu sa mine solennelle, son goût pour les mots d'origine gréco-latine et les tirades alambiquées. Zacharie, le vendeur de légumes : docteur ès lettres du Congo Brazza qui avait fui la guerre civile avec sa femme et ses sept enfants. Goretta, la coiffeuse, spécialiste des tissages et des postiches, était en réalité une danseuse étoile, danse traditionnelle, du Zimbabwe. Prévenue par un amant-ministre fou de son corps, elle s'était cachée sous la bâche d'un camion et avait franchi des kilomètres de latérite pour échapper au peloton d'exécution. Quel crime avait-elle commis ? On ne le saura jamais. Rosélie, blasée, s'enquit de ce qui tourmentait celui-là.

— Il ne dort plus !

Elle avait soigné pas mal de cas de ce genre. La faculté de dormir, à l'inverse du bon sens, est la chose la moins bien partagée du monde. Pour un oui pour un non, les humains perdent le sommeil et s'angoissent les nuits entières, yeux rivés aux aiguilles des horloges. Elle se dirigea vers la salle de bains.

Son premier rendez-vous était à neuf heures. Elle marquait tout à l'encre bleu des mers du Sud, une couleur qu'elle chérissait depuis le lycée, sur un cahier à spirale.

Patient n° 3
Népoçumène Gbikpi
Âge : 34 ans
Nationalité : béninoise
Profession : ingénieur

Voilà un drame qui ressemblait au sien. Népoçumène avait voyagé pour affaires à Port Elizabeth, il était cadre supérieur en communications. À son retour, au seuil de l'appartement, ses pieds avaient heurté le corps sans vie de sa femme, baignant dans une mare de sang. Violée ? Assassinée pour la misérable poignée de rands que le couple gardait dans le ventre d'une commode.

Lui, Stephen, travaillait à sa dernière passion : une étude sur Yeats. À minuit, il avait marché jusqu'au Pick n'Pay du coin pour s'acheter des cigarettes Rothmans, en paquet rouge, plus légères. Des voyous l'avaient abattu pour le contenu de son portefeuille.

Allez savoir pourquoi, cette version-là n'avait pas plu à la police. Précisément, le portefeuille de Stephen n'avait pas quitté sa poche arrière. Intouché. Il ne s'agissait donc pas de voleurs.

— Ses agresseurs ont peut-être été dérangés avant de s'emparer du portefeuille.

— Dérangés par qui?

— Des vigiles. Des clients du Pick n'Pay. D'autres voleurs. Je n'en sais rien, moi. Qui mène l'enquête?

— Selon la caissière, M. Stewart n'est pas entré au Pick n'Pay. Il a été abattu à l'autre bout du trottoir.

L'inspecteur Lewis Sithole, surprenants yeux bridés d'Asiatique, hochait la tête. Il était d'avis que M. Stewart n'était pas allé au Pick n'Pay pour acheter des cigarettes. Mais pour rencontrer quelqu'un.

Qui? Trop d'imagination!

— Essayez de vous rappeler, insistait-il. Est-ce que vous avez entendu la sonnerie du téléphone?

Elle dormait dans la chambre à coucher au galetas. Son atelier occupait tout le premier étage. Ils avaient abattu les cloisons de trois pièces pour lui offrir plus d'air et d'espace. Le bureau de Stephen s'ouvrait au rez-de-chaussée, de plainpied sur l'arbre du voyageur. En un mot, la hauteur de la maison les séparait. Et puis, soyez de votre temps! Aujourd'hui, à chacun son téléphone portable. Celui de Stephen ne sonnait pas. Il vibrait. Aurait-elle eu l'oreille d'un félin qu'elle n'aurait rien entendu.

Précisément, l'inspecteur Lewis Sithole se demandait où était passé ce téléphone portable.

L'hôpital ne l'avait pas rendu.

L'inspecteur Lewis Sithole avait ordonné :

— Retrouvez-le. C'est une pièce à conviction importante !

C'était la seconde fois qu'un homme abandonnait Rosélie sans ménagement. Vingt ans plus tôt, sa chair n'était pas encore triste ! Alors, dans son désarroi, elle s'était rabattue sur un autre stratagème que la divination. Le plus vieux métier du monde, à ce qu'on prétend. Ce n'est pas de gaieté de cœur qu'une femme vend son corps. Il faut vraiment qu'elle n'ait rien d'autre sous la main. Elle a beau s'encourager, se répéter que, selon les féministes, même les épouses légitimes, celles qui sont passées en robe blanche devant le maire, puis le curé et portent bague au doigt, sont des prostituées, un je-ne-sais-quoi la retient. Dans ce cas, cependant, Rosélie n'avait pas le choix. En outre, ce n'était pas compliqué : il suffisait de s'asseoir, les jambes croisées, au Saigon, un bar sur le front de mer à N'Dossou. Dès dix-huit heures, les clients affluaient comme les mouches à Kaolack, Sénégal, sur les yeux des bébés. Tran Anh, le patron, était un Vietnamien que la haine du communisme avait charroyé jusque dans ce coin d'Afrique centrale. Il s'était mis en ménage avec Ana, une Peule du Niger, que la misère avait fait dériver jusqu'à ce même coin. À deux, ils avaient produit quatre garçons qui, le kiki incirconcis — au grand chagrin de leur mère musulmane — à l'air, se bagarraient entre les tables. Vu du dehors, le Saigon ne payait pas de mine. Cependant, il était toujours bondé. Rempli de fonctionnaires qui sirotaient leurs pastis en calculant tristement leurs budgets. On n'était que le 10 du mois et ils étaient déjà endettés ! Plus un franc CFA pour payer le riz quotidien ! Ils étaient courtois et, par ces temps de ravages du sida, stricts usagers des préservatifs. Parmi eux, surtout pas de ministres, de directeurs de cabinet, de conseillers personnels qui, proches du pouvoir, se croient tout permis. Tout au plus, quelques ex-chefs de division limogés par ordre du FMI. Luxe des luxes, le Saigon possédait son groupe électrogène et, coupures de courant ou pas, la plaie de N'Dossou, l'air y était frais comme dans une oasis algérienne. En attendant les propositions, Rosélie lisait les exemplaires de *Elle* et de *Femme d'aujourd'hui* qu'Ana lui conservait. Elle s'attardait sur les recettes de cuisine, elle qui ne faisait jamais à manger. Une recette bien faite vous met l'eau à la bouche.

Aubergines farcies
Préparation : 30 min + 30 min
Cuisson : 45 min
215 cal par personne
Pour 6 personnes…

Aussi, on y servait du Tsunami, un mystérieux cocktail sans alcool inventé par Tran Anh, âpre comme l'amertume de l'exil, vert comme l'espérance tenace malgré les lendemains qui déchantent. Un soir, un Blanc s'était assis au comptoir devant une Pilsner Urquell, c'est une bière tchèque. Il avait regardé autour de lui. Puis il s'était levé, avait marché droit sur sa table et lui avait proposé un verre. L'introduction est peu originale, mais classique. Elle fonctionne depuis qu'il y a des bars, des femmes et des hommes. Il n'était pas plus laid qu'un autre. Même, plutôt plus beau. Si elle avait hésité, c'est qu'elle n'avait jamais envisagé d'autres partenaires de lit que des Noirs. Dans sa famille, on ne pratiquait pas le couple mixte. Les Blancs, *terra incognita*! Les seules exceptions, un grand-oncle d'Élie parti au Panama au temps du canal qui avait fini ses jours avec une épouse madrilène et Cousine Altagras dont le nom était rayé, banni de la généalogie. Quand même, son hésitation avait été de courte durée. Un je-ne-sais-quoi l'attirait dans ce Blanc-là. Ils étaient sortis dans le jour déclinant, le disque rouge du soleil glissant, jamais lassé, vers le gouffre mouillé de la mer. Et les passants, nombreux en cette fin de journée, leur avaient décoché les premiers de ces regards qui, dès lors, n'allaient plus les lâcher. Hostilité et mépris!

Ils s'étaient assis dans sa 4 × 4, rouge, un peu tapageuse. Tout en évitant les ornières et nids-de-poule, creusés de plus en plus profond à chaque saison des pluies, il s'était présenté. Professeur. À l'université, il enseignait la littérature irlandaise. Wilde, Joyce, Yeats, Synge. Il avait commis un livre sur Joyce. Passé inaperçu. Un autre, très apprécié, sur Seamus Heaney. Avant, il avait travaillé à Londres. En l'entendant, Rosélie était aussi fascinée que si un astronaute descendu de Mir lui avait décrit ses jours dans la station. Ainsi, des gens passent leur temps à se repaître de fiction, c'est-à-dire à se passionner pour des vies jamais vécues, des vies en papier, des vies en caractères d'imprimerie, à les analyser, à tirer la leçon de mondes de fantaisie. Par comparaison, elle avait honte de ses souffrances tellement communes, tellement grossières, tellement vraies.

Que faites-vous à N'Dossou?

Moi? Rien! Un homme vient de me larguer. Je n'ai pas de travail, je n'ai pas le sou. Je n'ai pas de toit au-dessus de ma tête. J'essaie de survivre et de guérir mon lenbe! Maladie d'amour! Chez moi, on dit «lenbe»!

Il parlait pour deux. Jamais raseur cependant, débordant d'allusions littéraires sans pédanterie et d'anecdotes sur les pays qu'il avait visités.

Quel était son écrivain favori?

Mishima.

Elle l'avait trouvé de justesse. Elle n'allait tout de même pas répondre Victor Hugo ou Alexandre Dumas, c'est d'un primaire!

Le pavillon d'or est sublime, n'est-ce pas?

Non, je préfère *Confession d'un masque*.

Ton assuré. Pourtant, c'était le seul qu'elle ait jamais lu, en édition Folio dans la classe éco d'un avion Paris-Pointe-à-Pitre, un mois de juillet où elle allait passer ses vacances auprès de Rose et Élie. Parce qu'elle ne lisait pas, on le lui avait toujours reproché. Depuis l'école primaire. Dernière en composition française. Pour elle, les histoires qu'on écrit n'arrivaient jamais à la cheville de la réalité. Les romanciers ont peur d'inventer l'invraisemblable, c'est-à-dire le réel.

Est-ce qu'elle aimait voyager?

Là, elle avait été bien obligée d'avouer la vérité.

Du vaste monde autour de nous, elle ne connaissait qu'une infime portion, la pointe visible de l'iceberg : la Guadeloupe où elle était née, Paris où elle avait mollement étudié, N'Dossou où elle avait débarqué trois ans auparavant.

Trois ans d'Afrique ! L'Afrique vous plaît ?

Plaire ! Est-ce qu'un condamné, attendant son exécution, se plaît dans le corridor de la mort ? Allons, allons ! Pas de bons mots, de plaisanteries faciles ! Ça n'avait pas toujours été une prison, l'Afrique. Elle avait fait le voyage avec enthousiasme, croyant s'embarquer pour la grande aventure. Malgré ses déboires, elle demeurait fidèle à N'Dossou, ville sans attraits, sans prétentions — comment en aurait-elle ? — mais attachante.

Il l'avait emmenée chez lui où ils avaient dormi dans les bras l'un de l'autre jusqu'au matin. Pour Rosélie, c'était inhabituel. Ses fonctionnaires grimpaient jusqu'à son studio et ne lui consacraient pas plus de deux heures, montre en main. Sitôt l'orgasme atteint, sans difficulté, ils enfilaient leurs vêtements, lui remettaient en bredouillant sa petite commission, puis faisaient démarrer leurs 4×4 et, cahin-caha, fonçaient vers leurs femmes légitimes. À son réveil, le boy, familier comme on l'est avec une fille que Patron a ramassée bon marché sur le port, lui avait servi le café et la papaye rafraîchie. Stephen était déjà parti pour l'université, lui laissant dans une enveloppe une liasse de billets trop épaisse. Il habitait le Plateau avec ses immeubles désuets, son jardin public, ses avenues bordées d'arbres. En passant devant un jardin d'enfants, elle avait entendu *Frère Jacques*. Un peu plus loin, d'une fenêtre coulait le flot dissonant des accords de la *Lettre à Élise* que, pour obéir à Rose, elle avait, elle aussi, massacrée en son temps.

Est-ce qu'elle le reverrait ? Est-ce qu'elle souhaitait le revoir ? Rien à dire, il était soigné, il sentait bon l'aftershave Acqua di Giò, il faisait bien l'amour. Beaucoup de baisers, de caresses, de jeux, comme si l'essentiel n'était pas d'entrer en elle.

Le soir même, il poussait à nouveau la porte du Saigon où les fonctionnaires, le reconnaissant, mécontents, lui jetèrent des coups d'œil torves. Un mois plus tard, elle emménageait avec lui.

À croire que c'était l'Amour.

Rosélie enfila ses vêtements soigneusement choisis par Dido. Boubou brun sombre à empiècement brodé jaune d'or. Mouchoir de tête assorti. Elle descendit l'escalier avec la majesté qui convenait à sa fonction et pénétra dans son cabinet. Népoçumène l'y attendait, les traits un peu moins tirés qu'à l'habitude. Est-ce qu'il dormait ? Est-ce que ses cauchemars commençaient à le laisser en paix ? Est-ce qu'il entendait la voix de sa femme ? Elle le lui avait répété : il l'entendrait quand il ne lui en voudrait plus de l'avoir abandonné. C'était là le plus difficile. Elle-même n'entendait pas encore celle de Stephen. Trop souvent, la rancœur et même une sorte de colère contre lui l'envahissaient.

Les dons de Rosélie s'étaient manifestés très tôt. À six ans, il lui suffisait d'appuyer ses menottes sur les paupières de Rose dont le corps avait sérieusement commencé de ballonner et qui, en conséquence, ne fermait plus l'œil, tourmentée par les absences d'Élie. Du coup, la malheureuse dormait, paisible, comme un bébé jusqu'à neuf heures du matin. À dix ans, Rosélie avait fait reculer, dociles et la queue basse, une meute de chiens créoles qui voulait l'attaquer avec ses cousines sur le chemin de Montebello, juste avant Bois-Sergent où une tante possédait une villa. Aux week-ends, se cachant des esprits forts de la famille, Papa Doudou, son grand-père paternel, l'emmenait dans sa propriété de Redoute auprès des vaches qui refusaient le taureau, des juments qui ruaient sous l'étalon. Elle plongeait le regard dans leurs gros yeux de gélatine et ces femelles rétives se métamorphosaient, souples comme des gants. Les mauvaises langues, il y en a dans toutes les familles, étaient incrédules et ne le cachaient pas. Rosélie avait été bien incapable de prédire l'accident fatal et peu courant survenu à ce même Papa Doudou, mort d'hémorragie, les grenn, testicules, arrachées par le coup de corne du taurillon qu'il dressait. Que pendant le cyclone Deirdre un arbre à pain fracasserait la villa de l'oncle Éliacin et l'aplatirait comme caca-bœuf, le tuant net ainsi que sa femme et leurs cinq enfants aux prénoms de téléfilms américains, Warner, Steve, Jessica, Kevin et Randy. Soit, elle avait annoncé Deirdre. Mais ce n'est pas sorcier d'annoncer un cyclone. Les cyclones sont des visiteurs fidèles. Année après année, ils débarquent depuis les côtes d'Afrique.

Ce qui compte, c'est leur force à chaque fois différente !

Adulte, elle aurait aimé tirer parti de ses pouvoirs. Mais astrologie ? Chiromancie ? Chiropraxie ? Ostéopathie ? Shiatsu ? Curandera ? Tout cela manque de sérieux. Alors, elle s'était embourbée dans des études de droit. Élie avait tellement admiré les robes noires autour de lui qu'il avait rêvé d'en vêtir sa fille. Ah, qu'elle déchire le français à la manière de Maître Démosthène, le célèbre chantre de lendependans ! Rose, elle, se désolait qu'elle n'ait pas de goût pour la politique. Son père avait été une gloire locale dont la photo en pied trônait dans le salon.

Sans Dido, elle en serait toujours à se chercher.

Elle se plaisait à revivre leur première rencontre à travers les propos de Stephen. Elle apparaissait alors poétique, fictionnelle. À croire qu'elle aurait pu constituer un chapitre de roman, irlandais ou pas.

— J'avais débarqué dans ce pays quelques mois auparavant. Pourquoi ? Parce que, je m'en apercevais, je devenais le portrait craché de mon père. Je ne supportais plus Londres, la grisaille, mon deux-pièces, mon enseignement, l'ennui des pubs, des journaux du dimanche. Au moins, à N'Dossou, tout me semblait nouveau sous un soleil tel que je n'en avais jamais connu. *Ex Africa semper aliquid novi*. Un soir, après une journée torride, je cherchais la fraîcheur et longeais le boulevard maritime où les vents de l'océan soufflent par à-coups. La sueur séchait sur ma peau. Je haletais, las de piétiner le sable. Alors, j'ai poussé la porte d'un bar, une façade barbouillée en bleu, une affiche représentant des palmiers : Au Saigon. Hasard providentiel. La pénombre sentait le peppermint, odeur de mon enfance. L'été, quand j'allais la voir, ma tante Chloé, la sœur de ma mère, me donnait toujours du peppermint dans un verre à pied bleu. Au-dessus du comptoir circulaire en bambou s'étalait une vue du Mékong. Une autre de la baie d'Along, avec ses rochers formidables comme les pièces d'un jeu d'échecs. Ana lavait les verres. Tran Anh, à son habitude de feignant, se bornait à lâcher des ronds de fumée dans le vide. Toi, tu étais assise, seule à ta table, un peu à gauche. Tu portais une robe verte à dessins orange. (Qu'est-ce que c'est, cette robe verte ? Il a rêvé. Le vert est une couleur que j'abhorre.) Je n'aborde jamais les femmes. Elles me font trop peur avec leurs yeux froids, leurs dents cruelles et leur air de peser et jauger les mâles. Est-ce que celui-là est capable ? Les femmes noires, c'était un monde opaque, impénétrable, l'inconnu, le mystère. L'envers de la lune. Tu avais l'air tellement perdue, tellement vulnérable que je me suis senti par comparaison paisible et puissant. Dieu le Père. Tu étais assise derrière une pile de journaux. Tu en feuilletais un. Pourtant, il était visible que tu t'en foutais pas mal de ce qui défilait sous tes yeux. Tu avais l'esprit ailleurs.

Ah oui ! Je l'avais ailleurs.

Elle se posait encore et encore les mêmes questions. Qu'est-ce que je vais devenir? Combien de temps vais-je tenir sans un sou? Que me reste-t-il à vendre? J'ai déjà vendu pour trois fois rien mon collier chou, ma chaîne forçat, cadeaux de Tante Léna. Les autres bijoux, je les tiens de Rose. Je ne m'en séparerai jamais!

Une simple connaissance, Dominique, qui travaillait dans l'immobilier, lui avait proposé un studio. À cheval donné, on ne regarde pas la bride. Il était mal situé, ce studio, dans le quartier Ferbène, un bidonville. Planté en plein mitan d'un marécage dont on envisageait l'assèchement lors des grands travaux des indépendances. Au bout de quarante ans, les travaux jamais achevés, le marécage était redevenu bourbier. La vie n'y valait pas plus qu'une roupie. Sur les trottoirs, les tas d'ordures s'élevaient à hauteur d'homme. En vérité, étaient-ce des trottoirs? Le tracé erratique des rues était en toute saison inondé d'un bouillon saumâtre. L'immeuble La Liberté, nom de baptême de ce repaire de rats et de vermines, abritait le studio prêté généreusement par Dominique. Dix étages, ascenseur en panne chronique, épluchures de plantain et de manioc, peaux de banane, vertes et pas vertes, sur les paliers, haillons séchant sur les balcons. Il se dressait au-dessus d'un panorama de cahutes. À l'entour, la mer blême et défaite vomissait régulièrement des cadavres. On ne savait s'il s'agissait de pêcheurs imprudents, de suicidés las de végéter sans argent ni amour, de victimes de la vengeance de parents ou de voisins.

Un matin, Rosélie, plus deux malles en fer de ce style qu'on ne fabrique plus, appelé malle de cabine, plus une caisse en contreplaqué, était descendue d'une 4×4 de Navitour.

«Navitour, votre location à bon port!

Formule adaptée à vos besoins.»

Les habitants de l'immeuble étaient restés estomaqués. On sait, on sait, Allah n'est pas obligé d'être miséricordieux. Mais on espère qu'au moins il garde toute sa tête. Dans les pages en papier glacé de *GuidArt*, ils avaient maintes fois admiré l'arrivante, mais oui c'est elle, non, je te dis, au côté de Salama Salama, célèbre chanteur de reggae, idole des jeunes et des moins jeunes. Salama Salama s'appelait en vrai : Sylvestre Urbain-Amélie. Pour la scène, il avait dû adopter un autre nom, le show-biz ayant ses lois. Salama Salama, ces syllabes sonnaient étranges, exotiques. De quel pays est-il, ce musicien?

Rongés de curiosité, les locataires avaient dépêché Angéline, qui se débrouillait en français après quatre ans d'école. Malheureusement, à l'appartement 4B, elle s'était heurtée à porte close. Rosélie s'était barricadée avec la suite et la fin éventuelle de l'histoire. Il avait fallu patienter une semaine, et les voisins d'étage avaient beau guetter, la porte du 4B ne s'entrebâillait pas, pour que *GuidArt* éclaire à nouveau les esprits. Salama Salama, le célèbre chanteur, idole des jeunes et des moins jeunes, était nommé secrétaire d'État à la Culture, poste qui jusque-là faisait cruellement défaut au cabinet du président. Magnanime, celui-ci assortissait cette nouvelle fonction d'un cadeau : la septième de ses filles. 7, chiffre magique. Une biologique celle-là, pas une adoptée. Il en avait dix-sept de biologiques, sept d'adoptées. Autant de garçons, soit quarante-huit enfants au total. Une photo en page 3 montrait Salama Salama au bras d'une adolescente, rendue dolente par son début de grossesse, car ils avaient fait Pâques avant Carême, aujourd'hui, c'est la coutume, enveloppée de mètres de dentelle au point d'Alençon. Lui-même portait queue-de-pie. Le couple allait passer sa lune de miel au Maroc chez le fils de mon défunt ami le roi, devenu roi à son tour.

L'histoire devenait claire. Trahison. Amour déçu. Angéline fut pour la seconde fois déléguée au quatrième. Elle finit par se faire ouvrir, réprimanda Rosélie, affalée sur le lit, ses deux malles et sa caisse fermées à côté d'elle. Elle ne força pas seulement la porte de l'appartement de Rosélie, mais son amitié. Elle la présenta à Justine, Awu, Mandy, Mariétou et l'introduisit dans la ronde des femmes. Rosélie y découvrit les fous rires, les calembours, les farces et attrapes qui avaient manqué à sa jeunesse, trop grave, solitaire. Parfois, elle pensait à sa famille. À son père qui avait toujours pété plus haut que ses fesses. Que dirait Élie s'il la voyait abandonnée par son émule de Bob Marley, déjà ce choix d'un musicien africain sans renom avait causé des imprécations, dans cette ville du bout du monde, en compagnie de ces femmes analphabètes ? À Rose pour qui rien n'était assez beau pour sa fille. À ses oncles avec leurs moustaches effilées. Ses tantes, Tante Léna surtout, avec leurs bijoux créoles. Au cours de dialogues imaginaires, elle tentait de plaider sa cause devant ce tribunal et, ne pouvant emporter son adhésion, finissait par le chasser tout bonnement de sa mémoire.

Cette gaieté, ces plaisanteries faciles, ces confidences s'arrêtaient à six heures du soir. Angéline et la ronde des femmes se hâtaient de courir chez elles. Là, elles s'armaient de balais-brosses, récuraient, lavaient, repassaient, faisaient à manger, bref, se livraient aux tâches assignées à la gent féminine depuis que le monde est monde. En effet, le crépuscule ramenait des créatures absentes tout le jour, les hommes. Les hommes aigris par leurs jobs de fortune à l'autre bout de la ville. Dès leur retour, ils se vengeaient des frustrations, des déboires accumulés et l'immeuble Liberté retentissait de vociférations, de récriminations, de hurlements de femmes battues et de pleurs d'enfants terrifiés. À ce moment, Rosélie courait lâchement se réfugier dans la paix du Saigon pour savourer avec Tran Anh l'odeur de la papaye verte.

Le jour arriva où, à l'issue d'une partie de belote, elle annonça la nouvelle à ses compagnes. Elle allait se mettre en ménage avec un Anglais, professeur à l'université. Pour ne pas verser dans le sentimentalisme à l'eau de rose, elle s'essaya au cynisme qu'elle risquait parfois. Coup fumant, n'est-ce pas ! En plus de l'amour, elle s'assurait le toit et le couvert. Personne ne rit de ses paroles.

Un silence incrédule les accueillit. Mariétou exigea des précisions. L'anglais n'est pas une nationalité, c'est une langue. Qu'est-ce que cela signifiait ? Rosélie s'expliqua, s'étonnant à part elle de son ton d'excuse. Ayant finalement compris de quoi il retournait, les joueuses se retirèrent en vitesse comme on fuit le chevet d'un contagieux. Désormais, Rosélie se trouva désertée, ses inséparables d'hier invisibles, prétendument happées par les soins à leurs marmots, à leurs intérieurs, ou, plus invraisemblable encore, par la quête du travail, car espérer et chercher un emploi à N'Dossou équivalait à chercher une aiguille dans une botte de foin. Le jour de son départ, un cortège d'enfants l'escorta. Sombres ainsi qu'à une mise en bière, ils entourèrent la 4×4. Les plus âgés, adolescents émules de Pelé — en ce temps Zinedine Zidane, tel l'agneau de la fable, tétait encore sa mère, ou nageait dans l'eau de son ventre —, s'arrêtèrent de shooter dans leur ballon pour les mitrailler du regard.

— Sale endroit ! frissonna Stephen.

Rosélie, elle, avait les larmes aux yeux. Un sentiment de culpabilité la torturait qui ne devait plus la laisser en paix. On aurait dit que, de manière irréversible, elle avait coupé des liens dont elle ignorait elle-même la nature et la ténacité.

10 heures
Patient n° 7
Dawid Fagwela

Âge : 73 ans
Particularité : un des seuls clients sud-africains
Profession : mineur en retraite

C'était un ancien syndicaliste qui, lui aussi, avait langui des années à Robben Island. Le ministère du Tourisme avait eu l'idée ingénieuse de lui retailler son habit de prisonnier et de l'utiliser comme guide à l'intention des milliers de touristes qui piétinaient l'espace concentrationnaire, haletant d'apitoiement devant l'étroite cellule où avait souffert Nelson Mandela, le héros exemplaire.

— Combien d'années a-t-il passées ici?

— Dix-huit. Ensuite, il a été transféré à la prison de Pollsmoor au sud du Cap à cause de son influence sur les autres détenus.

— On peut la visiter, celle-là aussi?

Ils ne pensaient qu'à cela! Emmagasiner de la pellicule pour leurs albums. Lui, Dawid, à revivre quotidiennement ses mauvais traitements et ses tortures, à les décrire par le menu et le détail à des hordes curieuses, à satisfaire leurs interrogations, le malheureux perdait la tête. Il se réveillait la nuit.

L'apartheid était-il vraiment fini? Était-il vraiment libre?

À l'hôpital où on l'avait gardé quelques mois, son état avait été jugé incurable. Sa femme avait refusé ce diagnostic sans appel. Dido, sa cousine, lui ayant vanté les mérites de Rosélie, elle était venue consulter. D'abord, celle-ci avait été dans l'embarras. Le cas était spécial. Ce n'est pas tous les jours qu'un prisonnier politique se transforme en guide touristique, c'est-à-dire qu'un homme voyage de l'enfer au paradis, en l'espace d'une vie. Puis, elle avait eu l'idée de demander à Dawid d'enregistrer ses souvenirs au magnétophone et de les transcrire. Du coup, cette occupation l'avait absorbé du matin jusqu'au soir. Plus le temps de broyer du noir. Donner des mots à ses obsessions. Les métamorphoser en images. Il envisageait un livre dont il avait déjà le titre, pourtant la chose la plus difficile à trouver pour le créateur, de l'avis de Rosélie : *Confession véridique de Lazare, réchappé de la mort*. Il avait retrouvé le sourire, le sommeil, le boire et le manger.

Preuve que, parfois, l'écriture peut servir à quelque chose.

2

Rosélie ne sortait de chez elle qu'en fin de journée. Depuis que Stephen n'était plus, elle se rendait religieusement, comme les catholiques à Lourdes, à l'Hôtel du Mont Nelson où il avait adoré prendre le thé. C'était une somptueuse bâtisse à colonnades, un des derniers vestiges de cet Empire britannique qui, colosse aux pieds d'argile, s'était effondré si totalement en poussière, illustrant la parabole «Grandeur et Décadence».

«*Britannia, rule the waves!*» clamait-on pourtant de l'Inde à l'Afrique.

Jusqu'au début du siècle, les aristocrates s'y pressaient pour fuir les hivers et les brouillards de l'Angleterre, car le climat du Cap est réputé pour son caractère tonique, vivifiant. Aujourd'hui, l'Hôtel du Mont Nelson était surtout une attraction touristique. Des hordes en Nike et tee-shirts, quittant les Holiday Inn loués, séjour et voyage compris, une affaire !, envahissaient ses jardins, se faisaient complaisamment mitrailler, remontant l'allée de chênes centenaires, ou prenant des poses devant les serres d'orchidées venues de Thaïlande. Malgré cela, le pouvoir et la majesté de l'endroit restaient tels que Stephen, qui d'habitude haïssait tout ce qui était anglais en lui, retrouvait les intonations de son enfance pour s'adresser aux serveurs. Ceux-ci, Indiens formidables et barbus dans leurs uniformes rouges, l'abdomen à l'étroit dans leurs « cummerbunds », circulaient comme des fantômes bien stylés. Rosélie, peu sensible aux gloires coloniales défuntes, aimait le Mont Nelson pour une raison toute différente. Les indésirables à Nike et tee-shirts ne s'aventuraient pas sur les parquets cirés de l'intérieur. Dressé à la discrétion, d'aucuns diraient à l'hypocrisie, le personnel allait et venait les yeux fixés sur la ligne de l'horizon. Aussi, l'espace de quelques heures, finis les regards curieux qui les débusquaient quoi qu'ils fassent, où qu'ils se trouvent. Ils glissaient dans l'anonymat comme dans le repos éternel. Au salon Churchill, ils s'asseyaient face à une pianiste diaphane, aux bandeaux de danseuse, qui jouait *Smoke gets in your eyes*. Tout en l'écoutant, ils remplissaient leurs assiettes de scones et de muffins, Stephen y ajoutant des sandwiches au pain de mie, bourrés de concombre et de jaunes d'œufs. Ils buvaient des litres de thé Darjeeling. Quand au-dehors le jardin commençait de noircir, ils rentraient sans se hâter, bifurquant par le Big Bazaar de la rue Kloof où ils touchaient à tout, n'achetaient jamais rien et pour cette raison supplémentaire excitaient l'ire de la patronne, une Afrikaner.

Rosélie croyait le voir se faufiler entre les lourds rideaux de chintz grenat. D'autres fois, accoudé contre le piano, il fredonnait de sa voix juste et agréable. Les serveurs indiens n'ignoraient rien d'un drame qui avait fait la une de tous les journaux, même du très sérieux *Manchester and Guardian*, plus porté sur les analyses politiques que sur les faits divers ! Pourtant, ils ne s'étaient jamais approchés d'elle pour lui présenter des condoléances. Malgré cette réserve, quelque chose dans leur silence témoignait de leur compassion.

Un après-midi, elle se versait une seconde tasse de thé quand un Blanc la salua. Grand, un peu ventru, une belle tignasse noire, des yeux gris, des joues hâlées. En réponse à sa demande courtoise, elle lui fit signe qu'il pouvait s'asseoir à sa table.

— Je m'appelle Manuel Desprez, mais tout le monde m'appelle Manolo parce que je joue de la guitare. Vous ne me reconnaissez pas ? J'enseignais à l'université avec Stephen. Nous nous entendions très bien. Il m'a tellement parlé de vous que j'ai l'impression de vous connaître. Et puis, plus d'une fois, je suis venu à des soirées chez vous.

Au Cap, comme à N'Dossou ou à New York, Stephen organisait des dîners, des parties, animés, réussis, qui ne se terminaient pas avant le matin. Depuis qu'un Australien, spécialiste de Keats, l'avait confondue avec la servante, Rosélie n'y assistait plus.

Stephen avait haussé les épaules :

— Tu fais des histoires pour rien ! David est tellement distrait qu'on le mettrait devant sa mère qu'il ne la reconnaîtrait pas.

Elle refusait d'être convaincue et s'enfermait dans son atelier. De nombreux étudiants prenaient part à ces soirées. Stephen assurait que c'était à la fois une récompense, il s'agissait des meilleurs du département, et un sûr moyen d'abattre les barrières entre enseignants et élèves, c'est-à-dire en fin de compte entre Blancs et Noirs. Quand maîtres et disciples se sont saoulé la gueule ensemble, ils ne peuvent plus l'oublier. Rosélie se heurtait à ces jeunes, gauches et embarrassés, au sortir des toilettes et s'effaçait pour ne pas les gêner davantage.

Manuel Desprez parlait :

— J'étais en sabbatique en France et au début de la semaine, quand je suis revenu, j'ai appris ce qui s'est passé. Je me préparais à venir vous voir.

Elle se ferma. Sans doute allait-il débiter des banalités, déplorer l'absurdité de ce drame, fustiger l'incurie de la police locale. Car, malgré les incessantes visites de l'inspecteur Lewis Sithole et les notes qu'il inscrivait interminablement sur ses carnets, les assassins de Stephen semblaient perdus dans la nature. Au lieu de prononcer ces phrases prévisibles, il lui posa une question directe, voire brutale :

— Est-ce que vous n'allez pas retourner chez vous ?

Chez moi ? Si seulement je savais où c'est.

Oui, le hasard m'a fait naître à la Guadeloupe. Mais, dans ma famille, personne ne veut de moi. À part cela, j'ai vécu en France. Un homme m'a emmenée puis larguée dans un pays d'Afrique. De là, un autre m'a emmenée aux États-Unis, puis ramenée en Afrique pour m'y larguer à présent, lui aussi, au Cap. Ah, j'oubliais, j'ai aussi vécu au Japon. Cela fait une belle charade, pas vrai ? Non, mon seul pays, c'était Stephen. Là où il est, je reste.

Malgré l'insistance de ses demi-frères — sa mère s'était éteinte quelques mois plus tôt —, elle avait refusé de ramener son corps dans le caveau familial à Verberie. Stephen, qui détestait l'Europe, aurait certainement préféré demeurer dans ce pays qu'il avait choisi.

Manuel insista :

— L'Afrique du Sud est tellement dure.

La terre entière est dure. On canarde aussi bien sur les trottoirs de Manhattan que sur ceux de Chelsea. On n'est pas en sécurité dans les funestes tours jumelles, symbole du capitalisme américain. Près de trois mille morts, tués en une seule matinée. On viole les vieilles dames dans l'est de Paris. On me dit même que ma petite Guadeloupe se met au pas du reste du monde.

— Je ne parle pas seulement de la violence.

De quoi alors ? Du racisme ? Venons-en au racisme. Je pourrais écrire des tomes là-dessus. Si le racisme est plus mortel que le sida, il est aussi plus répandu, plus quotidien que les grippes en hiver.

J'ai toujours rêvé d'écrire un livre sur le racisme. «Le racisme expliqué aux sourds et aux malentendants. »

Il se troubla et changea de sujet de conversation :

— Il paraît que vous êtes peintre ?

Rosélie bredouilla que oui. Ce genre de questions la gênait toujours. Comme si on lui demandait avec sa cellulite de se mettre en maillot de bain pour arpenter la scène du concours de Miss Guadeloupe. Manuel fit signe à un serveur, commanda un single malt, puis expliqua :

— Ma sœur possède une galerie de peinture rue du Bac à Paris. Si je peux vous aider de quelque manière que ce soit, n'hésitez pas.

Son ton était sincère. Qu'est-ce qu'il avait dû entendre à l'université ! De sa voix sifflante, Doris, la secrétaire métisse, régalait son auditoire :

— Vous le savez, ils n'étaient pas mariés.

C'est moi qui refusais. Il me le proposait régulièrement. À mon avis, sans vrai désir. Comme un courtier propose une police d'assurance tous risques à un automobiliste.

— En cas de malheur, vous serez à l'abri !

Il est certain que, si je l'avais écouté, je n'en serais pas là où j'en suis ! À m'angoisser pour mes fins de mois.

Doris s'excitait :

— Alors, forcément, elle n'a aucun droit à une

pension. Comme elle ne sait rien faire de ses dix doigts, à part peindre des horreurs dont personne ne voudrait chez soi, elle s'est acheté une boule de cristal et s'est déclarée médium.

Partagé entre le fou rire et la commisération, le cercle des professeurs soufflait :

— Non, non, tu exagères !

Les plus généreux proposaient une quête de solidarité. L'idée ne faisait pas l'unanimité : donner de l'argent, un chèque, c'est humiliant. Le geste risquait de la blesser.

Avant Stephen, peu de gens avaient pris au sérieux les ambitions de Rosélie. Élie se mettait en colère quand il la voyait perdre son temps à peinturlurer, au lieu de réviser ses maths, d'étudier les sciences en vue du baccalauréat. À défaut d'une avocate, il aurait voulu d'une fille économiste. Aucun Guadeloupéen ne peut se vanter d'une fille économiste à la Banque mondiale. Rose, quant à elle, toujours prête à admirer, réclamait plaintivement des éclaircissements :

— Doudou, qu'est-ce que ça représente ? C'est une personne, un arbre ou un animal ?

Les membres de la famille qui avaient voyagé à Paris et avaient visité une ou deux fois le musée du Louvre étaient secoués de fous rires. Elle se prenait pour ce peintre qui a été fasciné par Tahiti et qui a séjourné également en Martinique. Son nom, déjà ?

Aux yeux de Salama Salama, le goût de peindre de Rosélie était une fantaisie incompréhensible et qui l'excédait. Le comportement de Stephen différa radicalement. Elle ne partageait pas sa vie depuis trois mois qu'il commença à prendre des décisions dans ce domaine comme dans tous les autres. Elle souffrait de son manque de formation technique? Parce que la peinture, c'est comme le chant, l'ébénisterie, ou la maçonnerie. Elle ne s'invente pas, elle obéit à des règles. Aussi, il la fit admettre à l'École nationale d'arts plastiques. C'était le dernier cadeau de la France à N'Dossou, ce lieu de grande pauvreté matérielle, quoique d'extrême richesse spirituelle. Les deux ne sont pas incompatibles. Au contraire. Le proverbe antillais se trompe qui affirme : «*Sak vid pa ka kienn dou-bout.*» En clair, ceux qui ont le ventre vide ne se soucient que de le remplir. Pas du tout, c'est à créer la Beauté qu'ils se consacrent, à la Spiritualité. Un ministre français avait inauguré l'école en grande pompe quelques mois auparavant. Le directeur était un ami. Stephen n'eut aucun mal.

N'Dossou n'est pas plus peuplée qu'un quartier de Manhattan. D'ailleurs, le pays tout entier compte à peine un million d'habitants. La touffeur de la forêt et les fièvres en ont eu raison. La rumeur courut vite les quartiers résidentiels et les banlieues que Rosélie n'avait pas qualité à être là où elle se trouvait.

Favoritisme! Favoritisme!

D'autant qu'elle n'avait aucun talent. Ses créations étaient dépourvues de l'opacité que génère l'authenticité culturelle. Les professeurs, trop occupés à économiser pour leurs vieux jours, ne protestaient pas. Ces critiques ulcéraient Rosélie que son diplôme de fin d'études ne consola pas. Enfermée dans l'atelier loué par Stephen à la Riviéra IV, paradis des créateurs, à deux pas des studios d'enregistrement Afrika, des semaines durant, elle ne pouvait toucher à ses pinceaux. Personne ne pouvait lui assurer qu'elle n'était pas seulement une vulgaire bonne élève. Elle aurait aimé que des peintres aussi différents que Modigliani, Wifredo Lam ou Roberto Matta l'encouragent avant de l'admettre dans leur cercle magique.

Ne suis-je rien qu'un de ces *tlacuilos* indiens d'Ixmiquilpan qui émerveillèrent tant les Espagnols ?

Stephen n'influençait nullement Rosélie. Il se bornait à exprimer son approbation. Pourquoi avait-elle toujours l'impression qu'il se comportait comme un papa poule ?

Vous savez, ces parents qui considèrent comme chefs-d'œuvre les croûtes de leurs chers petits, les encadrent, les fixent au mur ?

Il la pressa d'exposer au Centre culturel français, dirigé par un ami, entre un sculpteur du Niger et un aquarelliste du Togo. Les rares visiteurs écrivirent des commentaires laudatifs sur la créativité des francophones dans le livre d'or. Stephen invita à dîner les deux journalistes qui, à travers le pays, se spécialisaient en peinture. La soirée étant placée sous le signe des Arts, il invita aussi son inséparable Fumio. Fumio était un Japonais qui, à un public interdit, habitué aux chanteurs/chanteuses de l'Ensemble national instrumental, très habillés dans leurs pagnes de cérémonie, présentait un spectacle d'avant-garde. Un one-man show, intitulé *Ginza-Africa*, Ginza étant un quartier branché de Tokyo, au cours duquel il se montrait entièrement nu, de face encore. Si Fumio n'offrit pas grande utilité ce soir-là, les deux journalistes n'oublièrent pas la qualité des mets préparés par l'ex-cuisinier de l'ambassade de Finlande. Un summum : crabes de mer farcis au beurre d'escargots de terre. Ils rédigèrent des articles aussi excellents que le repas. Du coup, Rosélie vendit deux de ses toiles à un Français, propriétaire de l'hôtel Paradiso du bord de mer, qui les disposa dans le hall et força les clients rétifs à s'extasier là-dessus.

La couleur de l'air changea. Rosélie se leva, imitée par Manuel Desprez. Aucun quartier n'était sûr aujourd'hui. La veille encore, des touristes avaient été agressés en sortant du musée du District Six. Il lui proposa de l'escorter. En son for intérieur, elle supputa les cancans des voisins, si, trois mois après la mort de Stephen, elle rentrait chez elle à la nuit en compagnie d'un autre Blanc.

Je vous l'ai dit, toutes des putains.

«La femme noire, la femme orientale sont des machines, elles ne distinguent pas un homme de l'autre.»

Lâchement, Rosélie déclina l'offre.

Il insista :

— Est-ce que je pourrai vous rendre visite, un de ces jours ?

Elle crut avoir mal entendu. Quel genre de Bon Samaritain était-il pour porter de l'intérêt à cette

veuve de la main gauche, morose et désargentée ?
Devant son regard surpris, il bafouilla :

— J'aimerais voir vos tableaux. Je vous l'ai dit,
ma sœur possède une galerie. Parfois, je lui sers de
marchand.

La pitié, toujours la pitié !

Avec la nuit, une fraîcheur extrême prenait aux
épaules. Un vent sournois, venu de deux océans
sans douceur, l'Indien et l'Atlantique, balayait les
rues, faisant voleter poussière, papiers gras. À
l'arrière, la montagne de la Table, mauvais génie,
couvrait la ville de sa masse.

Rosélie avait déménagé sans enthousiasme.
Tant bien que mal, elle s'était acclimatée à New
York. Pourquoi reprendre la route ? Mais Stephen
était un obstiné. Quand il avait quelque chose à
l'idée, il ne reculait pas devant les comparaisons
hardies. Après sept ans à New York, connaître
l'Afrique du Sud post-apartheid, argumentait-il,
serait remonter en arrière. Remonter au temps où
l'Amérique venait tout juste de museler ses chiens
policiers et de terminer les combats pour les Droits
civiques. Ils seraient aux premières loges pour
observer comment des communautés autrefois
ennemies apprenaient à s'entendre. Il paraît qu'en
Afrique du Sud l'expérience était particulièrement
spectaculaire. Pas la plus petite goutte de sang
versé. Pourtant pas de réforme agraire. Pas de
redistribution des terres. Pas d'africanisation au
sens où on l'entend couramment. Partout, à Dur-
ban, à Jo'burg, au Cap, les statues des coloniaux
restaient juchées sur leurs chevaux, comme au bon

vieux temps. Rosélie était incapable de soutenir pareil assaut. Elle avait couché ses toiles, pareilles à des écolières récalcitrantes, dans des boîtes taillées sur mesure par un artisan de la 125ᵉ Rue.

Elle avait haï Le Cap aussitôt sortie de l'aéroport, tout en sentant naître en elle une étrange fascination. Car les villes sont comme les humains. Leur personnalité singulière attire, repousse, ou déconcerte. Le Cap possédait l'éclatante brillance et la dureté du sel gemme, ses jardins et ses parcs, l'âpreté prodigieuse du varech. Pendant que Stephen admirait pêle-mêle les montagnes, les pins noueux courbés en deux, la profusion des fleurs, le ciel étincelant, la mer sans limites, elle était aveuglée à la fois par cette splendeur et la hideur des taudis qui champignonnaient en son entour. Aucun lieu n'avait été plus marqué par son Histoire. Jamais elle ne s'était sentie plus niée, exclue, reléguée au loin à cause de sa couleur.

Devant le cinéma Victoria, la queue s'allongeait. Des provinciaux, reconnaissables à leur mise surannée, bavardaient. Rosélie pressait le pas pour éviter d'être foudroyée par leurs regards, quand elle se rappela avec un coup au cœur qu'elle était seule. Stephen ne marchait plus à son côté, bras dessus bras dessous ou lui entourant les épaules avec ostentation. Ils ne tourneraient pas la tête dans sa direction. Elle n'irritait plus, elle ne choquait plus. Elle était redevenue invisible. Triste choix! Exclusion ou invisibilité!

Invisible woman!

Rue Faure, Deogratias avait déjà déroulé sa

natte au pied de l'arbre du voyageur, mais ne s'était pas couché dans sa position favorite : sur le côté gauche, sa couverture de molleton à carreaux remontée jusqu'aux yeux. Les mythes ont la vie tenace. Il est entendu que ceux de l'ethnie de Deogratias, les «descendants des pasteurs», ne sont pas vraiment des Nègres. Regardez leur stature, leur sveltesse! Voyez surtout leur nez aquilin! Un nez, cela veut tout dire. Deogratias avait les narines épatées. Ces différences ne l'avaient pas empêché de connaître le même sort que ses frères de haute taille. Il guettait Rosélie avec une nouvelle qui faisait tressauter sa pomme d'Adam. Un compatriote venait de débarquer au Cap. Un ancien ministre. Que venait-il y faire? Rosélie ne prêta pas trop d'attention à cette fébrilité. À part ses tirades sur la xénophobie des Sud-Africains, il n'avait qu'un seul discours à la bouche. Il fallait traquer ceux qui avaient saccagé tant de vies, les traduire devant la Cour internationale de justice d'Arusha, organiser des procès, aussi retentissants que ceux de Nuremberg. Le salut de l'Afrique était à ce prix! Deogratias avait été avec Dido un des premiers patients de Rosélie, bien avant qu'elle ne songe à s'établir à son compte. Quand Stephen l'avait engagé, il souffrait de terribles cauchemars. Parfois, couché sous l'arbre du voyageur, il se débattait contre d'invisibles tortionnaires tandis que ses cris déchiraient la noirceur. Rosélie s'était occupée de lui. Pourtant, elle désespérait, quand la guérison s'était présentée sous les traits de Sylvaine, une jeune émigrée de la même ethnie, rencontrée à l'église.

Sylvaine lui avait promptement fait cadeau d'une fille que le couple avait baptisée Hosannah dans un cri de reconnaissance à ce Dieu qui l'avait réuni. Si Rosélie en avait été très choquée, Stephen, à son habitude, avait été plus compréhensif :

— Que veux-tu ? Qu'il passe sa vie à pleurer des mortes ? En fin de compte, c'est toujours la vie qui gagne.

Après un coup d'œil aux résidences de l'université, Stephen l'avait entraînée dans une chasse au logement. Et ils avaient eu, tous deux, le coup de foudre pour la maison de la rue Faure. Évidemment, tous les familiers du Cap leur avaient déconseillé d'habiter le centre-ville. Trop dangereux ! C'est pire que le Bronx ! Pire que Harlem ! D'ailleurs, Harlem n'est plus Harlem depuis que Rudy Giuliani y a lancé ses escouades de policiers tueurs. À preuve, Magic Johnson y a investi son argent ! C'est pire que tout ce que vous avez connu ! Mais Stephen s'était épris de tant d'espace : dix pièces, un balcon, un garage. Elle était tombée en amour avec l'arbre ! Les bras étendus, il piaffait dans son carré de pelouse, et elle avait eu l'impression que les années s'abolissaient. Un arbre du voyageur ! Le témoin de ses jeux chez Papa Doudou. Elle se blottissait tout contre son cœur et la ribambelle de cousins-cousines ronchonnait de ne pas la découvrir :

— Mais où est-elle donc ?

Le triangle s'était inversé. Avant Le Cap, le *Christ-Roi* avait abordé à La Pointe où il s'était chargé d'autres bois que des bois d'ébène. La magie de l'arbre retrouvé, de la Nature, l'odeur de la mer, souveraine, paradant à perte de vue, la détresse des siens persistant tel un chancre au sein de tant de beautés composaient un charme équivoque et puissant, un philtre magique et pervers contre lequel elle ne parvenait pas à se défendre. Un sang furieux inondait son cœur, sa tête, ses membres et elle peignait, peignait des journées entières, tentant de traduire avec ses pinceaux le partage de ses sentiments. Rage. Répulsion. Séduction. *Love. Hate.* Stephen, que son peu d'enthousiasme pour New York, à ses yeux capitale du monde, avait mortifié, était aux anges :

— Tu dis que tu ne supportes pas cette ville, ce pays. Et pourtant ils t'inspirent. Tu n'as jamais rien créé d'aussi original.

Du coup, il acheta la maison, bredouillant que l'agence immobilière la bradait pour une bouchée de pain. C'était peu vraisemblable étant donné que le cœur du Cap venait d'être classé centre historique. Mais Rosélie ne protesta pas.

Pendant trois jours, un Congolais, il y en a quarante mille dans le pays, retourna la terre du jardin.

Il planta des lis cannas, des glaïeuls, des gerberas et surtout des musendas aux fleurs blanches, arbustes fragiles, grands amateurs d'humidité.

Stephen avait vu le jour à Hythe, petite ville côtière du Kent. Cecil, son père, était l'ingénieur chargé de l'entretien du canal, relique des guerres napoléoniennes. Travail sans gloire dont il s'acquittait avec morosité en rêvant d'Ailleurs quand on lui avait offert un poste de responsabilité à Bangkok. Or, Annie, sa femme française, une ancienne gouvernante, était enceinte de cinq mois. Ne voulant pas la laisser seule dans cet état, il avait renoncé à partir. Dès lors, il n'avait cessé de faire payer ce sacrifice à la mère et à l'enfant.

— Je ne l'ai jamais connu que coléreux, furieux d'une fureur que j'ai comprise plus tard quand je me suis mis à l'éprouver moi-même.

Stephen avait grandi dans une maisonnette de brique, un étage, trois fenêtres au rez-de-chaussée, deux au premier, tellement identique à celles qui la flanquaient de droite et de gauche le long de la rue Nicolas qu'au moment d'en franchir le seuil il devait vérifier les deux chiffres au-dessus de la porte d'entrée. Après l'école, il se faisait rosser au jardin public par de petites brutes irritées par son joli visage qui le traitaient de «*sissy*». Le dimanche, ses parents déjeunaient dans un pub, toujours le même. Tandis qu'il sirotait sa menthe à l'eau, ils se faisaient la gueule de part et d'autre de leurs verres de lager. Du pub, la vue plongeait dans les jardins du château où d'aristocratiques blondinets se déhanchaient sur leurs bicyclettes. Finalement, Annie avait eu le courage de divorcer, emmenant Stephen à Verberie, sa ville natale, où minéral et humain partagent même grisaille. Quelques années plus tard, elle avait épousé en deuxièmes noces un directeur d'école, ami d'enfance, Cecil en plus maussade. Elle en avait eu deux garçons.

Pour fuir cette parentèle, la mère, les sœurs de la mère, le beau-père, les demi-frères, Stephen s'était mis en tête de revenir étudier en Angleterre. Hélas! Oxford et Cambridge avaient jugé sa diction bien française! Plus d'accent tonique. L'intonation aplatie. Et surtout, plus de bégaiement distingué. Alors, il avait dû se rabattre sur Reading. Là, il s'était surtout illustré en jouant Tchekhov dans la troupe de l'université. Puisque personne ne le revendiquait, son père et sa mère l'ayant quasiment oublié, Stephen s'était mis à courir le monde. À dix-sept ans, il avait manqué se tuer en traversant l'Italie et la Grèce à scooter. À dix-huit ans, il avait perdu sa virginité dans un bar de Houston où la patronne et son mari l'avaient violé à tour de rôle. À vingt ans, il avait rêvé d'imiter Malraux. Au cours de son séjour à Bangkok, il n'avait jamais pu piller les bas-reliefs des temples. Lui se bornait à les photographier. À présent, il se proclamait apatride et fuyait l'Europe. Pas entièrement. Il s'y rendait l'été. Une dizaine de jours à Hythe, où il louait une voiture et roulait le long de la côte, égrenant le chapelet des stations balnéaires : Margate, Ramsgate, Sandgate, Greatstone, Littlestone. Une semaine à Londres.

Tout au long de son séjour, Stephen ne cessait de prendre Rosélie à témoin :

— Tu comprends pourquoi je ne supporte pas ce pays?

Elle regardait autour d'elle et ne comprenait pas. Elle était plutôt charmée par la couleur de la mer, si différente de celle des Caraïbes qu'on se demandait si la matière en était la même, les façades blanches et décaties des palaces, la foule mal fagotée dévorant des *fish and chips* sur les interminables jetées, les boutiques regorgeant d'adorables inutilités, les salons fermés dès cinq heures pour le *five o'clock tea*. Et puis elle adorait Londres. Elle s'y perdait, elle y déambulait, comptant les couples dominos qu'elle était seule à dévisager. Elle les enviait : ils avaient l'air heureux, insouciants ! Comment y parvenaient-ils ?

Stephen habitait traditionnellement chez son ami, Andrew Spire. Ils avaient partagé une chambre à Reading. Pendant leurs vacances d'étudiants, ils avaient découvert ensemble les pays d'Europe. Ensuite, ils avaient galéré à Londres, rêvant l'un comme l'autre de devenir comédien. Andrew était célibataire, maniaque comme un vieux garçon, beau et marmoréen comme le David. Sous sa mine frigide, il publiait dans une revue d'avant-garde de mauvais poèmes érotiques dédiés à T. Rosélie était convaincue que T. était un homme.

> *Je voudrais être la cigarette*
> *que ton désir consume entièrement*
> *pénis de feu qui devient fumée*
> *dans ta bouche.*

Après des années de figuration dans des compagnies obscures, il était parvenu, grâce à ses relations, car il était bien né, à enseigner à l'Académie royale d'art dramatique. La maison qu'il avait héritée de sa grand-mère paternelle, veuve d'un haut fonctionnaire aux Indes, était meublée de buffets en marqueterie, de lits à baldaquin, de berceuses et de coffres cloutés de cuivre rapportés par bateau depuis Udaipur. Andrew avait ajouté une demi-douzaine de chats siamois aux miaulements impérieux, qui griffaient, envahissaient les divans et qu'on aurait crus perpétuellement en rut. Après ces semaines à Londres et à Hythe, Stephen traversait le Channel et se rendait seul chez sa mère, veuve, et que ses fils du deuxième lit, débordés de travail, cadres au Crédit national, importante banque privée, avaient placée sans ménagement dans un établissement pour le troisième âge. Là aussi, on jouait Tchekhov.

Rosélie préférait traîner les rues et s'ennuyer à Paris. Elle était fidèle à un hôtel du Marais parce que Cousine Altagras logeait à deux pas. De toute la famille Thibaudin, de quoi peupler une importante commune du Nord Grande-Terre, tous très collet monté, Rosélie était la seule personne à fréquenter Cousine Altagras, fille d'un demi-frère d'Élie, venue en France après la Seconde Guerre soi-disant pour étudier le dessin. Ce n'était pas parce qu'elle avait épousé un Blanc. Les Thibaudin étaient au-dessus de ces considérations primaires. C'est que ce Lucien Roubichou, ainsi se nommait le mari, tenait sa fortune, son appartement place des Vosges, son Audi Quattro, d'une industrie un peu particulière. En clair, c'était un roi du porno, ayant à son actif un certain nombre de chefs-d'œuvre impérissables, interrogez les initiés : *Lucette, j'ai perdu ma sucette, Parle pas la bouche pleine, Caressez-mwen, Caressez-mwen,* rien de commun avec la célèbre chanson martiniquaise. La famille l'accusait d'avoir utilisé Altagras du temps où elle était une beauté ravageuse et à présent d'utiliser leurs deux filles. C'était au demeurant un homme très doux, passionné de cuisine et de cinéma italiens. Sa spécialité, les lasagnes végétariennes. Sa passion : Pier Paolo Pasolini dont il analysait subtilement les théorèmes. En dépit de cette réputation sulfureuse, Cousine Altagras avait beaucoup déçu Rosélie. Elle avait renoncé à toute prétention artistique pour cuire du pot-au-feu à sa tralée d'enfants. C'est le mariage qui veut cela.

Les premières années pourtant, Rosélie ne ratait jamais une occasion d'accompagner Stephen à Verberie. Les vacances la ramenaient de plus en plus rarement en Guadeloupe, où elle ne pouvait plus supporter la vue de Rose, baleine blessée à mort, clouée à sa couche. Aussi s'occuper de sa belle-mère lui rendait une part de bonne conscience. Et puis, à chaque coin de rue, elle se heurtait au petit Stephen. C'est dans cette école aux allures de prison qu'il avait pris le goût des belles-lettres. Sur ce terrain de jeux qu'il avait contracté sa haine du sport. Dans ce conservatoire qu'il avait interprété ses premiers rôles. Attendrie, elle retrouvait ses traits dans le visage usé de sa mère. C'est d'elle qu'il tenait son nez un peu fort, ses yeux gris fumée, sa bouche résolument féminine. Pour cette raison, elle supportait le constant rabâchage d'Annie. Les souvenirs de la vieille femme tournaient comme un manège autour de la Seconde Guerre mondiale. Le sud-est de l'Angleterre avait été particulièrement menacé. On avait évacué les jeunes jusque dans les Midlands. Annie, à peine mariée, avait quitté Cecil et fait partie des volontaires qui escortaient des fillettes en larmes. Comme l'âge excitait son palais, Rosélie forçait sa nature et, consultant des recettes de sa tante Léna, relevées toujours à l'encre bleu des mers du Sud sur un cahier à spirale, cuisinait. Féwòs a zabocat. Soup Zabitan. Bélanjè au gwatin. Dombwés é pwa. Blaff. Malgré les mises en garde de Stephen, la vieille dame avait tendance à abuser du ti-punch. Cela la dotait, avec des fous rires et des joues rouges, d'une verve qu'elle ne possédait pas en temps normal. Un jour, après un gueuleton bien arrosé, une belle-fille était venue faire admirer son dernier-né : angelot blond et rose comme on les affectionne. C'est alors qu'Annie, le teint échauffé, la voix pâteuse, se tourna vers Stephen pour le supplier. Pas de petit-fils. Pas de petit-fils. Jamais au grand jamais elle ne pourrait serrer un petit-fils métis dans ses bras.

Les métis ne sont-ils pas l'abomination des abominations ?

Rosélie l'écoutait, estomaquée. Ainsi, sa patience, son obligeance, les délices de la cuisine créole n'avaient servi de rien. Quatre siècles après, le Code noir avait toujours force de loi :

« Défendons à nos sujets blancs de l'un et l'autre sexe de contracter mariage avec les Noirs, à peine de punition et d'amende arbitraire. »

Lépreuse et pestiférée, elle était. Lépreuse et pestiférée, elle restait, portant dans sa matrice des germes capables d'anéantir les civilisations. Depuis ce jour, elle ne mettait plus les pieds à Verberie où Annie la réclamait plaintivement, été après été. Stephen lui donnait tort :

— Que de bruit pour rien ! Comment peux-tu accorder de l'attention aux bavardages d'une vieille femme de soixante-quinze ans, un peu pompette par-dessus le marché ? Quoi que tu penses, ma mère t'aime beaucoup !

Pourtant, quelques phrases auraient suffi à apaiser les frayeurs de belle-maman. Ni Rosélie ni Stephen n'avaient l'intention d'endosser la défroque de parents. Depuis petite, la maternité l'écœurait : les ventres ballons ronds ou pointus comme des obus des tantes, cousines, parentes de toutes sortes, perpétuellement grosses dans leurs marinières commandées tout exprès en France. Elle détestait leurs mines importantes, dolentes au fond de dodines, exigeant le respect comme si elles portaient en elles le Saint des Saints. Elle détestait surtout les nouveau-nés. En dépit de leurs parfums de talc et d'eau de Cologne sans alcool, ils puaient. Ils puaient, gardant dans les fossettes de leur chair molle des relents d'utérus. Ces temps étaient les temps redoutés d'avant-la-pilule, quand ne protégeait guère les amants que la bonne vieille méthode Ogino. Plus que les tirades de Rose sur la fleur de virginité qui s'épanouit incongrûment dans l'entrejambe et ne doit être cueillie que la nuit du jour où retentit à l'église la marche nuptiale de Mendelssohn, la terreur de tomber enceinte la garda. En plus, les avances étaient rares, les amoureux peu nombreux. Elle intimidait, chuchotait-on. Elle n'ouvrait pas plus la bouche qu'un poisson-coffre. Elle ne souriait jamais, et avait toujours l'air de s'ennuyer.

Quant à Stephen, sa haine des enfants s'appuyait sur des fondements objectifs. Il avait dû surveiller ses demi-frères, sournois et têtus, qu'il ne portait pas dans son cœur et qui le lui rendaient bien. Quand ils ne récitaient pas sous sa supervision «Maître Corbeau sur un arbre perché», quand ils ne rédigeaient pas sous son contrôle leurs devoirs de français, il les emmenait jouer au parc, leur lisait *Les aventures de Babar*. Il se levait la nuit pour les faire pisser. À cause d'eux, il n'avait pas feuilleté *Les Cahiers du cinéma*, admiré *Ascenseur pour l'échafaud* ou *À bout de souffle*. Il n'avait pas eu à choisir : Beatles ou Rolling Stones? *I want to hold your hand* ou *I can't get no satisfaction*?

Son adolescence avait été dévorée par des tâches ingrates. D'autres considérations moins égoïstes s'étaient ajoutées à l'âge adulte : le trou de l'ozone, les gaz à effet de serre, la mal-bouffe, la vache folle, le bio-terrorisme, le réchauffement de la planète et la laideur du monde globalisé.

Rosélie et Stephen s'accordaient aussi sur ce dernier point, le plus important pour un couple. Ils se souciaient peu d'un héritier. Stephen brodait avec brio sur ce thème, avançant que les seules créations valables sont celles de l'imaginaire. Évidemment, il avait en tête ses livres dont il était très fier. Surtout celui sur Seamus Heaney. À présent, il était obsédé par son étude sur Yeats. Il en discutait dès le petit déjeuner, comme si rien d'autre ne comptait, exposant mille directions de recherche :

— Et si je comparais Yeats et Césaire ? C'est hardi ! Qu'est-ce que tu en penses ?

Rien. Je n'en pense rien. Je n'en pense rien puisque je n'y connais rien. Je ne connais rien à rien. Je ne sais que peindre.

Elle courait s'enfermer dans son atelier. Une fois ôtées les jalousies, le soleil impatient se précipitait dans la pièce, étendant sur les murs un badigeon jaune. Badin, il se permettait d'accrocher ses joyeux reflets aux toiles, qui en avaient bien besoin.

Tristes, ces toiles.

Beaucoup de rouge. Non pas un rouge vif comme le sang qui baigne les naissances, mais sombre, caillé comme celui qui féconde les morts. Cette couleur l'avait toujours obsédée. Quand elle était petite, pour remédier à son anémie chronique, Meynalda achetait des litres de sang aux bouchers du marché Saint-Antoine. Elle le faisait coaguler en y jetant des poignées de gros sel. Ensuite, elle le coupait en tranches qu'elle mettait à frire avec des cives dans du saindoux. C'était son plat préféré, à elle qui picorait au grand désespoir de Rose. La petite était taillée dans un os comme la mère pétrie dans la cire molle.

Elle peignait aussi le marron sombre, le gris, le noir, le blanc.

Stephen n'intervenait pas, mais s'étonnait.

Pourquoi toujours des sujets si horribles ? Corps démembrés, moignons, yeux crevés, rates, foies éclatés.

J'aime l'horreur. Je crois que dans une vie antérieure j'ai fait partie d'une portée de vampires. Mes canines longues et pointues ont perforé le sein de ma mère.

Tout en travaillant, Rosélie se remémorait Stephen : «Les seules créations valables sont celles de l'imaginaire.»

Ces propos lui paraissaient de plus en plus arrogants. Elle ignorait si sa création était valable. Comment en avoir la certitude ? Simplement, elle ne pouvait s'empêcher de peindre. Peindre comme un forçat à la chaîne. Un forçat dont la servitude ne connaîtra pas de fin. Quand, épuisée, elle descendait dans la cuisine, elle retrouvait Dido, ses plaintes, ses potins, ses journaux. Les effluves d'une casserole d'agneau aux épinards, une spécialité du Rajasthan, embaumaient.

Mais Rosélie n'avait jamais faim. Pas plus que par le passé. Dans son assiette, le vert des épinards, le brun safrané de l'agneau, la blancheur du riz parfumé de Thaïlande composaient une nature morte. Et elle avait hâte de remonter s'enfermer dans son atelier.

3

Si Rosélie ne sortait jamais de chez elle, c'est qu'elle n'avait pas d'amies. À la vérité, dès son jeune âge, elle n'avait guère eu d'amies, couvée par sa mère, jalouse et possessive, ne fréquentant par force que la famille. Sa solitude ne lui pesait pas. Les conversations des cousines adolescentes qui ne parlaient que de leurs premiers baisers, des cousines devenues femmes qui ne parlaient que des performances ou, hélas!, des contre-performances de leurs maris ou amants l'ennuyaient. Depuis que Simone Bazin des Roseraies, née Folle-Follette, avait quitté Le Cap et suivi son consul de mari en Somalie, elle n'avait d'autre compagnie que celle de Dido, chaque jour plus précieuse. C'est normal! La croyance populaire veut qu'une femme ait besoin de s'entretenir avec une autre femme. Les hommes sont de Mars, les femmes de Vénus, ce n'est pas moi qui l'ai inventé. Mais trêve de digressions!

Simone et Rosélie s'étaient rencontrées au Centre culturel français. Le Centre culturel français était gardé comme Fort Knox depuis qu'une veille de Noël des malfrats avaient dévalisé sa cave et sa réserve de foie gras. Malgré sa cafétéria où, jusqu'à ce vol déplorable, on servait d'excellents vins et de délicieux sandwiches, il était toujours désert. Charlotte Gainsbourg et Mathieu Kassovitz faisaient de leur mieux. Pourtant, comment rivaliser avec Bruce Willis et Arnold Schwarzenegger qui paradaient sur tous les écrans du Cap?

Un soir, Rosélie s'était trouvée assise non loin de cette belle chabine, dorée sur face et coutures, craquante comme un pain qui sort du four, lors d'une projection du film d'Euzhan Palcy, *Rue*

Cases-Nègres. À Paris, à N'Dossou, à New York, elle avait vu et revu ce long métrage. Si elle n'en ratait jamais la projection, ce n'était pas simplement à cause de ses qualités cinématographiques. C'est que la miséricorde d'Euzhan Palcy lui donnait chaque fois ce qu'elle ne possédait pas : une réalité. Pendant une heure et demie, elle pouvait se mettre debout et crier aux incrédules :

— Regardez! Je me tue à vous le dire. La Guadeloupe, la Martinique, cela existe en vrai! On y vit. On y meurt. On y fait des enfants qui se reproduisent à leur tour. On prétend y posséder une culture qui ne ressemble à nulle autre : la culture créole.

À quoi se reconnaît une payse? La question est d'importance. Les Caribéens sont dotés d'un instinct, pareil à celui des autres espèces menacées, en voie de disparition. Ce soir-là, Simone était entourée de ses enfants. Dès que le générique couleur sépia eut commencé de défiler sur l'écran, les petits entreprirent de lui chuchoter à l'oreille. Elle leur répondait de même pour ne pas déranger les spectateurs, en s'efforçant pathétiquement d'authentifier une terre lointaine et qu'ils n'avaient jamais vue qu'au moyen des images d'une fiction.

Kod yanm ka mawé yanm. L'amitié amarre ceux qui sont loin de leurs rivages.

Désormais, Rosélie et Simone ne se lâchèrent plus d'une semelle. Pourtant, leurs personnalités étaient opposées. La première ne tenait à rien, peut-être parce que rien ne lui appartenait. La seconde était maladivement attachée à ces mille éléments que d'aucuns appellent traditions : chantez noëls, pépins de mandarine et robes à pois au Joudlan, sorbets au coco à quatre heures de l'après-midi, acras de morue, matoutou crab, poisson rouge en court-bouillon aux repas. Elle parcourait des kilomètres pour acheter du sang, des boyaux de porc et faisait son boudin. Surtout, à l'opposé de Rosélie, elle avait des opinions politiques, et des points de vue sur tout : le sous-développement, la dictature, la démocratie, Kofi Annan, l'intégrisme musulman, l'homosexualité, le terrorisme, le conflit indo-pakistanais. Être du peuple d'Aimé Césaire, l'éveilleur de conscience, lui conférait le droit d'en remontrer à tous. Elle osait porter un jugement très négatif sur Nelson Mandela l'intouchable. À l'en croire, son influence n'avait pas permis au peuple sud-africain de se purger de ses frustrations et de renaître, baptisé de sang neuf sous le soleil. Voir Fanon : théorie de la violence.

— Un jour, ça va péter, répétait-elle en se frottant les mains comme si d'avance elle était heureuse ! Ça va péter comme à Saint-Pierre. Les Blancs se jetteront sur les Noirs. Les Noirs sur les Blancs.

Pour ceux qui ne comprendraient pas la comparaison, elle faisait allusion à l'éruption de la montagne Pelée et à l'entière destruction de la ville de Saint-Pierre de la Martinique. Il n'y eut qu'un seul rescapé : un prisonnier, un dénommé Cyparis… Pardon ! Cela est une autre histoire !

Ce qui offusquait le plus Simone, mère dévouée

d'une couvée de cinq, c'était l'indifférence du pouvoir à l'égard des tout-petits. Ignorait-il qu'ils sont l'avenir d'une nation ?

L'enfant est l'avenir de l'homme.

Elle aurait préconisé que les crèches, les jardins d'enfants soient gérés par un grand ministère et non pas laissés à des particuliers n'ayant à l'esprit que le profit. Pour avoir enquêté dans plusieurs de ces endroits, elle savait que ces innocents macéraient dans la crasse, l'urine et les matières fécales. Aucun éveil intellectuel. Bienheureux ceux qui se distrayaient avec de vulgaires peluches, des crayons de couleur, de la pâte à modeler. Aussi, à la fin du mois de décembre, elle pria Rosélie de jouer au petit Papa Noël avec elle et de l'accompagner dans une distribution de jouets. Rosélie, qui avait la déplorable habitude d'être intimidée par toute volonté plus forte que la sienne, céda. Un après-midi, elles partirent donc dans une Peugeot de l'ambassade pour vider leur hotte à des points stratégiques. La manière dont on les accueillit à Bambinos, comme à Sweet Mickey ou au Palais des Tout-Petits, consterna Rosélie. Pire que des intruses, voire des indésirables ! C'est à peine si les directeurs ou les directrices sortirent la tête de leurs bureaux. Leurs adjoints se saisirent des paquets avec une telle désinvolture qu'on pouvait craindre que ces encombrants objets ne finissent à la poubelle.

Pourquoi ? Pourquoi ?

Simone n'avait pas toujours été mère au foyer. Elle avait été un sujet brillant à Sciences-Po et avait potassé les classiques de la décolonisation. Aussi, elle avança une explication inspirée de ses lectures d'antan :

— Nous ne sommes pas blanches. Nous sommes noires. Or, les Blancs leur ont tellement lavé la tête qu'ils se méprisent et méprisent tout ce qui est de leur couleur. En plus, c'est la lutte des classes. Nous arrivons en voiture de luxe. Nous n'habitons pas les townships. Nous sommes des bourgeoises. Ils nous haïssent de ne pas vivre comme eux.

Bourgeoise ? Parle pour toi. Moi, je vis en parasite. Je ne possède ni carrière. Ni fortune. Ni biens matériels. Ni biens spirituels. Ni présent. Ni avenir.

Simone avait la mémoire courte ; elle n'avait pas toujours été une bourgeoise. Elle était née dans une des communes les plus déshéritées de la Martinique. Son père était un ouvrier agricole qui courtisait assidûment le débit de boissons de la Régie. Aux repas, on ne voyait jamais de chair. Bien chanceux quand la famille agrémentait ses ti-nains d'une krazur de morue et d'un peu d'huile d'olive. À dix ans, alors qu'elle n'avait jamais chaussé que des «peux-pas», sa marraine, une mulâtresse bourgeoise du Prêcheur, lui avait offert pour sa première communion une paire d'escarpins vernis que sa troisième fille n'avait pas complètement usés. En pension, elle lavait et repassait elle-même ses deux robes, celle de la semaine et la bonne, celle de la messe du dimanche. Jusqu'à la classe de philo, elle «jetait des roches» qui faisaient mourir de rire ses camarades de classe. Quand elle avait rencontré Antoine Bazin des Roseraies, petite noblesse d'Empire, rien de plus, ce Français fort en thème, major de sa promotion, ne l'avait pas impressionnée. Il ne l'avait conquise qu'au bout d'une cour tenace. Ensuite, comme dans *Le mariage des moussons* de Mira Nair, au bout d'un mariage de raison, l'aubépine de l'amour avait fleuri.

Aujourd'hui, Simone aurait été parfaitement heureuse, un époux fidèle, une famille réussie, si sa vie publique n'avait été un calvaire. Dans les fréquentes occasions où elle représentait la France aux côtés de son mari, elle était systématiquement niée, ignorée. Sous son propre toit, à ses réceptions, les convives ne lui adressaient pas la parole. À celles des autres, elle était reléguée en bout de table. Personne ne voulait croire qu'elle avait étudié à Sciences-Po. À l'école de ses enfants, on la prenait pour leur bonne. À la différence de Rosélie, c'était une battante. Soutenue par son mari, de manière discrète à cause de ses fonctions, elle avait créé une association, l'ADN, l'Association de défense des Négresses, sa bible étant un livre de la Sénégalaise Awa Thiam qu'elle avait lu pendant ses années d'étude, *La parole aux Négresses*. À ceux qui rechignaient devant la connotation tellement coloniale du terme «Négresses» et qui proposaient des périphrases du genre «femmes d'origine africaine», «femmes de couleur», «femmes du Sud», ou même «femmes en devenir», Simone répondait qu'au contraire il est beau et bon de choquer.

L'ADN comptait de nombreux membres, épouses de diplomates, de fonctionnaires internationaux, enseignantes, commerçantes, propriétaires de salons de beauté, infirmières à domicile, la directrice d'une agence de voyages, celle d'une école de mannequins parmi lesquelles avait été choisie la troisième dauphine de Miss Maracas Noir. Elle présentait cette particularité de réunir des francophones, des anglophones, des lusophones, bref, de confondre les nationalités et les classes. Simone était parvenue à inviter sans difficulté les personnalités les plus différentes, car, sur cette planète, il n'est pas de femme noire qui un jour ou l'autre n'ait été doublement humiliée à cause de son sexe et de sa couleur.

Elle avait eu l'heureuse idée de confier la présidence d'honneur de l'ADN à la jeune poétesse Bebe Sephuma qui jouissait à travers le pays d'une réputation aussi éclatante que Léopold Sédar Senghor au Sénégal, Derek Walcott à Sainte-Lucie, Max Rippon à la Guadeloupe. Nous ne trouvons d'équivalent en aucun pays d'Occident, car là les poètes sont généralement ignorés. Pourtant, elle n'avait écrit que trois minces recueils, dont un dédié à celle qui l'avait mise au monde avant d'être emportée par le sida à ses trois mois. La bonne chance l'avait visitée quand, à la mort de sa mère, précisément, un couple d'Anglais l'avait adoptée et arrachée au bantoustan où elle allait sûrement dépérir avec le reste de sa famille. Ils l'avaient emmenée à Londres où ils lui avaient donné la meilleure éducation. Néanmoins, elle n'avait jamais oublié l'enfer auquel elle avait échappé. Dès qu'elle en avait eu la possibilité, elle était revenue se fixer au Cap où elle était la patronne incontestée des Arts et des Lettres. Elle tenait une chronique culturelle, apparaissait régulièrement à la télévision. Comme elle patronnait une kyrielle de galeries de peinture, Simone s'efforçait de l'entraîner dans une visite de l'atelier de Rosélie afin que, séduite par son œuvre, elle lui propose une exposition dans un endroit sélect.

— Elle pourrait te donner le coup de pouce qui te manque!

Rosélie et Bebe s'étaient souvent rencontrées. Mais, visiblement, Rosélie n'intéressait pas Bebe qui ne lui accordait que des salutations rapides et des sourires superficiels. De son côté, Rosélie devait s'avouer que Bebe l'effrayait. Trop jeune. Trop jolie. Trop spirituelle. Un sourire de loup découvrant des dents, aiguës, carnassières, faites pour mordre à la vie, la déchirer, et qui trahissaient son formidable désir de réussir.

C'est quoi, réussir?

Cependant, dans nos pays où personne, jamais, ne fait l'unanimité, Bebe Sephuma ne manquait pas de détracteurs. «Est-ce une vraie Africaine? Que sait-elle de nos traditions?» ronchonnaient certains qui rappelaient qu'elle avait passé son enfance et son adolescence à Highgate avant d'étudier la philosophie à Christ Church, Oxford. De ce fait, elle ne connaissait aucune des langues de l'Afrique du Sud. Même pas l'afrikaans.

Simone parvint à introduire Rosélie dans le cercle des privilégiés qui fêtaient les vingt-sept ans de Bebe. Dûment chapitrée, Rosélie enfila un fourreau de soie noire, sortit son collier grenn dò, celui qu'elle avait gardé envers et contre tout, car elle le tenait de sa mère, et se maquilla avec soin. C'est fou l'effet que produisent un peu de crayon autour des yeux ainsi qu'un bon rouge à lèvres! Elle s'inonda les aisselles de Jaipur de Boucheron. Mais elle eut beaucoup de mal à convaincre Stephen, pourtant si mondain, tellement amoureux du beau monde, de l'accompagner. Il jugeait la poésie de Bebe Sephuma exécrable, et puis elle parlait anglais avec un accent prétentieux.

Bebe habitait une villa décorée de manière futuriste par un concepteur brésilien que les nantis sud-africains s'arrachaient. Il avait conçu les intérieurs de diverses vedettes de la chanson ainsi que ceux d'artistes résidant au Cap et à Johannesburg.

La villa était située à Constantia. Ce quartier, un des plus huppés, des plus résidentiels du Cap, était peu à peu grignoté par les ambassadeurs, les hommes d'affaires et les hauts techniciens en provenance de divers pays de l'Afrique subsaharienne, comme on a rebaptisé la bonne vieille Afrique noire. Sacrilège des sacrilèges, on apercevait des Noirs non plus seulement chauffeurs en livrée, leurs mains gantées tenant le volant, mais vautrés à l'arrière, leurs têtes grenées appuyées sur les coussins de cuir des Mercedes 380 SL. Des enfants de même peau pédalaient sur leurs

VTT de luxe le long des allées bordées de pins et de chênes centenaires.

Toutefois, ce qui frappa Rosélie, ce ne fut pas l'environnement; le design de l'endroit; les murs recouverts d'incrustations de verre ou d'azulejos aux couleurs vives; le sol dallé de marbre blanc; l'ameublement de cuir monochrome; l'éclectisme de la décoration, un masque de nô voisinant avec un mobile à la Calder, un masque fang voisinant avec une tapisserie éthiopienne. Ni même la somptuosité de la table où ne manquaient ni champagne rosé, ni caviar, ni saumon d'Écosse. Ce fut que le dîner réunit uniquement des couples mixtes, hommes blancs, femmes noires, comme s'ils constituaient une humanité singulière qu'il ne fallait sous aucun prétexte confondre avec l'autre.

Le plus sûr de lui était Antoine, le mari de Simone, à qui la nature de ses fonctions et l'assurance de futures promotions conféraient une immense autorité. Quand il s'exprimait, ses propos avaient la force d'une proposition de loi présentée à l'Assemblée nationale.

Le plus beau était sans contredit Piotr, le compagnon de Bebe. Ce Suédois qui aurait pu jouer dans un film d'Ingmar Bergman, première manière, partageait et soutenait les passions de sa bien-aimée. Comme elle, il savait que l'art doit venir au peuple et non l'inverse. Comme elle, sa notion de l'art différait de celle qui traîne dans les manuels d'école. L'art est partout, dans les rues, les objets les plus usuels. À cette fin, Piotr venait de réaliser une superbe opération. Avec la complicité d'un photographe, il avait couvert les autobus du Cap d'images géantes, quotidiennes : le marché de Cocody avant que les flammes l'aient dévoré, un autobus londonien bondé de sikhs enturbannés, les jonques et les restaurants flottants de Hong-Kong, la mosquée de Djenné, une caravane de chameaux traversant le désert en direction des mines de sel de Taoudénit.

Le plus romantique était Peter, un Australien, ingénieur des télécommunications, qui avait dû fuir Sokoto où il avait enlevé Latifah, la fille unique du sultan. Latifah ne parlait que le hausa, langue qu'il ignorait lui-même. Le couple avait trois enfants. Mais Peter n'avait toujours pas appris un mot de hausa, ni Latifah un mot d'anglais, ce qui prouve que la passion forge son propre idiome.

Le plus séduisant était Stephen avec son magnétisme d'intello, son langage toujours un peu obscur et ses références à des ouvrages de fiction dont personne n'avait entendu parler, mais qu'il donnait l'envie de lire. Une fois chez Bebe, ainsi que Rosélie s'y attendait, il sembla oublier ses réticences et se mit en demeure de charmer tous ceux qui l'approchaient.

Le plus ordinaire était un Américain, professeur d'un lycée de Boston, qui se vantait d'être un WASP en voyage de noces avec sa femme, une Congolaise de Brazza, professeur au même lycée. À quatre mains, ils avaient écrit en français un roman de sept cents pages, fort ennuyeux, publié par Gallimard : *Les derniers gestes d'Anténor Biblos*.

La vedette fut ravie par Patrick, quinquagénaire à mine assez commune qui escortait sa femme, une Congolaise de Kinshasa, celle-là. Patrick était un ancien plongeur professionnel. Des années durant, il avait vécu de l'Indonésie au Gabon sur des plates-formes pétrolières d'où il s'échappait tous les quinze jours pour claquer sa paie phénoménale — il faut tenir compte des primes de risque et d'insécurité — dans les bordels. À cinquante ans, à l'heure de la retraite, il avait choisi de s'établir au Cap où le climat convenait à l'arthrose des genoux qu'il avait contractée dans les profondeurs. Au cours du repas, il fascina l'auditoire en racontant sans emphase comment il descendait à trois cent quatre-vingts mètres, frôlant dans le silence et l'ombre du grand bleu les poissons et les coraux. Au dessert cependant, la conversation s'enlisa dans un terrain inévitable. La vie en couple mixte. Ce fut une foire, un brouhaha, chacun y allant de son histoire d'intolérance, de rejet, d'exclusion dont le cœur ne savait s'il devait rire, pleurer ou les deux à la fois. Non, en vérité, aucune société n'est prête à accepter la liberté de l'amour.

Le récit le plus spectaculaire fut celui de Peter et Latifah. Pour empêcher cette union qu'il jugeait contre nature, le sultan Rachid al-Hassan avait enfermé sa fille dans une aile de son palais, le Palais du Vent. Là, elle était veillée jour et nuit par quatre molosses, et six vieilles à mufles de monstresses qui la nourrissaient exclusivement de lait caillé pour l'affaiblir. Elle s'était enfuie avec la complicité d'un garde qui avait empoisonné les chiens au moyen de boulettes de viande et endormi les vieillardes au moyen de somnifère de feuilles d'acarias. Jusqu'au jour d'aujourd'hui, la radio de Sokoto diffusait le signalement de Peter parmi les avis de recherche des ennemis publics du sultanat. Le sultan ne désespérait pas de l'emprisonner après l'avoir châtré avec une fine lame sertie d'ivoire datant du XVIIIe siècle.

Stephen refusa de céder à la morosité ambiante. Il commença par dérider l'atmosphère grâce à sa moqueuse érudition. Ne vous en déplaise, le couple mixte est une institution fort ancienne et fort honorable. Ca'da Mosto et Valentin Fernandes l'attestent. Il date de 1510 quand un groupe de Portugais de Lisbonne, parmi lesquels des criminels fuyant la Couronne, s'installèrent à l'embouchure du fleuve Sénégal et, adoptant les mœurs africaines, prirent des épouses noires. S'ils étaient fort mal vus de leurs compatriotes, ils étaient adorés des Africains et se baptisèrent *lançados em terra*, ceux qui se sont jetés sur le rivage, ou *tango mãos*, les commerçants tatoués. À la même époque, exactement en 1512, d'autres Portugais échouèrent sur les côtes du Brésil, près de São Paulo, parmi lesquels João Ramalho qui prit pour femme la fille d'un chef indien tamoia. Le 14 juin 1874, Lafcadio Hearn épousa Alethea Foly, métisse de Cincinnati. Ensuite, Stephen posa quelques questions avec le même humour. Pourquoi ne prend-on en compte que l'élément biologique? N'est-ce pas un mariage mixte que celui d'un Espagnol et d'une Belge? D'un Allemand et d'une Italienne? D'un Tchèque et d'une Roumaine? D'un Américain et d'une Française? Et puis, tous les couples ne sont-ils pas mixtes? Puisque, s'ils appartiennent à une même société, les époux n'en proviennent pas moins de milieux familiaux et sociaux différents. Plus, même si un frère épousait sa sœur, ce serait encore un mariage mixte. Aucune individualité n'est identique à une autre.

Il remplit de fierté le cœur des convives en faisant miroiter à l'horizon le jour où l'univers entier suivrait leur exemple. Oui, le couple mixte vaincrait! Les esprits les plus éclairés le clament, le monde est en voie de métissage. Il suffit d'avoir deux yeux pour s'en rendre compte. New York, Londres, villes de métis. Villes métissées.

Piotr et Bebe, enthousiasmés, lui proposèrent de s'associer, de poursuivre et renouveler l'opération «L'Art va au peuple». Pouvait-il sélectionner des vers de poètes ou des paroles signifiantes de prosateurs? Ils seraient agrandis aux dimensions de posters et affichés dans les marchés, les gares routières, les gares de chemins de fer, les abribus, partout où le peuple s'empresse et se presse. Stephen ne se fit pas prier pour accepter. Il était d'avis que les poètes réputés les plus difficiles sont en vérité les plus immédiatement perceptibles. Simone regarda Rosélie avec une colère qui trahissait ce qu'elle pensait. Incorrigible Stephen! Une fois de plus, il était parvenu à se rendre le centre de l'intérêt général. Lui, lui seul comptait!

Antoine et Simone étaient résolument hostiles à Stephen. Pour le premier, malgré son français *made in* Verberie, Stephen restait un fils de la perfide Albion. Il n'avait pas appris *Frère Jacques* à la maternelle. Il préférait Alice en son pays des Merveilles au général Dourakine en Bibliothèque Rose et ne s'était jamais surpris à fredonner un air d'Édith Piaf sous la douche. Simone, elle, semblait taire ses véritables réserves. Tout au plus, elle se laissait aller à l'accuser d'être un cabotin, un comédien qui toujours, partout, recherche pour lui seul les feux des projecteurs.

Rosélie accueillait ces reproches avec indulgence. Un peu comme une mère admet les petits travers de son garçon. Stephen n'avait-il pas rêvé d'être un acteur? L'ambition ne s'était pas réalisée. À défaut d'éblouir un parterre, de recevoir en pleine face les applaudissements, l'ovation, les bouquets de fleurs d'un public en délire, il se contentait de ces succès de salon.

La soirée chez Bebe se termina mal.

Vers deux heures du matin, Arthur, le photographe mi-allemand, mi-anglais, un métis!, qui avait collaboré à la campagne artistique de Piotr, s'amena parfaitement ivre avec une putain au teint d'ébène, aux cheveux rougis, décolletée jusqu'au nombril, qu'il avait ramassée au Dauphin Vert où de telles créatures versent l'ivresse pour quelques rands. Ses stances pâteuses sur la sexualité des femmes noires dérangèrent. Tout en caressant les seins de sa conquête, Arthur jurait qu'il était désormais incapable de bander avec une Blanche.

— Les Blanches, clamait-il, sont un repas sans sel ni épices ; un plat sans condiments ! Je n'y touche plus !

Tous se regardaient avec gêne. N'était-ce pas précisément contre ces clichés qu'ils luttaient ? L'amour d'un Blanc pour une Noire n'est pas simple quête d'exotisme ou désir exacerbé de jouissance ! Ah ! Remplacer les mots d'érection, *blow-job*, orgasme, par ceux de tendresse, de communication et de respect !

Évidemment, l'opération «L'Art va au peuple» tourna court. Dès le lendemain de la réception chez Bebe, Stephen, dessaoulé, se ressouvint de la piètre qualité de ses poèmes et se récria qu'il n'avait aucune intention de collaborer avec elle. Arthur, à force de fréquenter les filles du Dauphin Vert, contracta une chaude-pisse et rentra dare-dare se soigner à Londres. Plus grave, Piotr quitta Bebe pour un mannequin érythréen qui avait fait la une du magazine *Vogue*. Pourtant, Bebe ne le pleura pas longtemps. Il n'eut pas sitôt vidé ses placards qu'elle y plaça les effets d'un joueur de tennis australien, trentième pour l'instant au classement mondial, mais appelé de l'avis de son entraîneur à la célébrité.

Cette récidive dans le couple mixte enragea tellement ses détracteurs qu'ils s'enhardirent. Pour la première fois, ils osèrent écrire dans un journal littéraire que sa poésie ne valait pas tripette.

4

Simone partie, il ne resta donc à Rosélie que Dido.

Métisse, celle-ci n'avait pas expérimenté toute la sauvagerie de l'apartheid. Elle était née à Lievland, à une vingtaine de kilomètres de Stellenbosch, dans un décor pour album touristique : des montagnes rugueuses déchiquetées en dents de scie contre le ciel d'un bleu inaltérable. Une profusion de fleurs. Partout la chevelure bouclée des vignes. Sa famille descendait d'esclaves venus de Madagascar pour travailler dans les vignobles que les de Louw avaient achetés à un huguenot français.

Rien ne justifiait vraiment la familiarité de Dido avec Stephen et Rosélie. N'empêche, elle disait «nous», qui signifiait «nous, les Français», en se référant au trio qu'ils formaient. Car, même si la couleur de leur peau était identique, à ses yeux, Rosélie n'avait rien de commun avec les Cafres sud-africains, ces Cafres exclus des vignobles, relégués toujours plus loin du monde blanc qu'elle avait appris à haïr et à mépriser. Les mots «Guadeloupe, département d'outre-mer» ne signifiant pas davantage pour elle que pour le reste du monde, elle considérait Rosélie comme une Française. Ne parlait-elle pas le français à la perfection ? N'avait-elle pas étudié à Paris ? Ne mangeait-elle pas sa viande rouge et son camembert coulant ? Dido, forte en gueule et qui n'avait pas froid aux yeux, la contredisait volontiers.

— Toi, tu vois partout le racisme ! Ce n'est pas du racisme, ça ! C'est parce que tu es une femme qu'on te traite comme on te traite ! Les femmes, blanches, noires, jaunes, métisses, c'est le cul du monde !

Version Stephen :

— Tout n'est pas racisme ! Beaucoup de choses tiennent à ton attitude individuelle.

Va savoir !

Si l'apartheid avait relativement épargné Dido, la vie n'avait eu aucune considération pour elle. Elle avait d'abord décroché un beau parti : Amishand, un Indien. Le couple avait ouvert un restaurant baptisé « Jaipur », vite renommé pour l'excellence de ses spécialités. Grâce à ces gains, il avait bâti une maison à Mitchells Plains, le quartier des métis. Si on ne se mêlait pas de politique, droit de vote, accès à l'éducation, à la santé, à la justice pour tous et autres balivernes de ce genre, en Afrique du Sud, la vie pouvait avoir ses douceurs. Amishand économisait pour réaliser un rêve : terminer ses jours en Inde, à Varanasi. Cramer pour cramer, il entendait que ce soit sur les bords du Gange. Ses parents répandraient ses cendres dans les eaux du fleuve sacré tout proche, et il n'aurait qu'un saut céleste à faire pour gagner le nirvāna. Son compte en banque prospérait, quand l'infarctus du myocarde avait accompli son œuvre funeste. Du jour au lendemain, Dido était devenue la Veuve Perchaud, mère de Manil, un fils de sept ans qu'elle s'était tuée à élever dans le souvenir de son méritant de père. Hélas, ce Manil tant choyé avait été le glaive qui lui avait transpercé le cœur. L'alcool, les femmes, les hommes, la drogue! Elle s'était ruinée pour payer ses dettes, forcée d'hypothéquer, bientôt de vendre le Jaipur, ce joyau de la gastronomie indienne. Elle avait touché le fond de la déchéance quand elle avait dû se louer, cuisinière au mois. Heureusement, dans son malheur, elle avait rencontré Rosélie à qui peu à peu elle s'était attachée comme à sa parente.

Après la mort de Manil, emporté par le sida, Dido avait perdu l'envie de vivre. Elle était submergée par un sentiment de culpabilité. Tout cela était sa faute. Elle avait traité son fils comme un bijou dont on tire vanité, une gourmette qu'on parade à son poignet, un collier qu'on attache autour de son cou. Elle ne l'avait pas aimé pour lui-même. Ni ses prières au dieu des chrétiens ni ses sacrifices aux divinités des hindous ne parvenaient à ramener la paix dans son cœur. Seule Rosélie la lui avait rendue. Par imposition des mains et pression sur ses centres de douleur.

La voiture s'engouffra dans la noirceur. Rosélie demeura sur le trottoir encombré de détritus. Elle était bien chanceuse qu'un taxi ait accepté de la conduire à son rendez-vous chez Dido. Passé le coucher du soleil, aucun chauffeur ne s'aventurait dans les cités noires. Langa, Nyanga, Guguletu, Khayelitsha, zones interdites! Et même dans Mitchells Plains, autrefois quartier tranquille et travailleur ; à présent rongé par la rage et la fureur des gangs.

Rosélie regarda de droite et de gauche comme une écolière prudente, puis traversa en courant la rue sinistre et mal éclairée.

De même qu'elle luttait farouchement contre le sort, de même Dido luttait pour humaniser le cadre de sa vie. Elle présidait une association qui se refusait à ce que Mitchells Plains devienne un enfer comme tant d'autres. Dans son jardinet, elle faisait pousser en plus des inévitables bougainvillées, hibiscus, azalées, crotons, de magnifiques orchidées. Des sabots-de-Vénus à chair verte et tigrée. Elle était même parvenue à acclimater un palmier bleu, pour l'heure fleuri de boutons d'ivoire, lumineux comme les bougies d'un arbre de Noël. Elle vint rapidement ouvrir et souffla :

— Regarde, c'est sa voiture là-bas.

Il était visible qu'elle prenait goût à ce mystère.

Rosélie tourna la tête et vit une Mercedes tapie dans l'ombre, ses feux de position rougeoyant dans le noir pareils à des prunelles d'ivrogne. Dido la précéda à l'intérieur. Le salon était à l'image du jardin. Un fouillis ! Trop de meubles trop lourds, sofas envahis de coussins décorés de toutes qualités de motifs, fleurs, triangles, rosaces, fauteuils à dossiers recouverts de ronds, de carrés, de rectangles de dentelle, poufs, guéridons, tables basses à dessus de verre, de laqué, se bousculaient sur les tapis fleuris du plancher. Sous une reproduction d'un groupe d'apsaras drapées de jaune, un homme vêtu d'une saharienne d'alpaga était assis.

Tellement immobile qu'on aurait pu le croire endormi. Mais quand les deux femmes s'approchèrent, il ouvrit immédiatement les yeux. Leur éclair était foudroyant. On ne voyait qu'eux dans son visage. Il se leva. Il était mince, bien pris, mais, déception, petit ! Bien plus petit que Rosélie et son mètre soixante-quinze. Elle avait toujours été une vraie gaule, la plus haute de sa classe, assise au dernier rang ! Un tel regard aurait convenu à un individu d'une autre stature. Quand Dido les eut conduits dans la chambre d'amis, aussi encombrée que le salon, les murs tapissés de reproductions hétéroclites, Ganesh avec sa trompe monstrueuse, non loin d'Hanumant à tête de macaque et du beau visage barbu de Jésus-Christ, Notre Sauveur, il demanda d'un ton abrupt qui trahissait son embarras :

— Qu'est-ce que je fais ?

Elle sourit :

— Rien ! Vous vous laissez faire !

Elle alluma son encens et ses bougies. Puis elle l'aida à ôter sa saharienne, son tricot de corps, lui, résistant un peu devant l'intimité de ces gestes. Elle le fit s'allonger sur le divan-lit, posa les mains sur sa tête, les promena sur ses épaules tièdes. Il ferma les yeux. Elle dit doucement :

— D'après Dido, vous ne dormez plus ?

Il acquiesça :

— Je crois que je n'ai pas dormi depuis 1994. Nuit après nuit, je me bourre de somnifères. Alors, je m'endors une demi-heure, une heure. Vous savez ce qui s'est passé dans notre pays ?

Pour qui me prenez-vous? Tout le monde a entendu parler du génocide au Rwanda. Quatre-vingt mille Tutsis raccourcis en un rien de temps. Mais si Stephen, qui avait participé à un ouvrage collectif sur ce thème sans avoir jamais mis les pieds à Kigali, s'en entretenait souvent avec Deogratias, jamais las de décrire les souffrances des siens, elle évitait le sujet par peur du voyeurisme. En outre, pour son imagination, un pareil massacre demeurait abstrait. Il lui était impossible de se représenter des hommes, des femmes, des enfants décapités à la machette, des bébés au sein fendus en deux, des fœtus arrachés du ventre de leur mère, l'odeur écœurante du sang et des cadavres jetés dans les fleuves et les lacs au cours de tueries perpétrées en quelques jours.

Elle enduisit ses mains d'huile et commença de le masser.

Très vite, il glissa vers une semi-conscience tandis qu'elle recevait à travers ses paumes le chaos de son intérieur et s'ingéniait à le maîtriser. Chaque fois qu'elle pansait des blessures, elle songeait aux deux êtres qu'elle n'avait pas soulagés. Sa mère qu'elle adorait. Les dernières années, quand elle avait encore le courage de revenir en vacances en Guadeloupe, elle prenait refuge à Redoute, chez Tante Léna. Depuis la mort de Papa Doudou, Tante Léna, qui haïssait son métier d'assistante sociale, avait pris sa retraite. Elle s'habillait en toile à sac, se coiffait d'un bakoua et, harassant les ouvriers de sa bananeraie, jouait à l'exploitante agricole. Rose ne se plaignait pas de la rareté des visites de sa fille bien-aimée. Elle ne sortait plus de chez elle, même pas pour aller prendre la communion à la messe d'aurore. Le père Restif, Breton aux yeux bleus, lui apportait le réconfort de l'hostie à domicile. Elle avait atteint deux cent cinquante kilos et n'acceptait plus de se montrer. Elle n'entrebâillait sa porte qu'à trois personnes, le père Restif, la fidèle Meynalda et le bon docteur Magne. Inutile de dire qu'elle ne chantait plus. Elle s'était produite en public pour la dernière fois lors de l'anniversaire d'une petite-nièce quand tous l'avaient suppliée. Rompant avec ses habitudes, elle avait chanté en espagnol :

> *Bésame, bésame mucho,*
> *como si fuera esta noche*
> *la última vez*

Selon certains, sa difformité était l'œuvre d'une maîtresse d'Élie, une dénommée Ginéta, à qui il avait promis le mariage et qu'il avait abandonnée, en ce temps-là, on n'avait pas inventé l'expression mère célibataire, avec ses quatre bâtards et ses deux yeux pour pleurer. La majorité des gens rejetait une explication aussi banale. Abandonner femme et enfants n'est nouveau sous le soleil ni de Guadeloupe ni du reste du monde ! Élie n'était ni le premier ni le dernier de sa catégorie. Or, de mémoire de Guadeloupéen, on n'avait jamais vu un mal semblable à celui qui ravageait Rose. On pensait plutôt qu'elle payait pour son papa, Ébénézer Charlebois, le politicien le plus corrompu des plus corrompus, qui avait, grâce aux bons soins d'un kimbwazè haïtien et de dibias nigérians, pratiqué des sacrifices humains pour s'assurer ses réélections. À chaque fête de la Toussaint, en lieu de bougies, des vengeurs peinturluraient sa tombe avec un mélange d'excréments et de goudron. Ils terminaient leur ouvrage en écrivant en lettres capitales : CHIEN.

Deux ans avant sa mort, Élie s'était définitivement séparé de Rose. Il gardait ses habitudes, continuant à boire du rhum Feneteau les Grappes Blanches, trente ans d'âge, avec ses amis au salon avant le déjeuner. À midi et demi, il était le premier à table pour dévorer une platée de poisson frit et de lentilles cuites au saindoux par Meynalda. À dix-huit heures, il rejoignait d'autres amis au Sénat sur la place de la Victoire. Rien à voir avec celui du palais du Luxembourg à Paris. Mais il avait transporté ses quartiers de nuit dans une maison haute et basse de la famille, rue Dugommier. Là, des bòbòs pas gênées par ses quatre-vingts ans rivalisaient d'ardeur et d'imagination pour le distraire, lui donner du plaisir. Pourtant, Rosélie n'avait pas le droit de lui jeter la pierre, elle qui coulait des jours tranquilles à l'autre bout du monde auprès de son Blanc. Enfin, tranquilles, façon de parler ! Car la seconde personne à qui elle n'avait jamais offert la paix de l'âme, c'était elle-même. À réfléchir, ce n'est pas pour surprendre. Le cancérologue ne soigne pas son cancer. Ni le dentiste, son abcès dentaire. Elle avait cru que Stephen lui ferait don de cette force qu'il possédait à en revendre. Au lieu de cela, sa présence, sa protection, avait paradoxalement sapé le peu de confiance qu'elle avait en elle. Puis, brusquement, il l'avait laissée seule. Le reproche, sournois, insidieux, lui aigrit le cœur.

Dans sa demi-conscience, Faustin s'agita et gémit. Elle resserra la pression de ses mains sur son front, sa nuque, et il se calma.

À New York, ils habitaient Riverside Drive, à deux pas de l'université où Stephen travaillait. Un appartement avec vue sur la rivière. De l'autre côté de l'Hudson, ils apercevaient les tours du New Jersey. Le soir, tournant la tête vers la droite, les jambages lumineux du pont George Washington.

Néanmoins, Rosélie n'arrêtait pas de regretter N'Dossou. Tous ceux qui l'avaient secourue. Dominique d'abord. Dominique, câpresse au grand cœur, venait de Cayenne en Guyane. Quand on reste à sept mille kilomètres de chez soi, les DOM se confondent. Guadeloupe, Guyane, même combat. Dominique et Rosélie s'étaient assises non loin l'une de l'autre au banquet annuel de l'Association des Domiens. Conséquence de moult déboires sentimentaux, Dominique ne portait pas les hommes noirs dans son cœur. Elle concluait ses jugements d'une phrase assassine, toujours la même :

— Ce sont de sales machos !

Ce n'est pas pour autant qu'elle appréciait les hommes blancs. Elle n'osait pas poser la question qui danse constamment au fond des yeux et hante les cerveaux :

— Parlons peu, parlons bien. Sur le plan musical, on le sait, une blanche vaut deux noires. Sur le plan sexuel, un Blanc vaut-il un Noir ?

Alors elle se réfugiait derrière le militantisme et accusait Rosélie de trahir. Trahir ? Mais quoi ? s'irritait celle-ci.

La Race, bien sûr !

Piquée au vif, Rosélie répliquait. Elle s'essayait à une arme qu'elle ne maniait pas trop mal à la vérité : l'ironie. Ainsi, le malheureux Stephen avait pratiqué le juteux commerce des pièces d'Inde ? Il avait été planteur absentéiste ? N'est-ce pas lui qui avait soufflé à Bonaparte de rétablir l'esclavage ? Puisqu'on accuse toujours les femmes — ne dit-on pas : cherchez la femme ! — d'aucuns avaient hâtivement conclu à l'influence de la belle créole Joséphine de Beauharnais. Voilà pourquoi des enragés avaient mutilé sa statue sur la Savane à Fort-de-France en Martinique. Statue cou-coupé. Soleil cou-coupé. Cèlanire cou-coupé. J'en passe et des meilleures.

Dominique accumulait sans désemparer mille raisons de détester Stephen :

— Trop poli pour être honnête. C'est un faux-jeton, je le sens. Il cache quelque chose. Et puis, il est trop plein de lui-même.

Stephen, faux-jeton ? Au contraire, il avait son franc-parler. Il était moqueur, toujours prêt à contredire, à railler, à critiquer. Rosélie se demandait par quel miracle elle trouvait grâce à ses yeux. Les premiers temps, elle tremblait, pareille à un cancre lors d'une interrogation, convaincu qu'il finira par lasser l'examinateur. Ce moment, elle l'avait attendu en vain pendant vingt ans. Son indulgence, sa patience ne s'étaient jamais démenties. Elles l'avaient tenue au chaud. Comme un bébé prématuré qui ne quitte jamais sa couveuse.

Venaient ensuite Tran Anh et Ana. Tran Anh, cœur sur la main, mais intimidé, n'osait pas baragouiner son mauvais français devant ce Blanc professeur d'université et n'ouvrait pas la bouche en sa présence. Stephen se plaignait de l'odeur d'aisselles d'Ana et la traitait sans ménagement de putain.

— Si elle est une putain, moi aussi! protestait Rosélie.

— Toi, riait Stephen, tu es une sainte.

Sous ses paumes, les nodosités qui avaient figuré les tourments et les tensions de Faustin s'étaient fondues. Sa respiration était devenue paisible. Elle n'en obtiendrait pas davantage à la première rencontre. Elle fit :

— C'est fini pour aujourd'hui.

Puis elle ajouta, convaincante, comme il promenait autour de lui un regard un peu hagard :

— Vous dormirez cette nuit, croyez-moi.

Il se redressa, s'assit et, retenant une de ses mains entre ses paumes, il interrogea :

— Quand est-ce que je vous reverrai?

Son ton était si pressant qu'on aurait pu croire qu'il s'agissait d'un rendez-vous galant. Mais les patients s'attachent ainsi à ceux qui les soulagent. Elle effectua une dernière pression sur ses cervicales.

— Vendredi prochain. Mais je ne reviendrai pas ici. C'est trop dangereux, Mitchells Plains. Où habitez-vous ? Voulez-vous que je vienne chez vous ? Je peux soigner à domicile.

Il secoua la tête :

— Je n'ai pas de chez-moi. Je suis hébergé par des amis.

Il la fixait à la manière d'un gamin qui met en terre le dernier membre de sa famille. Elle proposa :

— Alors, venez chez moi. La police patrouille régulièrement le quartier.

C'était ainsi depuis le meurtre de Stephen. À quelque chose malheur est bon. Il eut une moue et commença de se rhabiller :

— Est-ce moins dangereux pour autant ? Les policiers sont de mèche avec les truands. La police est aussi corrompue qu'aux États-Unis d'Amérique. Mon Dieu, personne n'aurait imaginé que l'Afrique du Sud post-apartheid deviendrait une pareille jungle.

Rosélie se garda de tout commentaire, elle qui se refusait à juger, à condamner, à questionner.

Dans le silence, il enchaîna :

— Pourquoi restez-vous ici ? Je veux dire, pourquoi ne rentrez-vous pas chez vous ? Pour une femme seule, ce n'est vraiment pas un endroit.

Quel lieu de la terre est bienfaisant aux femmes seules ?

Dites-le-moi afin que j'y prenne refuge avec mes sœurs, abandonnées comme moi-même. Nous formerons la confrérie des Amazones, sans arcs ni flèches. Ainsi, nous préserverons nos seins droits.

Décidément, sans se connaître, Manuel et lui s'étaient donné le mot. Elle entama les explications habituelles. Pour elle, l'Afrique du Sud n'était pas simplement un concept politique : l'ex-pays de l'apartheid, l'ex-bastion blanc de l'Afrique australe. Ou un nouvel eldorado, le paradis des ambitieux. Elle lui était intimement liée, car c'était le tombeau où reposait un être qui lui avait été très cher.

Il l'interrompit et fit d'un ton de dérision :

— Je sais... Dido m'a raconté toute l'histoire... Un Blanc.

C'était comme s'il l'avait giflée en pleine figure. Sous la violence du coup, elle chancela, puis lui donna dos. Ensuite, elle s'efforça au calme :

— C'est huit cents rands.

Il pouvait les payer, cela se voyait. Sans protester, il lui tendit une poignée de billets. Elle les compta avec ostentation, puis se dirigea vers la porte avec un remerciement sec. Il courut vers elle, la retint par la manche, murmurant confus comme un enfant :

— Je ne voulais pas vous blesser.

Avec de telles paroles, qu'est-ce que vous cherchiez ? Pourtant, me blesser, vous n'y arriverez pas. Plus maintenant ! J'ai l'habitude, vous savez !

Il insista :

— Je vous en prie, pardonnez-moi, je ne sais pas ce qui m'a pris.

Comme elle gardait toujours le silence, il demanda de nouveau :

— Est-ce que je vous reverrai ?

Pourquoi pas ? Votre argent n'a pas la couleur de vos préjugés. Elle inclina affirmativement la tête :

— Vendredi, je vous l'ai dit.

Puis elle le précéda dans le salon où Dido ne lâchait pas des yeux Keanu Reeves qui ressemblait à son défunt garçon, assurait-elle. Elle se détourna à regret de l'écran et interrogea :

— Ça s'est bien passé ?

On aurait dit une mère maquerelle prenant des nouvelles d'un puceau qu'une de ses pensionnaires aurait eu à charge de déniaiser. Ni l'un ni l'autre ne répondirent. En silence, les deux femmes accompagnèrent Faustin jusqu'à la grille. À présent, la Mercedes s'était rapprochée et était rangée le long du trottoir. Un garde du corps, façon malabar, tenant ouvertement un fusil, se précipita pour ouvrir la portière. Faustin s'engouffra à l'arrière. La voiture remonta bruyamment le long de la rue silencieuse, chacun terré dans sa maison avec ses peurs. Seule trace de vie : à un carrefour, un réverbère éclairait des chiens se battant pour fouiller une poubelle.

Les deux femmes revinrent à l'intérieur.

À cause de l'insécurité, Rosélie ne retournait pas à la rue Faure. Elle allait dîner chez Dido, puis dormir dans la petite chambre qui venait de servir de cabinet de consultation.

La brutalité de Faustin accentuait sa morosité.

Jour après jour, sous tous les cieux, toutes les latitudes, que d'incompréhension ! Que d'insultes ! Que d'avanies ! Elle comparait sa vie à une de ces couvertures qu'elle avait achetées aux Amish, lors d'une visite en Pennsylvanie : mosaïque de tissus de textures différentes, toujours de coloration peu lumineuse. Coton brun, les années à N'Dossou ; laine grise, les jours à New York ; feutrine violette, l'existence au Cap ; velours noir depuis la mort de Stephen.

Seule exception, la soie écarlate du séjour au Japon.

Dès l'abord, New York l'avait terrifiée : son étendue, ses stridences, sa bigarrure. Aucune peau n'y avait la même couleur. Aucune voix le même accent. Lequel était le New-Yorkais ? L'Africain ? L'Indien ? L'Arabe ? Le Juif ? Le blondinet WASP ? Tous nageaient avec la même aisance dans l'aquarium de la ville. La langue anglaise n'était pas reine. L'espagnol heurtait le yiddish, le serbe, l'urdu, et toutes ces Babel composaient une indéchiffrable cacophonie. Elle commença par se terrer trois mois au fin fond de son appartement. Au point qu'elle excitait la compassion de Linda, la femme de ménage péruvienne. Celle-ci la croyait souffrante et, du coup, oubliait le souci que lui causait l'absence de carte verte de son mari. Pour la guérir, elle lui apportait chaque matin des remèdes indigènes, feuilles, racines, vers, larves d'insectes, qu'elle achetait dans une *botánica* de l'avenue d'Amsterdam, tenue par un Portoricain qu'on appelait le mage Pepo. Touchée de ces

attentions, Rosélie buvait stoïquement ces méde-
cines immondes. À sa surprise, elles finirent par
avoir de l'effet. Un jour, elle se réveilla guérie.

Cette nuit-là, chez Dido, elle s'endormit dans le
tintamarre oublié : clameur des ambulances, hurlements des voitures de police, aboiements des
sirènes d'incendie. À Times Square, au-dessus de
la foule des badauds, les affiches au néon violaient
la noirceur.

I am in a New York State of mind.

5

Chaque fois que Rosélie passait la nuit chez
Dido, non seulement celle-ci lui ressassait presque
jusqu'au matin les malheurs de sa vie privée, Amishand et l'infarctus du myocarde, Manil et le sida,
le Jaipur perdu avec sa réputation de bien manger.
Mais encore elle la réveillait quelques heures plus
tard pour commenter la *Tribune du Cap* et autres
quotidiens nationaux.

Ce matin-là, une nouvelle d'une sombre horreur
s'étalait en première page.

Une femme était accusée d'avoir tué son mari,
disparu depuis plusieurs semaines. Au dire de son
beau-fils, soupçonnant la nature de la viande rangée dans des sacs en plastique sur les rayons du
Frigidaire, elle l'aurait découpé en petits morceaux
et congelé. Dans quel but ? Toutes suppositions
étaient permises.

Tandis que Dido se répandait en lamentations

sur l'état de sauvagerie dans lequel était tombé le pays, Rosélie, fascinée, considérait la photo de cette Fiéla.

La cinquantaine. D'aspect pas plus diabolique qu'une autre. Même l'air assez doux, voire timide. Maigre comme un hareng saur, ce qui soulignait ses traits anguleux, ordinaires. Seule étrangeté, les yeux. Malgré la mauvaise qualité du cliché, ils forçaient l'attention. Longiformes, étirés vers les tempes, à moitié recouverts par des paupières qui les entravaient comme des caches entre lesquels dardait le feu des prunelles.

Elle a mon âge. Elle n'est pas belle. Elle pourrait être moi.

Le mari, la victime, était un grand maigre, à mine avenante. Pas laid. Plutôt attirant, même. Le front bombé sous sa calotte de cheveux en zéro zéro. Un sourire qui intriguait.

Rosélie se rappela un cas qui avait défrayé la chronique quand elle vivait à Paris. Un étudiant japonais avait tué une étudiante hollandaise de vingt et un ans. Il avait violé son cadavre, l'avait dépecé et en avait mangé quelques morceaux. Déclaré dément, il avait été extradé vers le Japon.

Dido se lamentant toujours, à présent sur ses genoux gonflés d'arthrose, ses cors aux pieds, elle n'avait pas fermé l'œil de la nuit, elles se dirigèrent vers l'arrêt de bus. Sous le soleil, Mitchells Plains semblait moins sinistre. Derrière les haies surmontées de fils barbelés, les maisons étaient coquettes, les jardinets fleuris. Le tracé des avenues ne manquait pas d'harmonie. La vieille carcasse de l'autobus, repeinte en orange pour lui donner une nouvelle jeunesse, contourna l'aéroport et, dans un bruit vibrant de ferraille, traversa la ceinture des bidonvilles. Ce spectacle mettait généralement Rosélie à l'agonie. À l'arrêt Liberté IV, une femme aux cheveux nattés, couverts de boue rouge comme une Massaï, assise à même le pavé au milieu de ses haillons, étalait ses triplés rachitiques. Qui était leur géniteur ? S'imaginer cet accouplement monstrueux faisait frémir. Les voyageurs lançaient des piécettes dans les replis de sa jupe, pour conjurer les mauvais sorts qu'elle ne pouvait pas manquer de jeter. Ce matin-là, Rosélie n'y prit pas garde, elle ne pouvait penser qu'à l'inconnue. Fiéla.

Faisant face à présent à la montagne de la Table, geôlière infatigable, le véhicule se traîna vers le centre. Bientôt, des hommes et des femmes emmitouflés dans des châles et des chandails d'acrylique aux couleurs violentes l'emplirent. Car si un soleil trompeur brillait au milieu d'un ciel laqué bleu, le vent, ce vent sans pitié qui tordait les pins à sa volonté, déchirait les lèvres jusqu'à saigner et s'insinuait tout partout. Rosélie ne s'était jamais habituée à ces vêtements à l'européenne, à cette foule «passée à côté de son cri», qui, avec ses atours de tradition, semblait avoir perdu sa joie de vivre. Fi des clichés ! «Nous sommes les hommes de la danse», a prétendu Senghor. «*Zouk-la, sé sel médikamen nou ni*», clame Kassav en écho. Rien n'est plus discutable. N'empêche, à N'Dossou, la détresse ne saisissait pas à la gorge comme au

Cap. Elle se parait des couleurs chatoyantes des boubous et des mouchoirs de tête. Elle semblait aérienne, légère, tandis que résonnaient les cadences à danser de l'obaka.

L'autobus entra en ville et s'arrêta dans la confusion de Grand Parade. Des touristes couraient vers les formes massives du Château, l'ancien centre administratif; des vendeurs leur vantaient au passage leurs fripes ou leurs épices venues de Madagascar ou de l'océan Indien, piment, safran, cardamome, cumin; d'autres faisaient l'article pour des oranges d'Afrique du Sud, ventrues comme des pamplemousses, des raisins gonflés d'un jus violet, des pommes aux joues vernissées écarlates. À cet endroit-là, Le Cap s'embellissait du désordre, des couleurs d'une ville d'Afrique. Cependant, au fur et à mesure qu'on gagnerait les faubourgs résidentiels, elle les perdrait. Elle deviendrait rectiligne, froide, immaculée, fleur vénéneuse, anachroniquement poussée à l'extrême pointe du continent noir.

Laissant Dido, Rosélie prit la direction du commissariat central du Strand, bâtisse aux lignes austères où jadis les prisonniers politiques étaient parqués avant d'être répartis dans les différentes geôles de la province. Elle longea d'interminables couloirs menant à des pièces chichement éclairées où des policiers blancs et noirs interrogeaient des prévenus avec la même brutalité. Ces derniers uniformément noirs, sur ce point rien n'avait changé. Le crime ne connaît pas l'âge. Des vieillards qu'on aurait crus trop vieux pour concocter des délits voisinaient avec des adolescents qu'on aurait crus trop juvéniles pour s'y essayer. Dans un box, un groupe d'enfants qui ne devaient pas avoir plus de douze ans attendaient en pleurant à chaudes larmes.

L'inspecteur griffonnait dans son bureau dont l'espace étroit était encore mangé par d'énormes classeurs métalliques. Au mur, la photographie qui a fait le tour du monde : Nelson Mandela, souriant aux côtés de Winnie, victorieux, sortant de prison.

La taille de l'inspecteur Lewis Sithole ne dépassait pas celle d'un adolescent de quatorze ans. Chétif, il flottait dans son uniforme kaki. Une forêt aride de cheveux trop longs auréolait sa tête, sur laquelle était perchée ce matin-là une casquette de base-ball. Sa barbe au contraire était trop clairsemée. L'inspecteur Lewis Sithole n'était pas un bel homme.

À la vue de Rosélie, il sauta sur ses pieds et lui proposa avec empressement de sortir. On serait mieux dehors. Craignait-elle la marche à pied? On pourrait pousser jusqu'au Camélia, ce café à Heritage Square.

Au coin de la rue, deux Blancs, deux SDF, leur peau rose noircie par la crasse, étaient vautrés sur un lit de papier d'emballage. Ils fixèrent Lewis et Rosélie d'un air menaçant comme s'ils les tenaient pour personnellement responsables de leur dégringolade du haut en bas de l'échelle sociale. C'était cela, Le Cap! Cette hostilité des Blancs empoisonnant l'air comme un miasme. Cette impression d'un danger qui fondrait on ne sait d'où. Le pouvoir, là-bas à Pretoria, avait beau se gargariser de discours : devoir de pardon, nécessité de vivre ensemble, Vérité et Réconciliation, il n'y avait dans ce bout de terre que des tensions, de la haine, le désir de vengeance ! Au Camélia, quand la serveuse métisse et maussade, maussade et métisse, eut pris la commande, Lewis s'enquit du portable de Stephen.

À vrai dire, elle ne l'avait pas cherché, ne comprenant pas ce qu'il espérait découvrir grâce à lui.

Il lui expliqua patiemment. Les téléphones portables ont la particularité de garder en mémoire les dix derniers appels. Ainsi, on pourrait retrouver les correspondants de Stephen.

Rosélie haussa les épaules. À condition qu'on l'ait appelé !

Lewis Sithole se pencha si près qu'elle sentit la tiédeur de son souffle. Aucun homme raisonnablement amoureux de la vie ne se baladerait, sans arme, à minuit passé dans le centre du Cap. Elle s'obstina, Stephen avait une excellente raison de sortir de chez lui. Des cigarettes, allons donc !

Stephen refusait de se laisser intimider par la violence. Il avait même élaboré une théorie à ce sujet et entendait se comporter normalement partout où il se trouvait. À New York, il fréquentait le Bronx en pleine nuit. À Londres, il se moquait des quartiers chauds. À Paris, il arpentait le Sentier à toute heure.

— S'il voulait des cigarettes, reprit Lewis Sithole avec la même patience, il aurait pu dépêcher son gardien. Au moins, celui-là pouvait se défendre avec sa sagaie.

— Deogratias dort comme une souche, répliqua Rosélie. Des fois, ses ronflements nous parvenaient dans la chambre sous les toits. Cette nuit-là, il n'a même pas entendu Stephen sortir.

— En revanche, le gardien d'une maison voisine l'a vu passer. Il affirme qu'il semblait pressé. Il courait presque. Où allait-il selon vous ?

Au Pick n'Pay.

Stephen marchait toujours d'un pas sportif. Surtout après minuit, dans un quartier désert, par une température de cinq degrés centigrades.

Elle revécut avec le même spasme de douleur le moment où sa vie avait basculé dans la solitude et l'effroi. C'est un groupe de jeunes fêtards revenant d'un restaurant de poisson de la rue Kloof qui avaient alerté la police. Celle-ci ne s'était pas hâtée. Elle avait mis plus d'une heure pour arriver sur les lieux du drame et transporter le blessé à l'hôpital. Là, il avait continué de saigner dans une salle prétendument d'urgences. Au matin, l'hôpital avait appelé Rosélie, malade d'inquiétude, car Stephen ne découchait jamais. Il la savait angoissée s'il s'attardait trop longtemps loin d'elle, même en plein jour. Il s'en plaignait :

— Qu'est-ce que tu ferais si je travaillais à l'autre bout de la ville jusqu'à des heures impossibles ?

Pourtant, sous le reproche, elle le sentait heureux de son pouvoir.

Elle avait passé un sale quart d'heure avec

l'aréopage des médecins et des internes. Ils avaient baissé les masques et, par-dessus les carrés de gaze blanche, ils la vrillaient de leurs yeux multicolores. Un véritable interrogatoire policier.

Vous voulez nous faire croire que vous êtes la personne la plus proche? Quel rapport avez-vous avec lui? Vous, sa femme? Quel goût pervers et dégénéré avait ce bel Anglais? Où est sa mère? Son père? Sa sœur? Il n'y a personne d'autre que vous? De quel pays d'Afrique êtes-vous? La Guadeloupe, où est-ce? Qu'êtes-vous venue chercher au Cap? Qu'est-ce que vous y faites? Vous, peintre? Une Cafrine, peintre? Et puis quoi encore?

À court de paroles, ils l'avaient envoyée identifier le défunt à la morgue. Dans un tiroir, un autre que Stephen l'attendait, yeux clos, nez pincé, blanc comme un linge, coiffé d'une calotte de cheveux sans vie. Le lendemain matin, on lui avait livré cet inconnu, rigide comme un cadavre.

À quelques exceptions près, les voisins avaient été parfaits, car la Mort est la Mort! Quand elle apparaît sur cette terre, tout le monde s'incline et la respecte!

D'ailleurs, si de son vivant Stephen les avait nargués, il en était bien puni. Sa mort abjecte sur un trottoir en était la preuve. Oubliant leur hostilité, ils avaient envahi le territoire qu'avait purifié le deuil. Celle-là avait alerté l'université. Celui-là, prévenu la famille : les demi-frères, à Verberie, le père, à Hythe. Ou était-ce l'inverse? Celle-là avait disposé des gerbes de fleurs dans les vases. Celui-là, discuté avec le service des pompes funèbres. Celui-là, réglé les détails de la cérémonie à l'église. Pourtant, ces attentions, loin de toucher Rosélie, ajoutaient à sa douleur. Mine de rien, elles l'éradiquaient. Elles la rejetaient à la périphérie d'une vie dont pendant vingt ans elle avait cru occuper le centre. C'était comme si Stephen était repossédé par ce monde dont il s'était toujours dissocié. Comme s'il devenait ce qu'il n'avait jamais été ni pour elle ni pour lui-même : un Blanc.

Elle n'était pas la seule à percevoir cette exclusion. Également, Dido, toujours fine mouche ! Vers midi, elle était venue la rejoindre dans son antre, la chambre où elle se terrait, les yeux secs, incapable de pleurer. Dido avait ordonné, lui tendant des vêtements noirs qu'elle avait eu la présence d'esprit de commander à sa couturière :

— Habille-toi. Descends. C'est ton mari. Vous avez vécu vingt ans ensemble. C'est ta maison. Il faut que tu sois là.

Rosélie avait obéi et avait affronté cette marée de visages, haineux, méprisants sous les masques de compassion. Ils convergeaient vers elle pour l'emporter loin de la terre ferme à laquelle elle s'accrochait, la couler, la noyer. Tremblante, elle avait tenté d'exorciser ses frayeurs en articulant de son mieux les Psaumes :

> *L'Éternel est mon rocher, ma forteresse*
> *et mon libérateur !*
> *Mon Dieu est le roc où je trouve un*
> *refuge,*

Mon bouclier, mon puissant sauveur,
mon rempart!
Je m'écrie : « Loué soit l'Éternel ! »

Malheureusement, ce n'étaient que paroles en bouche. L'après-midi, à l'église Saint-Pierre, dans l'odeur funèbre des fleurs qui se fanaient, des bougies qui s'éteignaient, de l'encens, elle s'était effondrée contre l'épaule de Deogratias. Mon veilleur de nuit. Ma cuisinière. Désormais, mes seuls amis.

Et la cérémonie avait été récupérée par le recteur de l'université, le premier Sud-Africain noir à occuper ce poste et qui se rengorgeait, le doyen, le chef du département, blancs ces deux-là, les collègues largement blancs, des étudiants triés sur le volet, des élèves des collèges qui avaient préparé leurs représentations théâtrales de fin d'année avec Stephen.

La voix de l'inspecteur Lewis Sithole traversa l'épais nuage de sa douleur.

— Votre compagnie m'est très agréable. Pourtant il faut que je rentre. Nous avons une affaire terrible sur les bras. Le ministère public est sur les dents. Il veut qu'on la juge au plus vite et que nous en fassions un exemple.

— Fiéla ? interrogea-t-elle familièrement comme s'il s'agissait d'une fille qui s'était assise avec elle sur les bancs de l'école Dubouchage ou d'une cousine, la fille d'une tante, grandie dans la même famille.

Il inclina affirmativement la tête avant d'ajouter :

104

— C'est dommage que je ne puisse faire appel à vous. J'ai la conviction que vous pourriez m'aider.

Elle le fixa, surprise qu'il plaisante sur un sujet pareil. Il ne plaisantait qu'à moitié :

— Depuis que nous l'avons arrêtée, malgré un défilé de psychologues, de psychiatres, spécialistes de communications en tout genre, elle n'ouvre pas la bouche. J'ignore le son de sa voix. Or, on assure que personne ne vous résiste. Au cours de vos séances, les gens racontent tout ce qu'ils ont sur la conscience.

Rosélie en convint, murmurant :

— Peut-on guérir ceux qu'on ne comprend pas ?

Quel rêve !

Patiente n° 20
Fiéla
Âge : 50 ans
Nationalité : sud-africaine
Profession : femme de ménage

Ne me cache rien. Tu le sais bien, quand tu dis « je », c'est « nous » que tu signifies. Remontons à ta petite enfance. Ta mère est morte à tes dix ans. As-tu pu t'en guérir ? En rêves-tu encore la nuit ?

Est-ce que tu te revois à dada sur son genou ?

Tandis qu'ils se dirigeaient vers la sortie, l'inspecteur reprit :

— Le plus étrange, c'est qu'elle formait avec Adriaan, son mari, un couple très uni. Ils étaient mariés depuis vingt-cinq ans ; ils ne vivaient pas en concubinage. Non, ils étaient mariés. Légitimement mariés. Très religieux tous les deux. Ils fréquentaient l'église de la Résurrection de Guguletu. Ils ne manquaient pas un service. Surprise ! Deux ans après leur mariage, Adriaan a fait un enfant à la fille d'une voisine. Mais, apparemment, cela n'a pas modifié leurs relations. Elle a recueilli le garçon, l'a élevé. Toute l'affaire demeure un mystère.

6

Fiéla, tu t'es installée dans mes pensées, mes rêves. Pas gênante pour un sou. Discrète comme une autre moi-même. Tu te caches derrière mes actions, invisible, pareille à la doublure de soie d'un vêtement. Tu as dû être comme moi, une enfant solitaire, une adolescente taciturne. Ta tante qui t'a recueillie te disait une ingrate. Tu n'avais pas d'amies. Tu ne retenais pas l'attention. Les garçons passaient sur toi sans te regarder, sans s'occuper de ce que tu brûlais d'envie de leur offrir.

Depuis qu'elle était seule, chaque week-end, Rosélie suivait Dido à Lievland où restait sa vieille mère, Elsie. La vie en plein air, le tourisme ne l'avaient jamais intéressée. C'est Stephen qui, aux moindres jours de congé, l'avait traînée, maussade, à travers les parcs nationaux, sur les plages, dans les montagnes, dans des campements où l'on mangeait des braais avec des inconnus déconcertés par la présence d'une Noire, des randonnées en mer où l'on épiait les baleines sans jamais les voir. Laissée à elle-même, elle serait restée rue Faure à se morfondre dans ses souvenirs. Mais Dido insistait pour la « distraire ».

À présent que des gangs rançonnaient les passagers, violaient et molestaient les femmes seules, prendre le train équivalait à une aventure digne de l'ancien Far West. Aussi, Rosélie louait la voiture de Papa Koumbaya. Papa Koumbaya était un ami de Stephen qui, à l'université, avait connu ses trois fils cadets qui enseignaient la musique. Dans les clubs de jazz où il était fréquent, il s'était lié avec ses aînés, eux aussi musiciens. Tous l'avaient fait rire en contant comment ils s'étaient cotisés pour témoigner de leur affection en offrant une Thunderbird à leurs vieux parents perclus par une vie de labeur ingrat sous les soleils de l'apartheid. Ceux-ci les avaient chaudement remerciés. Néanmoins, ils l'avaient trouvée trop belle, cette voiture ! Trop belle pour une paire de vieux-corps !

Ils l'avaient consignée dans un garage d'où Papa Koumbaya la sortait seulement contre une forte poignée de rands lors des cortèges de mariage. Depuis, se faire conduire à l'autel dans la Thunderbird de Papa Koumbaya constituait une coûteuse attraction du Cap. Louer son véhicule à Rosélie pour des randonnées des plus prosaïques donnait la mesure des sentiments qu'il avait portés à Stephen.

Rosélie ne savait qui elle préférait de Papa Koumbaya ou de la Thunderbird, rouge comme le désir, sifflante comme un serpent, qu'hélas, prudent à l'excès, le vieillard retenait sur les autoroutes tel un pur-sang que bride son jockey. Dido, quant à elle, reprochait à Papa Koumbaya de puer le bouc. Et puis, ses histoires ne présentaient aucune originalité. Elles composaient la matière même du monde sud-africain. Du coup, elle se mettait des boules Quies dans les oreilles tandis que Rosélie ouvrait grandes les siennes. Ratatiné comme un gnome derrière son volant, Papa Koumbaya s'y prenait chaque fois de manière différente ; épiçant différemment son récit ; y ajoutant des détails émouvants, des anecdotes pittoresques. Pendant quarante ans, il avait vécu à six par chambre, dans un hôtel pour hommes de Guguletu. Quand son corps criait trop fort, il le soulageait en se masturbant devant une photo de Barta, sa femme. Puis il lavait son dégoût avec des flots de mauvaise bière. Pendant ce temps-là, Barta était reléguée au-delà des mille kilomètres réglementaires, dans l'aridité d'un bantoustan. Ils faisaient l'amour lors de ses brefs congés. Pourtant, bon an, mal an, Barta accouchait d'un garçon. Pour illuminer sa triste vie de paria, il s'était familiarisé tout seul avec nombre d'instruments, et avait communiqué à ses fils sa passion pour la musique. À sept, ils avaient formé un orchestre qui se produisait dans les services des églises de l'Assemblée de Dieu. L'Ensemble Koumbaya. Curieusement, la fin de l'apartheid avait sonné son glas. Trop rustique, trop artisanal quand il suffisait de tourner le bouton de la télévision pour qu'apparaissent le beau Lenny Kravitz ou les Spice Girls !

Rosélie aurait traversé sans s'arrêter Stellenbosch et ses maisons blanches, pleine des souvenirs de l'apartheid. Cependant, Dido se réveillait toujours à l'entrée de la ville et exigeait de prendre un café dans le patio fleuri de roses du D'ouwe Werf.

— Je ne peux croire que c'est là que je suis assise, répétait-elle. Quand j'étais petite, cet endroit-là, comme tant d'autres, nous était interdit ! Et j'en rêvais. Alors, tu comprends, m'y asseoir aujourd'hui !

Si les serveuses en tabliers trop amples étaient courtoises, les touristes ne se gênaient pas pour dévisager, rigolards, ce trio peu commun. Était-ce un père et ses deux filles ? Un mari et ses deux épouses ? Ils ne se doutaient pas qu'ils étaient eux aussi un spectacle. Les touristes avaient toujours fasciné Rosélie. À la Guadeloupe, ne visitaient guère que des familles de Français très moyens, compte en banque et physique, à la recherche de l'exotisme bas de gamme.

Il n'y a plus de Canadiennes. À présent, elles préfèrent les mâles de Saint-Martin.

Tandis que la terre entière déferlait au Cap. Or, pourquoi n'y croisait-on que des vulgaires, criards, sans-gêne, trop enveloppés, trop pansus, trop fessus ? Où étaient les beaux, minces, courtois, discrets ? Ceux-là ne voyageaient donc pas ?

De Stellenbosch à Lievland, malgré le train de sénateur de Papa Koumbaya, on était vite rendu.

Lievland se résumait au Manoir. Adossé au contre-fort des collines, blotti dans un écrin de chênes, c'était un magnifique exemple de l'architecture hollandaise du XVIIIᵉ siècle. Au fil du temps, chaque propriétaire y avait ajouté sa marque. Celui-là, une remise; celui-là, une frise; celui-là, un grenier recouvert de boue ignifugée où on entreposait côte à côte cercueils et provisions. Les touristes, levant les yeux vers le pignon de la façade avant de traîner leurs baskets à travers l'enfilade de pièces, n'avaient pas conscience du drame qui se jouait au-dessus de leurs têtes. En 1994, jurant qu'il ne saurait voir son bien-aimé pays aux mains d'un Cafre, Jan de Louw avait donné dos à son vignoble et s'était enfermé dans sa chambre, les yeux obstinément fixés sur l'armoire de Batavia en bois d'ébène de Coromandel. Sa femme, Sofie, avait d'abord tenté de lui faire redescendre l'escalier. N'y parvenant pas, elle avait écrit à Willem, leur fils unique réfugié depuis longtemps en Australie. Là, au moins, les aborigènes restaient à leur place. Tout au plus gagnaient-ils des médailles aux Jeux olympiques! Willem avait refusé de remettre les pieds en Afrique du Sud. Alors, Sofie avait essayé de s'occuper elle-même du vignoble. C'est un travail d'homme que celui-là! La mort dans l'âme, elle avait dû vendre ses terres et confié le Manoir à un circuit bien connu, l'AfriCultural Tours. Il en était devenu l'attraction, attirant des cars bondés d'admirateurs. Un Hollandais, amoureux de lui ainsi que d'une femme, avait demandé l'autorisation de le photographier pour une série de cartes postales : «Merveilles du monde». Un Norvégien avait pris l'avion depuis Hammerfest pour s'y faire photographier avec sa nouvelle épousée. Un temps, Dido avait proposé d'ouvrir un restaurant dans l'ancien quartier aux esclaves, à côté des écuries, face au parc à bestiaux. Mais Sofie ne l'avait pas toléré. Elle souffrait comme d'une déchéance de ce défilé d'étrangers sur le plancher des De Louw. Elle ne voulait pas les voir. Elle ne voulait pas entendre leurs stupides commentaires :

— Tu as vu ce baromètre ? Ça date de quand ? Comment ça marche ?

— Et cette magnifique horloge ? Regarde, elle marque non seulement les jours, mais aussi les phases de la lune.

— Quelle pièce extraordinaire !

Tous les jours, de neuf heures trente à dix-sept heures, elle se terrait dans la cuisine derrière la porte barrée d'un écriteau «Entrée interdite». En se tordant le cou, les curieux avaient vue sur la cheminée de pierre qui occupait la largeur de la salle et salivaient à l'idée des viandes qu'on y fumait autrefois.

Dido et sa mère occupaient au flanc du Manoir l'ancien quartier aux esclaves, une construction longue et basse sous un toit pesant qu'un amateur de couleur locale aurait adorée. Pas de chauffage. Pas d'eau chaude. Une douche rudimentaire. Des W.-C. de fortune. Pour remédier à cet inconfort, Dido avait parsemé le sol de grossière terre battue de tapis coloriés, posé sur le dos des meubles informes des revêtements de dentelle au crochet et surtout disposé dans la pièce centrale un tableau de Rosélie, une huile sur bois. Sans titre bien évidemment. Malgré ses allégations, les week-ends à Lievland n'avaient rien de «distrayant». On se promenait par les sentiers à l'entour des vignobles. On mangeait un «bobotie», préparé par la mère de Dido. On faisait la sieste. On se promenait à nouveau, cette fois sur la route, et on cueillait des fleurs des champs. On dînait du reste du «bobotie». Avec en fond sonore les radotages de la mère de Dido qui, une fois, avait visité Maputo et décrivait cette cité comme un musulman qui va mourir le Jardin d'Allah. Ensuite, on regardait des films au magnétoscope, toujours les mêmes : Keanu Reeves sous face et coutures. On se couchait. On ne dormait pas. N'empêche, on se levait aux aurores. On recommençait comme la veille, le «bobotie» remplacé ce jour-là par du curry d'agneau. À dix-huit heures tapantes, la voiture de Papa Koumbaya s'amenait. On rentrait au Cap. On se couchait. On ne dormait pas.

Il était pourtant écrit que ce week-end-là, le treizième depuis la mort de Stephen, tout serait différent.

À leur arrivée, Rosélie et Dido trouvèrent Sofie en grande conversation avec Elsie.

Sofie était une toute petite femme frêle. Avec son foulard blanc noué en béguin et sa robe noire, on l'aurait dite sortie d'un tableau de Vermeer de Delft. Malgré l'extraordinaire différence de corpulence — Sofie, poids plume, n'atteignait pas quarante kilos —, elle rappelait Rose à Rosélie. Rose avait fini ses jours pareillement : seule dans une maison trop grande, négligée par son mari, désertée par son unique enfant. Au fond de leurs yeux se lisait un identique récit de solitude et d'abandon, comme si c'était le lot des mères et des épouses.

Sofie leva les yeux vers les arrivantes et croassa :

— C'est Jan. Il s'est jeté de son lit et fracturé la tête. Le médecin dit qu'il n'en a pas pour longtemps.

Comme pour conjurer le sort, Elsie se signa.

En hâte, Dido et Sofie prirent la direction du Manoir. Comme Rosélie hésitait, Dido lui ordonna :

— Viens donc ! Tu pourrais le soulager ! Tu sais bien que tu vaux mieux que tous les médecins de la terre.

Il n'y a que la foi qui sauve !

À présent, les cars de touristes se bousculaient dans le parking. Des Allemands, ceux-là, en descendaient. Sofie expliquait que le geste de son mari ne la surprenait pas. Ces derniers temps, Jan avait beaucoup changé. Lui qui dévorait les journaux, se réjouissant de la courbe ascendante du sida, de l'occurrence multipliée des viols d'enfants et des vols, ne s'intéressait plus à rien. Il somnolait toute la journée. Il réclamait sa mère, son frère couchés au cimetière depuis des années. Rosélie avait honte de sa curiosité. C'était comme si la porte cadenassée de l'ogre avait enfin tourné sur ses gonds. Elle n'avait jamais approché Jan, autour duquel Dido tissait une épaisse mythologie. À travers ses

113

contes et légendes, il devenait velu, chevelu, un œil au milieu du front, la Bête, le Mal. Son odeur rôdant à l'entour du Manoir, puissante, pestilentielle comme celle d'une charogne. Enfin, elle allait le voir de ses deux yeux. Un sentiment trouble de triomphe se mêlait à sa curiosité. Elle allait constater de visu sa défaite. Car cette fin volontaire signalait un point de non-retour. Il l'avait enfin admis, ce pays que ses pareils et lui avaient cru plier à leur loi lui avait échappé pour de bon. Les Cafres étaient venus pour rester au pouvoir.

Sofie entra la première. Dido, la deuxième. Prise d'une sorte de peur, Rosélie fut la dernière à franchir le seuil.

À quoi s'attendait-elle?

À un homme carré, menaçant, la mâchoire impérieuse, légèrement prognathe. Or, au creux du lit à baldaquin, Jan reposait aussi frêle que sa femme dans sa chemise de nuit à empiècement plissé, la peau d'un blanc crayeux, le front enveloppé d'un énorme pansement souillé par places qui lui donnait l'air d'un fakir malade. À l'entour, la chambre aux murs peints en marron était encore assombrie par les volets fermés, qui ne laissaient passer qu'un filet de clarté. On n'aurait jamais cru qu'au-dehors le jour éclatait. Outre l'armoire de Batavia, la chambre était meublée, façon bric-à-brac, d'une commode en marqueterie, d'une table en palissandre et d'un coffre en bois de camphre. Dans un coin, la couche d'enfant sur laquelle Sofie dormait depuis des années. À cette vue, les réticences de Rosélie furent balayées par un vent de compassion qui la mena au seuil de la miséricorde. Cet ultime moment que ce vieillard allait affronter, Stephen l'avait affronté seul. Seul comme Rose quelques années auparavant. Comment l'adoucir? Ses pauvres dons pourraient-ils être de quelque utilité?

C'est alors que Jan ouvrit les yeux et qu'elle reçut en pleine face son regard. Regard bleu-vert, sali par endroits de fibrilles de sang, flottant sur le blanc de la cornée comme des poignées de varech. Bleu-vert comme la mer au bout du bout de la terre, à l'extrême pointe de ce cap qu'on appelle Bonne-Espérance. À tort. Pour la morne cargaison venue des Indes orientales, de Madagascar et du Mozambique, l'arrivée à proximité de ces falaises déchiquetées et rugueuses signifiait précisément la fin de toute espérance.

Ce regard la plaqua, rigide, contre le mur. Il lui semblait qu'il la renvoyait à d'anciennes places, à des rôles assignés autrefois. Debout derrière les sièges des maîtres, à agiter des éventails de plumes de paon pour chasser les mouches et rafraîchir leurs épaules en sueur. Couchée, jambes écartées, chair à plaisir du Maître. Dos courbé, lacéré par les coups de fouet de l'intendant. Pour Jan, le temps était immobile. Aujourd'hui revenait à hier. Il n'y avait pas de demain.

Sofie, Dido eurent beau la prier d'avancer, le faisceau impitoyable des prunelles de Jan l'emprisonnait tandis que se levait en elle une houle de sentiments. Rage de le blesser, voire de le tuer, en tout cas de l'obliger à baisser les yeux. Une part d'elle-même avait honte, une autre était terrifiée par cette violence. En résultat, elle ne pouvait pas plus bouger que si elle était changée en roche. Au bout d'un instant, elle se ressaisit et, retrouvant un semblant de calme, tourna le loquet de la porte, se glissa dans le couloir.

Stephen présent aurait minimisé l'affaire :

— Comme d'habitude, ce drame n'est survenu que dans ton imagination. Pourtant si c'était en vrai, tu l'aurais cherché. Ta pitié mérite meilleur usage, les townships sont remplies de gens que tu pourrais soulager. Or, tu ne veux pas y mettre les pieds.

En effet, depuis ses démêlés avec Simone, Rosélie avait pris cette décision et s'y tenait.

Elle l'avait compris, les townships lui étaient interdites. C'étaient des chasses gardées, patrouillées par des minibus marqués de sigles mystérieux, MNM, FDT, CRT, ou même KKK, non pas ce que vous croyez, le contraire, une association de bienfaisance hollandaise. Elles pouvaient se comparer à de gigantesques maisons closes, interdites aux intrus. Les Occidentaux, brûlant du désir d'effacer l'image détestable des Afrikaners, y faisaient furieusement l'amour aux Noirs qui se livraient avec emportement à des étreintes dont ils avaient secrètement rêvé. Quelle que soit leur activité, ils n'en finissaient pas de vanter la créativité de leurs protégés, et leur intelligence. L'admirable, c'est qu'ils n'éprouvaient pas la moindre rancune contre les Blancs. Aucune trace de ressentiment dans leur comportement. Toujours prêts à servir. Comme des boy-scouts.

À N'Dossou, à New York, à Tokyo même, grâce à Stephen, des jeunes avaient goûté aux complexités du répertoire anglo-irlandais : Synge, Bernard Shaw, Shakespeare. Cette fois, il travaillait pour le compte d'Arté, une association religieuse canadienne agréée par le ministère de l'Éducation. Le souci était grâce à la culture de préserver la jeunesse des périls de la modernité. Stephen préparait les Secondes du lycée Steve Biko de Khayelitsha à jouer *Le songe d'une nuit d'été*, Shakespeare semblant à Arté un puissant recours contre le crack. Un jour, ébranlée par ses incessants dithyrambes, Rosélie avait oublié les analyses de Simone et l'avait accompagné à une répétition. L'histoire s'était répétée. Pour être silencieuse, l'hostilité des adolescents à son endroit avait été palpable, tranchante comme le fil d'un rasoir. Elle avait eu l'impression de nuire à l'image de ce professeur bien-aimé, qui parlait l'anglais avec un accent inimitable et affichait sur toute sa personne le raffinement du Vieux Monde. Quel lien malsain l'unissait à cette descendante des cannibales ?

Fiéla, Fiéla, tu vois, nous nous ressemblons.

Stephen était trop fin pour ne pas percevoir cette hostilité, mais il avança une explication différente :

— Ils sentent qu'ils ne t'intéressent pas. Pis, ils sentent que tu les méprises. Alors, ils réagissent.

Les mépriser ? Pourquoi les mépriserais-je ? Je n'ai aucun droit à mépriser les autres humains.

— Tu t'en défends, mais tu es arrogante.

Moi ? Arrogante alors qu'en dedans je crève de trouille ! J'ai peur des autres humains, du monde, de la vie, de la mort. De tout, quoi !

Le retour de Dido interrompit le flot des souvenirs.

Sofie avait déploré qu'elle se soit enfuie. À présent, Jan semblait entré dans le coma. Le médecin, rappelé d'urgence, affirmait qu'il ne survivrait pas à la nuit.

En aurait-elle eu les moyens que Rosélie aurait fait ses adieux à l'Afrique du Sud le soir même. Hélas ! Outre qu'elle était dans l'incapacité de se payer un billet d'avion, même en discount classe éco, elle ne savait où aller. Un notaire venait de lui écrire que Tante Yaëlle, la dernière sœur d'Élie, une originale qui avait longtemps vécu à Santiago de Cuba, avec un musicien ivrogne et drogué à l'éther, chuchotait-on, rompant avec l'hostilité générale, lui avait laissé la maison où elle s'était réfugiée à ses vieux jours. À Barbotteau, une commune en altitude, cernée par le rempart des montagnes. Rosélie gardait le souvenir de courses éperdues lors des anniversaires sur des pelouses vertes de l'espérance de ces années-là, de tranches de gâteau marbré suave au palais, de sorbet au coco dégusté avec des cuillères d'argent.

Que se passerait-il si elle acceptait cette offre ? Les voisins ronchonneraient :

— *Ola fanm-la sa sòti ?*

Ceux qui naissent et vivent en métropole portent un nom. On les appelle des « négropolitains » ou des «nègzagonaux». Avoir un nom, c'est déjà exister. Les roches qui roulent par le monde et n'amassent pas de mousse n'en ont même pas. On les appelle «nomades».

À défaut de pouvoir donner dos à l'Afrique du Sud, Rosélie décida de quitter Lievland. Jan lui avait ouvert les yeux. Avoir résidé, semaine après semaine, dans cet ancien quartier aux esclaves, au flanc de la maison des Maîtres, signifiait qu'elle fermait les yeux sur le passé, qu'elle l'entérinait, qu'elle l'absolvait. En Virginie, elle avait visité Monticello, demeure du président Thomas Jefferson. Touche finale à la couleur d'époque, des Africains-Américains engoncés dans des casaques vendaient des souvenirs dans les communs abritant une boutique.

Voici des cendriers faits d'authentiques garrots! Des étampes transformées en presse-papiers!

Demandez le *Récit de la mulâtresse*, les mémoires de Jane Johnson que sa mère plaça à quinze ans et qui porta dix bâtards mulâtres! Elle n'obtint jamais sa liberté. Son maître l'aimait trop pour la perdre.

Son comportement n'était pas moins choquant.

Malheureusement, Papa Koumbaya joint sur son téléphone portable, don de ses garçons décidément très généreux, faisait la noce à Nyanga. Comme il ne pouvait rien lui refuser, il lui promit d'être là dès qu'il pourrait.

Il s'amena aux environs de minuit, passablement éméché, et s'attira les foudres de Dido qui voyait déjà la Thunderbird dans un fossé. Pourtant, le trajet se passa sans encombre.

La lune tellement circulaire qu'on l'aurait crue dessinée au compas éclairait les moindres recoins du ciel que le vent, toujours vif, avait lavé des plus petits nuages. Ses rayons illuminaient la toison des chênes, les fermes tassées dans les vignobles, le ruban de la route, bientôt la mer, la mer, en robe d'améthyste, indomptée, fuyant toujours plus loin, à perte de vue. Jamais Rosélie ne s'était sentie aussi seule. Jamais elle n'avait autant lutté contre un sentiment de rancœur à l'endroit de Stephen. Contre son gré, il l'avait amenée dans ce pays exécrable pour l'y abandonner.

Rue Faure, drapé dans son molleton marron sombre, Deogratias dormait déjà, allongé au pied de l'arbre du voyageur.

7

Rosélie, qui n'avait pas les talents de cuisinière de Dido, achevait un frugal repas quand la sonnerie de la porte d'entrée retentit. Vaguement inquiète, elle se redressa. Qui cela pouvait-il bien être ? Elle n'attendait personne, n'ayant aucun ami, donc aucun visiteur. Dans certains quartiers, les braqueurs avaient l'impudence d'opérer en plein jour. De faux déménageurs vidaient les maisons de la cave au grenier avant de liquider proprement les propriétaires. Elle se raisonna. Des braqueurs ne sonneraient pas pour s'annoncer.

Prudemment, elle s'avança. Elle fut tellement stupéfaite quand elle le vit, debout sur le trottoir, le nez collé à la grille comme un colporteur arabe proposant ses tapis, qu'elle perdit toute civilité et l'apostropha :

— Qu'est-ce que vous faites là ? Je ne travaille pas le dimanche.

Il sourit, nullement rebuté :

— Il ne s'agit pas de cela. J'avais envie de te voir.

Il la tutoyait ! Le pire cependant était qu'il n'eut pas sitôt prononcé cette phrase qu'elle s'aperçut que la réciproque était vraie. Tout au long des derniers jours, ce désir incongru, inadmissible, s'était caché derrière l'amertume, le chagrin, l'impatience causés par les événements quotidiens. Ses doigts devenus curieusement gourds finirent par trouver la clé. Elle s'effaça et désigna les fauteuils de jardin :

— Nous nous asseyons dehors ?

Mais il préféra entrer. À l'intérieur, tandis qu'il l'examinait d'un air critique, elle fut consciente de l'image qu'elle offrait : un pantalon de velours à côtes tout bosselé, un chandail troué aux coudes, pas de maquillage, et se gourmanda. Quel homme dans son bon sens pouvait-il s'intéresser à elle ?

— Tu ne devrais pas rester barricadée chez toi par ce beau temps, fit-il observer. Regarde-moi ce soleil ! Tu devrais te...

Elle acheva d'un ton tristement moqueur :

— ... distraire, merci, c'est fait !

Sans qu'elle puisse s'en défendre, il saisit sa main et la couvrit de baisers.

— Pardonne-moi encore pour l'autre fois. Je ne sais pas ce qui m'a pris, j'ai eu envie de te blesser. J'imagine que j'étais jaloux.

Halte-là ! Quel tour prenait la visite ?

Pour mener à bien des aventures extra-conjugales, avec les mensonges, les faux-semblants, l'hypocrisie que cela suppose, il faut une santé morale de fer que Rosélie ne possédait pas. Après les dérives en eau trouble, les plongeons, les semi-noyades terrifiées de ses journées, la nuit, il lui plaisait de retrouver à la même place le ponton ferme et réconfortant du corps de Stephen. L'amour n'était plus un corps à corps d'où ils sortaient exténués et suants. C'était une promenade plaisante et sans surprise dans un jardin familier. Après quoi, Stephen débouchait une bouteille de vin blanc italien, Lacrima Christi, lisait à haute voix des bandes dessinées, rêvait de Yeats. Sous ses paupières closes, elle revoyait Rose. Elle l'entendait même :

> *Amado mio,*
> *Donne tes lèvres*
> *Et dans la fièvre*
> *Attends ce soir.*

En vingt ans, elle n'avait eu qu'une aventure, une, une seule, et ce souvenir enfoui dans un coin de sa mémoire, loin, si loin, avait perdu toute réalité. Avait-elle vécu la folie de ces jours-là ? Or, trois mois après la disparition de son compagnon, voilà qu'un homme qu'elle ne connaissait ni d'Ève ni d'Adam, un homme qu'elle dominait d'au moins dix centimètres, lui mettait le sang en feu. Elle n'en était pas fière. En même temps, c'était bouleversant d'éprouver ces sensations, ces sentiments. Oubliés depuis si longtemps qu'elle croyait ne les avoir jamais éprouvés. Sa vie n'était donc pas finie ?

Il proposa :

— Je t'emmène faire un tour à Clifton. Je connais un endroit où on mange des moules et où on boit de la Mort Subite. On se croirait à Bruxelles.

Si ce n'était que cela ! Elle avait du vin blanc à revendre. Chaque semaine, Dido en rapportait de pleins cartons de Lievland. Dans la cuisine, étant donné sa fébrilité, elle manqua casser deux verres, s'estropier en débouchant une bouteille. Quand elle revint dans le living-room, il était planté devant une de ses toiles. Se détournant, il lui posa la question inévitable :

— Qu'est-ce que cela représente ?

Elle sourit :

— Ce que vous voulez !

Il parut déconcerté, répétant :

— Ce que je veux ?

Puis il rit, découvrant ses dents carrées, irrégulières. Il vint vers elle, lui prit les verres des mains et les posa sur un meuble comme s'ils avaient suffisamment perdu de temps en paroles, en gestes, en sourires et qu'il fallait maintenant aller à l'essentiel. Ils firent l'amour avec la rage de deux collégiens sur le divan de cuir grenat du salon.

Après, Rosélie resta écrasée. Des années de fidélité annihilées en une matinée! Cette fidélité n'était pas l'effet de la contrainte. Stephen ne lui avait jamais présenté de parchemin à parapher :

Commandement numéro 10 : « L'œuvre de chair feras avec moi uniquement. » C'était le fruit d'une résolution personnelle.

Il sauta sur ses pieds, car il semblait posséder ainsi que Stephen cette qualité qui lui faisait si cruellement défaut : il était à l'aise avec lui-même, satisfait d'être ce qu'il était. Il ordonna avec l'autorité que lui conférait le plaisir qu'il venait de lui donner :

— Habille-toi! Je t'emmène au quartier malais, dans une boîte où l'on joue de la musique zaïroise.

— De la musique zaïroise ? fit-elle avec une moue.

— Ou plutôt congolaise, puisqu'il n'y a plus de Zaïre.

Devant sa mine peu enthousiaste, il sourit :

— Il faut réintégrer ; tu as trop vécu avec les Blancs.

Mais, cette fois, il plaisantait.

Rosélie dormait comme elle n'avait pas dormi depuis trois mois, quand Dido entra avec son plateau et l'arôme du café. Il était tard. Le soleil avait infiltré ses rayons jusqu'au mitan de la chambre. Dido avait revêtu son travesti d'employée de maison, fichu, blouse en tissu incolore, mais à son habitude, se comportant comme chez elle, elle s'assit familièrement sur le lit. Ce matin-là, elle ne commenta pas les journaux et annonça d'une voix affairée :

— Je dois retourner à Lievland. Sofie a téléphoné : Jan vient de mourir.

Au contraire, Rosélie n'avait plus de temps pour Jan. Elle débita le récit de sa nuit. Dido l'écouta sans l'interrompre et fit d'abord en guise de conclusion :

— Ça t'a fait du bien. Tu as pu dormir. Tu as rajeuni de dix ans.

Pourtant, cette approbation fut de courte durée. Elle alla chercher du papier et s'installa devant la commode.

— Voyons quel genre de type c'est, dit-elle sévèrement.

— Quel genre ?

Rosélie s'aperçut qu'elle ignorait tout d'un homme avec lequel elle avait accompli un des actes les plus secrets et les plus intimes qu'on puisse imaginer.

D'un coup de langue, Dido humecta la mine de son crayon :

— Il t'a sortie ? Où est-ce qu'il t'a emmenée ?

Elle fit, docile :

— Au Paradis, dans le quartier malais.

Ce que les habitants du Cap appellent Bo-Kaap, ou le quartier malais, une surprenante et charmante enclave aux murs coloriés d'ocre, de rose et de bleu, ne mérite en rien cette appellation. Les historiens nous apprennent que les esclaves malais n'ont jamais représenté qu'un infime pourcentage de la population et qu'ils ont, par conséquent, laissé peu de traces dans la région. Ils l'appellent aussi le quartier musulman. Cela semble moins inexact, vu le nombre de mosquées qui s'y élèvent. En outre, un chef religieux du nom d'Aboubakar Effendi y a vécu et fait école. Malais ou musulman, Bo-Kaap est un des quartiers les plus plaisants du Cap à cause de ses ruelles à tours et détours tarabiscotés, de ses gargotes aux senteurs de gingembre et de curry, un des plus sûrs aussi, le seul où dans cette ville de tous les dangers on puisse flâner à pied.

Dido eut une moue :

— Il ne s'est pas foulé. Le Paradis est un endroit très ordinaire. L'entrée est à quelques rands. La boîte appartient à un réfugié congolais. C'est le lieu de rendez-vous de tous les Africains francophones.

À ses yeux, je ne mérite pas mieux. Je ne suis pas une conquête de première.

— À son âge, il a certainement une femme, des enfants. Où sont-ils ?

Rosélie inclina la tête.

— Il est marié à une Africaine-Américaine, répondit-elle, cachant sous un ton naturel la stupeur que cette nouvelle lui avait causée. (Ainsi, il avait goût aux étrangères.) Ils ont deux filles. Après qu'il a perdu son poste, sa femme est retournée auprès de sa famille. Ils ne se sont pas vus depuis des années.

126

Dido leva les yeux au ciel :

— Le coup classique ! Ils sont toujours fâchés avec leurs femmes ! Toujours séparés ou en instance de divorce ! Qu'est-ce qu'il est venu chercher en Afrique du Sud ?

Rosélie eut un geste vague :

— Comme tout le monde ! Il est venu faire des affaires !

Dido gémit :

— Mon Dieu ! La pire espèce : les soi-disant hommes d'affaires africains ! Dans ce cas, pourquoi n'est-il pas à Johannesburg ? C'est là que tout se passe !

Rosélie n'en savait rien et l'avoua. Dido continua son interrogatoire :

— J'ai entendu dire qu'il a été ministre ?

Rosélie avoua à nouveau :

— Il ne m'en a pas parlé.

Dido conclut d'un ton coupant :

— C'est qu'il ne doit pas en être fier. Pourquoi traîne-t-il tous ces gardes du corps après lui ?

— Il paraît que ses ennemis ont essayé de le tuer quand il vivait à Kinshasa, puis à Brazzaville.

Entendant cette histoire rocambolesque de tueurs à gages, Dido renifla moqueusement. À ce point, Rosélie entreprit de la rassurer et s'efforça à la désinvolture. De quoi avait-elle peur ? De quoi voulait-elle la protéger ? Quoi qu'on pense, elle n'était pas une midinette. Le cœur n'avait rien à voir à l'affaire. Une bonne partie de jambes en l'air, voilà ce qui venait de se passer. Dido la remit rudement à sa place :

— J'ai déjà entendu cet air-là. C'est faux, les femmes ne savent pas séparer le sexe du cœur. Toi, moins qu'aucune autre.

Là-dessus, elle fourra ses papiers dans un tiroir :

— Méfie-toi. Ce Faustin ne me dit rien de bon.

On aurait cru Dominique déblatérant contre Stephen, des années plus tôt. Dido n'aimait pas Stephen non plus, même si elle n'avait jamais osé l'avouer. Parfois, Rosélie surprenait son regard posé sur lui, noirci d'animosité. Les bonnes amies sont toujours des Cassandre.

Rosélie s'habilla, puis descendit vider trois tasses de café dans le patio. Il lui fallait au moins cela pour retrouver un semblant d'équilibre.

De l'autre côté de la rue, les mains protégées par des gants de caoutchouc rose, les yeux par une visière de mica bleue, la voisine, Mme Schipper, taillait ses rosiers. Clac-clac-clac. Les branches tombaient autour d'elle comme des têtes sous la Terreur. Comme à l'accoutumée, elle regarda au travers de Rosélie. Cet aveuglement volontaire durait depuis quatre ans.

La nuit avec Faustin dota Rosélie du courage qui lui avait manqué jusque-là. Elle poussa la porte de l'antre de Stephen. C'était une pièce ovale, «mon bureau ovale», disait-il plaisamment, la plus belle de la maison, visiblement conçue pour être un salon, la marqueterie et les moulures du plafond en témoignant. Son tableau préféré, le troisième de la série qu'il avait baptisée *Vierges, monstres, sorciers,* trônait en bonne place. À l'entour, l'antre était meublé de façon disparate, ainsi que l'aimait Stephen, un fauteuil acheté trois fois rien au marché aux puces voisinant avec un coûteux bureau à tambour en bois de citronnier. Stephen était très fier de sa bibliothèque bilingue, en français et en anglais, où abondaient les éditions originales en cuir relié pleine peau. Qu'allait-elle en faire, elle qui détestait les livres, leur présence opaque, oppressante ? Elle décida de les offrir à l'université. Dès le lendemain, elle téléphonerait à Doris. Le téléviseur Sony grand écran extra-plat, car Stephen raffolait des gadgets dernier cri, enchanterait Dido qui pourrait mieux apprécier les avantages de Keanu Reeves. La chaîne hi-fi, quant à elle, comblerait Deogratias, amateur de chants grégoriens. Mais tous ces disques, ces cassettes vidéo ? Stephen et elle avaient des goûts opposés, lui n'écoutant que du jazz et des opéras de Verdi qu'elle détestait pareillement. Elle donnerait le tout à Mme Hillster. Mme Hillster était une grande amie de Stephen. Deux ou trois fois la semaine, elle avait coutume de venir prendre le thé et de s'asseoir pour bavarder avec lui au pied de l'arbre du voyageur. C'était une Anglaise, veuve d'un haut fonctionnaire qui dans les années soixante-dix avait rédigé un rapport — oh, très modéré — contre l'apartheid. Cela lui donnait le droit de critiquer le gouvernement et de remplir la tête des gens avec des : « Ils n'ont qu'à... Ils n'ont qu'à... »

À part cela, elle possédait le plus délicieux magasin qu'on puisse imaginer : le Three Penny Opera. Tout voisinait avec tout dans le plus grand désordre : les chants de Noël avec les requiem, les motets avec les oratorios, les suites pour violoncelle avec les airs de raï, Cesaria Evora avec Cheb Mami. En fouillant, on trouvait n'importe quoi. C'est ainsi que plus d'une fois Rosélie avait reçu des coups au cœur. Un jour, au milieu d'une collection d'isca-thamiya, elle était tombée sur de vieilles biguines de Stellio. La musique préférée d'Élie avec les Afro-Cubains ! *Guatanamera*, *Dos gardenias* et *tutti quanti*. Dans son jeune temps, Élie avait même embouché une clarinette. Avec ses quatre frères, Émeric, Éliacin, Évrard, Émile, il avait formé un groupe : les Musical Brothers. L'ensemble s'était fait un petit nom en animant les bals titane ou les bals à quadrille. Mais, en fin de compte, la musique, elle non plus, ne nourrit pas un homme tout seul, encore moins cinq gaillards. Le groupe s'était dispersé. Tandis que ses frères se casaient là où ils pouvaient, deux d'entre eux émigrant à Paris, un autre au Canada, Élie, vaillant, avait passé les concours de la fonction publique et s'était installé pour quarante ans dans un bureau sans air au premier étage de l'immeuble du greffe de La Pointe. Un autre jour, Rosélie s'était trouvée nez à nez avec le disque d'or de Salama Salama que, lui, la musique nourrissait confortablement, vendu à plus d'un million d'exemplaires. *Le reggae des damnés*. Elle l'avait aidé à en composer les paroles.

> *Dansez, les damnés de la Terre,*
> *Dansez, les forçats de la faim,*
> *Oui, dansez, dansez pour oublier !*

Moi qui suis rasta, je vous exhorte,
Aimez-vous !
Si tous les hommes s'aimaient,
S'aimaient le matin s'aimaient le soir,
S'aimaient à midi et s'aimaient à minuit,
Il ferait meilleur vivre en ce monde.

Les joues lui en brûlaient encore.

Un jeune Népalais, Bishupal Limbu, régnait sur le Three Penny Opera. Ce client-ci demandait le *Concerto pour violon* d'Alban Berg, celui-là la *Légende* de Bob Marley, cette femme-là, le *Requiem* de Gilles. Malgré le fouillis à l'entour, Bishupal fonçait droit vers le disque désiré. Ses connaissances musicales étaient surprenantes. Ses connaissances littéraires, également. À ses rares moments perdus, il avait toujours le nez fourré dans un livre ! Il venait souvent en emprunter à Stephen, rue Faure. En trois mois, il avait lu tout Charles Dickens, tout Thomas Hardy et attaqué William Faulkner ! Taciturne et de maintien peu assuré, une frange de cheveux de jais caressant ses yeux obliques, il rêvait de devenir poète. Ses vers avaient paru dans une revue de Johannesburg. Stephen l'avait persuadé de préparer par correspondance des examens de composition.

— Pour lui donner une base. Il massacre la langue anglaise et prend ses fautes de grammaire pour des licences poétiques.

Mme Hillster le traitait à la fois comme un génie, accrochant ses poèmes aux murs du magasin, un fils et un bibelot exotique. Mais ne voilà-t-il pas qu'un midi où il s'était éloigné pour déjeuner, deux garçons cagoulés avaient fait irruption et, brandissant des fusils à canon scié, avaient vidé le contenu d'un coffre bourré de rands, de livres sterling et de dollars que Mme Hillster gardait en méfiance des banques. Pour faire bonne mesure, ils avaient roué de coups la malheureuse femme qui tentait de s'interposer. Il n'y avait pas eu d'effraction. Aussi, la complicité de Bishupal qui connaissait et l'importance des sommes détenues dans le coffre et sa combinaison avait semblé évidente. La police l'avait donc arrêté. Cependant, elle n'avait rien pu prouver. Des témoins l'avaient vu à l'heure où se passaient ces tristes événements, le nez dans *Tandis que j'agonise*, attablé à la Pizzeria Napoletana. De son lit d'hôpital, malgré sa mâchoire déboîtée, ses côtes cassées et ses contusions, Mme Hillster jurait de son innocence. D'après elle, Bishupal était incapable de faire du mal à une mouche. Ce drame était survenu quelques jours après la mort de Stephen, en un temps où Rosélie n'avait la tête qu'à son propre malheur. Faire don, même tardivement, de plus de deux cents disques serait un excellent moyen de gagner le pardon.

Elle s'assit derrière le bureau et fixa l'œil glauque de l'ordinateur. C'était troublant ! Penser que, Stephen disparu, celui-ci retenait ce qui l'avait préoccupé. Pour pénétrer à l'intérieur de ce cerveau d'artifice, il suffirait de taper sur quelques touches. Pourtant, ce serait un sacrilège. Sans hésiter, elle décida de détruire les mémoires et, ensuite, coquille vidée de sa substance, de faire don de l'ordinateur au lycée Steve Biko. Lors des funérailles, une délégation d'élèves et d'enseignants avait apporté sa gerbe. Chris Nkosi qui avait joué Puck dans *Le songe d'une nuit d'été*, en larmes, avait lu un poème de sa composition. Machinalement, elle essaya d'ouvrir les tiroirs. Fermés à clé à l'exception de deux d'entre eux. Le premier était rempli de ce bric-à-brac qu'on accumule au cours de l'existence : cartes de visite de gens à qui on ne rendra jamais visite, cartouches Waterman bleu effaçable, boîtes d'allumettes réclame du café Milano, café Lalo, café Mozart ; feutres à bille de toutes les couleurs, agrafeuses sans agrafes, une petite boussole chinoise pointant fébrilement vers le nord-est. Il n'y avait rien à garder. Rosélie attira la corbeille à papier et c'est alors qu'elle le vit, le téléphone portable qu'on croyait disparu. Blotti contre un des pieds du bureau, à moitié caché par le tapis de corde. Un minuscule objet, très coûteux, large de quelques centimètres, replié dans sa gaine de cuir noir. Elle le déplia, appuya sur une touche et il s'illumina, vert, maléfique comme une émeraude au creux de sa paume.

C'est l'inspecteur Lewis Sithole qui serait content.

Dans l'autre tiroir étaient entassés des albums de photos. Elle en ouvrit un au hasard. En première page, quatre personnes souriaient à l'appareil. Ou plutôt trois personnes souriaient à l'appareil, elle se tenait en retrait, lointaine, boudeuse. Elle regarda au dos du cliché. «Lone Pine — 1994 — Avec Lisa et Richard — Séjour mémorable.» Stephen avait souligné les deux derniers mots. Le souvenir mémorable voltigea, d'abord vague, incertain dans sa mémoire, puis s'immobilisa, s'ancra. Elle se rappela. Ils avaient profité d'un congé de Stephen pour se rendre dans la vallée de la Mort en Californie. Au terme de plusieurs heures de route, ils étaient arrivés dans une petite ville dont le nom préfigurait ce qu'elle offrait. Lone Pine. Une poignée de maisons serrées le long d'une rue. Un restaurant fast food où des individus à face de *most wanted men* s'empiffraient de platées d'hydrocarbures. Une station d'essence où d'énormes camions étaient à l'arrêt. Autour d'un parc de caravanes, des guirlandes de jeans, de chemises à carreaux et de grenouillères d'enfants flottaient dans la brise. Toute la maussaderie de l'Amérique profonde était là. Avec en outre un je-ne-sais-quoi d'effrayant. On devinait qu'au premier prétexte la bestialité des habitants, cachée derrière ces façades communes, tel un ogre dans sa tanière, allait bondir en avant. L'hotel Beaver Inn était quand même gratifié de trois étoiles dans le guide. Rejoignant Stephen au bar, elle le vit en grande conversation avec un couple. La quarantaine. La femme, blonde, coquette, jolie. L'homme un peu trop bien nourri, très chevelu, le visage agréable. Au fur et à mesure qu'elle s'approchait, ils la regardaient avec derrière leurs sourires de convenance — tout le monde il est beau, tout le monde il est gentil — une hauteur mêlée d'inquiétude. Qu'est-ce qui prenait à cette femme noire de marcher droit sur eux? Elle atteignit la table et alors Stephen, l'attirant à lui d'un grand geste possessif, la présenta :

— Ma femme, Rosélie.

Chaque fois, c'était la même chose! Elle l'accusait de jouer au prestidigitateur tirant de son chapeau un objet funeste et surprenant. Avec ses collègues, ses connaissances, les commerçants du quartier, marchand de journaux, de cigarettes, de fleurs. Contrainte et forcée, elle marmonnait un salut. Chaque fois, ses interlocuteurs dressaient l'oreille, alertés. Dans sa bouche, l'accent français qui évoquait pêle-mêle le gai Paris, les tailleurs Chanel, Christian Dior, les Must de Cartier et la blancheur des dentelles du french cancan résonnait comme une insupportable parodie.

Vous voulez dire que vous êtes française, vous?

Mais non, mais non! Je suis de la Guadeloupe!

C'est où, ça?

Mon Dieu, quel micmac!

Elle soupçonnait Stephen de se repaître des réactions que son introduction produisait. S'en remémorer au lit lui servait de bouée contre le naufrage sexuel. S'accrocher à ces souvenirs émoustillait un exercice qui, à force, aurait pu devenir routinier, le dotant d'un goût d'interdit, voire de perversité et de vice.

Lisa et Richard se mirent debout comme des automates et lui tendirent gauchement la main.

L'inattendu de l'Amérique, c'est qu'on peut y

vivre des années entières sans fréquenter les autochtones. Ni même parler leur langue. Rosélie avait non sans mal fini par apprendre l'anglais. Mais, n'ayant pas d'emploi au-dehors, elle ne connaissait d'Américains que les collègues de Stephen. Quand ils venaient dîner à Riverside, leurs conversations tournaient autour de la littérature ou de la politique, sujets qui lui étaient étrangers.

— Qu'est-ce qui t'intéresse ? lui demandait moqueusement Stephen après chaque soirée. La prochaine fois, nous nous efforcerons de te plaire.

Qu'est-ce qui m'intéresse ? Moi, moi, rien d'autre que moi.

Aussi, outre Linda, ses seuls interlocuteurs étaient le portier de jour, uniforme bleu sombre : un Pakistanais ; le veilleur de nuit, uniforme brun : un Bulgare ; les officiers de sécurité, uniformes bleu clair à parements dorés, patrouillant comme des matamores les rues environnantes, tous latinos.

Lisa et Richard dépassèrent tout ce qu'elle aurait pu imaginer. Richard était avocat. Lisa travaillait pour une chaîne de télévisision. Ils étaient père et mère de trois fils. En outre, divorcés l'un et l'autre, ils avaient chacun trois filles du lit précédent. Tout y passa : le détail de leurs premiers mariages, les affres de leur divorce, leurs problèmes avec leurs parents, leurs démêlés avec leurs beaux-parents, leurs déboires avec leurs enfants des deux unions, leurs rivalités avec leurs frères et sœurs, leurs difficultés conjugales, leur ennui sexuel, l'échec de leurs partouzes, le succès de leurs adultères, l'inutilité de leurs séances chez leur psy qui, pourtant, avait guéri Hillary Clinton de la déprime. Ce déballage était d'autant plus pénible qu'il s'adressait uniquement à Stephen. Produits de siècles de racisme et d'exclusion du Noir, Lisa et Richard étaient incapables de regarder Rosélie dans les yeux, de se comporter avec elle comme avec un autre être humain. Tout au plus parvenaient-ils à grimacer des sourires dans le vide, en tournant à moitié le buste dans sa direction. En vérité, Rosélie, coutumière de l'invisibilité, l'aurait supportée si elle avait pu aussi être sourde. Le quatrième jour, alors que Lisa et Richard décrivaient interminablement leur voyage en Toscane et leurs efforts infructueux pour mettre dans leur lit le jardinier italien, brun, bouclé, amateur de vin comme il se doit, n'en pouvant plus, elle s'enfuit. Un taxi la conduisit au Sheraton de Los Angeles d'où elle téléphona à Stephen. Il ne tarda pas à la rejoindre. Elle l'attendait, avec des questions précises. Quel plaisir lui procuraient pareilles compagnies? Se souciait-il de l'épreuve qu'elles représentaient pour elle? Au lieu d'y répondre, il lui fit l'amour avec une violence peu courante, la bâillonnant avec des baisers.

— Tu ne sais pas t'amuser, se plaignit-il à nouveau.

S'amuser? C'était cela, s'amuser? Non! Ils ne partageaient pas le même sens de l'humour.

De retour à New York, Stephen invita Lisa et Richard à l'un de ses dîners. Mais, à la dernière minute, ils s'excusèrent sous un mauvais prétexte et on ne les revit plus.

Rosélie eut aussi le courage de monter à son atelier, d'ouvrir les fenêtres et de considérer ses toiles. Depuis la disparition de Stephen, elle n'avait pas touché à ses pinceaux. L'officiant n'étant plus là pour les cérémonies de baptême, elle n'enfantait plus.

Au Cap, étrangement, elle avait vendu un assez grand nombre de tableaux. Il avait suffi que Mme Hillster, visitant son atelier avec Stephen, promu au rang de guide, s'enthousiasme pour *Guiab, guiables et jan gajé* et l'achète pour son magasin. Du coup, de nombreux clients avaient fait le détour par la rue Faure pour être les premiers à posséder un tableau de ce génie, assurait Mme Hillster, dûment chapitrée, encore totalement inconnu, mais destiné à plus ou moins long terme à la lumière de la célébrité. Puisque l'Afrique du Sud était un chaudron où cuisaient toutes les nationalités de la planète, des Allemands, des Norvégiens, des Suisses, des Indiens, des Mexicains remarquant doctement la parenté avec leur Frida Kahlo nationale, le sang, les viscères, les souffrances, étaient repartis, farauds, leurs découvertes sous le bras.

Dido était du même avis que Simone.

— Tu connais Bebe Sephuma. Est-ce qu'elle ne pourrait pas te donner un petit coup de pouce ? C'est ce qui te manque !

Comment lui expliquer que Bebe Sephuma ne s'intéressait pas à elle ? Pas assez *glamorous* pour illustrer éventuellement la couverture des magazines ! Trop gauche et embarrassée ! Et puis, elle n'était pas une anglophone. Les gens qui parlent l'anglais éprouvent un profond mépris pour le restant du monde. Le temps est loin où le français était considéré comme la langue de la culture. Pour les esprits sérieux, il ne semble désormais que le baragouin de la frivolité.

Une fois de plus, le doute l'envahit. Que valait le fruit de tant d'efforts ? Aussi longtemps qu'elle était occupée à choisir, puis mélanger les couleurs, à appliquer la peinture à traits larges ou retenus en se repaissant de son odeur vivifiante, ses yeux ne voyaient rien, hormis ce carré blanc que son imaginaire peuplait et métamorphosait au fur et à mesure. Elle n'entendait rien, hormis la rumeur de ce monde qui maturait en elle. Un bonheur l'habitait, comparable sans doute à celui d'une femme dont le fœtus remue au fin fond de sa chair. Cependant, une fois les eaux perdues et la délivrance survenue, elle se détachait de sa création. Plus grave, elle la prenait en grippe comme une marâtre qui rêve de jeter son nouveau-né dans une décharge publique, enveloppé ou non d'un sac en plastique. Alors, pourquoi continuait-elle de peindre ? Parce qu'elle ne pouvait faire autrement.

Mais Dieu dans ses voies impénétrables avait peut-être mis fin à la torture. Stephen disparu, elle n'était plus rien. Une masseuse, un médium, une curandera, appelons cela comme on voudra !

« Rosélie Thibaudin, guérison de cas incurables. »

En même temps, illogique, la perte de son don l'anéantissait.

Sometimes, I feel like a motherless child.

8

Changer d'homme, c'est changer de rythme.

Avec Stephen, Rosélie jouait toujours la même partition. *Allegro ma non troppo.* Elle passait la journée pratiquement seule. Dès sept heures du matin, il partait pour l'université avec un collègue, spécialiste de Virginia Woolf, auteur d'une étude remarquable de *Mrs. Dalloway*, qui habitait non loin. En son absence, elle peignait sans prendre garde au temps qui passait. Vers treize heures, Dido la hélait du bas de l'escalier et elle s'interrompait pour la regarder manger un déjeuner, en général plantureux. Dido avait ce qu'on nomme un excellent coup de fourchette. Elle épiçait le repas de commentaires sur la dureté de la condition féminine, le chaos du monde en général, et de l'Afrique du Sud en particulier, ce qui ne l'empêchait pas de dévorer allégrement et de racler le fond de son assiette. Rosélie éprouvait toujours un peu d'envie devant cette bouche qui enfournait, ces dents qui mastiquaient. Après quelques tasses de café dans le patio, elle remontait à son atelier tandis que Dido reprenait le chemin de la cuisine où elle rangeait bruyamment la vaisselle dans la machine antédiluvienne, achetée d'occasion à une vente de l'université. Puis, dans le living-room, elle repassait le linge en écoutant Hugh Masekela. La musique tournoyait, montait deux escaliers, rejoignait Rosélie sous son toit. À force de les entendre, malgré elle, elle connaissait chaque morceau comme autrefois les Afro-Cubains de son père, les romances de Rose ou les airs de reggae de Salama Salama et se surprenait à les fredonner.

La fin de l'après-midi s'éclairait quand Stephen revenait dans la voiture d'un autre collègue, spécialiste de Chaucer cette fois. Alors suivaient le thé au Mont Nelson, puis le dîner dans un restaurant du bord de mer, toujours le même, non parce que la nourriture y était excellente. Au contraire, les frites y étaient graisseuses et le poulet sans goût, chair caoutchouteuse aux hormones. Mais Ted, le patron, un Anglais, avait lui aussi pour compagne une femme noire, Laurence. Même si Rosélie et Laurence se fixaient comme chiens de faïence, n'ayant rien en commun, Laurence, vendeuse dans une boutique de lingerie, tout occupée de strings et de fanfreluches en dentelle, Rosélie tout occupée de peinture, Ted et Stephen, qui avaient bravé les tabous de la même société, s'en trouvaient rapprochés ainsi que deux anciens combattants, retour du front. Comme toujours, Stephen parlait pour deux. Avec Ted, cependant, il ne discutait ni littérature ni politique. Il commentait le comportement des membres de la famille royale. Lady Di, lui semblait-il, avait été une véritable mine antipersonnel sur laquelle, un de ces jours,

Buckingham allait sauter. D'ailleurs, la royauté, affirmait-il, allait être abolie. Cette perspective désolait Ted. Il chérissait la reine Élisabeth et la reine mère, chapeaux et sacs à main compris. Ni Laurence ni Rosélie n'avaient d'avis sur la question. D'ailleurs, ni Stephen ni Ted ne s'en préoccupaient. À travers la distance, Rosélie fixait le rougeoiement de Robben Island qu'elle n'avait jamais visitée et qui n'en finissait pas de l'interpeller. Un bagne devenu attraction touristique ! Ses lumières clignotaient dans le lointain comme le rappel d'un passé qui, têtu, ne se laissait pas aisément transfigurer.

Que faire du passé ? Quel cadavre encombrant ! Devons-nous l'embaumer et, ainsi idéalisé, l'autoriser à gérer notre destin ? Devons-nous l'enterrer, à la sauvette, comme un malpropre et l'oublier radicalement ? Devons-nous le métamorphoser ?

Rosélie accompagnait rarement Stephen aux réceptions du département. Fromage et vin blanc bon marché dans des gobelets de carton. Très rarement aux parties chez ses collègues, braais et vin blanc de meilleure qualité. Jamais lors de ses virées dans les clubs de jazz de Waterfront, bourbon Jack Daniel's et cacahuètes salées. Elle s'enfermait dans son atelier quand il recevait. En somme, ses activités nocturnes se réduisaient à peu de chose : aux soirées au Centre culturel français et aux activités de l'ADN, fortement réduites depuis le départ de Simone.

En vérité, l'ADN se mourait.

On avait élu, vite fait, à la présidence une autre

Martiniquaise qui enseignait le solfège au Lycée français. Alors que ses élèves la chahutaient sans pitié quand ils ne séchaient pas massivement ses cours, son mari était une idole dont la photo, telle celle de Che Guevara dans les années soixante, ornait les chambres d'étudiant. Il entraînait une équipe de football qui avait remporté la coupe des Juniors d'Afrique. On espérait donc que cette nomination exciterait chez elle le désir d'émulation et qu'elle porterait l'ADN à des sommets. Il n'en était rien. Elle manquait d'entregent. En huit mois, elle n'avait invité qu'une universitaire caribéenne, à moitié inconnue, présente au Cap à cause d'un colloque sur l'esthétique.

En lieu de routine, Faustin installa l'imprévu, le désordre.

Elle l'espérait en vain des journées entières. Il débarquait à l'improviste, s'attardait quelques minutes; sollicité par de mystérieux rendez-vous, partait; revenait; repartait de nouveau, revenait pour de bon. Chaque fois, la Mercedes bolide vrombissait en remontant la paisible rue Faure. Quand il passait la nuit chez elle, ses gardes du corps, installés dans le jardin à jouer à la belote et à vider bière sur bière, troublaient le repos de tous. Sauf celui de Deogratias que rien ne pouvait troubler. Rosélie tremblait en pensant à l'animosité des voisins. Ils trouveraient là prétexte à demander son éviction du quartier. Tapage nocturne.

Sitôt qu'il avait franchi le seuil de la maison, c'était un brouhaha de conversations téléphoniques, de journaux télévisés de CNN ou de la

BBC, de commentaires de Radio-France Internationale. Comme il ne dormait toujours pas, sur ce
point, Rosélie devait constater son peu d'efficacité,
il l'entraînait dans des boîtes non pas pour danser,
ils n'en avaient plus l'âge, bien qu'à la Guadeloupe
les vieux-corps arthritiques brennent encore, mais
pour écouter de la musique. Il aimait tout particulièrement le Dogon, tenu par des Maliens,
parce que le chanteur, un Sénégalais, avait à s'y
méprendre la voix du Gabonais Pierre Aken-
dengue. Il réduisait Le Cap à sa population francophone car, d'une certaine manière, il méprisait
l'Afrique du Sud. Non pas pour ces raisons politiques, matière à sempiternelles discussions qu'elle
avait tellement entendues dans la bouche de Stephen. Simplement, parce qu'elle ne faisait pas partie du prestigieux cercle des pays qui parlent le
français. Pour lui, parler la langue des Français,
quarante ans après les indépendances, demeurait
un honneur et un privilège.

Faustin ne donnait aucune information sur
lui comme si l'introspection était à haïr. Quel
enfant, quel adolescent, quel étudiant avait-il été?
Qu'avait-il pensé des pays de l'Est où il avait longtemps étudié? Des États-Unis où il avait rencontré sa femme? Ce dernier point intriguait Rosélie.
Jalousie rétrospective? Pas simplement. Elle grati-
fiait cette inconnue des traits des Africaines-Amé-
ricaines qu'elle avait côtoyées, frissonnant à leur
souvenir et s'apercevant qu'elles l'avaient mieux
que quiconque convaincue de ses manques en la
mesurant subtilement à une aune pour elle impos-

sible à atteindre : celle des matrones, poto-mitan, des civilisations de la diaspora. Qu'avait-elle accompli, elle, dont puisse se glorifier la Race ?

En somme, Faustin ne lui tenait jamais que des propos légers, anodins. Il lui décrivait le *rugo* de ses grands-parents, la paix qui baignait jadis le pays des mille collines, les traditions villageoises d'antan. Il ne s'intéressait pas à son île qu'il n'aurait su situer sur une carte. Il ne s'intéressait pas à sa peinture. La seule fois qu'il avait parcouru son atelier, il en était ressorti atterré :

— Mon Dieu, c'est le cabinet de Barbe-Bleue !

Il ne faisait plus allusion à Stephen comme s'il valait mieux oublier cet épisode de la vie de Rosélie. Les discussions d'adultes concernant par exemple les problèmes de la sous-région, l'avenir du continent, la mondialisation, il les réservait pour Deogratias. Après tout, les deux hommes, originaires du même pays, partageaient la même langue, se répétait Rosélie quand ces interminables conversations l'irritaient. Il s'enfermait pour parler affaires avec Raymond, son inséparable, un Camerounais qui avait gardé les manières du séminaire où il avait étudié dix ans, se méprenant sur sa vocation avant de céder à son goût démesuré des femmes. Visitant son atelier par politesse, celui-ci avait eu un coup de foudre, surprenant et inattendu comme tous les coups de foudre, pour une toile baptisée *Tabaski*. Un mouton égorgé, se vidant de son sang écarlate, contre l'émail bleu d'une bassine. Il l'avait interrogée. Pensait-elle comme lui qu'il faut bannir ces pratiques sacrilèges, car seul compte le sacrifice du Fils de Dieu ? Haïssait-elle comme lui l'islam, l'intolérance des musulmans, leur violence, le danger qu'ils représentaient pour le monde ? Rosélie se défendit vivement. Au contraire, cette religion qui accompagnait chacun de ses rituels d'un massacre d'innocents la fascinait. À N'Dossou, les musulmans étaient principalement des immigrés, Sénégalais, Burkinabé reconnaissables à leurs boubous et à leurs babouches qu'ils traînaient par la crasse des rues. Leur quartier était le quartier Mossada, serré autour d'une mosquée. Ceux qui habitaient dans les parages se plaignaient des appels du muezzin. Mais Rosélie adorait cette voix haute et funèbre qui conviait à la prière comme on convoque à la mort.

Désormais, aux week-ends, elle se rendait à Constantia où la villa de Raymond s'élevait à deux pas de celle de Bebe Sephuma qu'on voyait parfois passer au volant de sa Porsche.

À vrai dire, Raymond était l'âme de l'association avec Faustin. C'était lui qui était parvenu à vendre jusqu'à Pietersburg un type de poubelles baptisées «Afri-bin». Orange, massives, elles trônaient aux carrefours. Plus petites, vertes ou bleues, elles s'accrochaient fièrement à l'arrière des bennes de ramassage. Raymond était intarissable sur le sujet :

— Le problème majeur de l'Afrique, c'est qu'il n'y a pas d'opinion publique. Aussi, une poignée de truands met impunément le continent en coupe réglée. Or, pourquoi n'y a-t-il pas d'opinion publique ? Parce que les gens sont sans force. Pourquoi sont-ils sans force? À cause des déchets. On les jette n'importe où. Allez dans un quartier populaire de Yaoundé, à Madagascar, par exemple, on nage dans les ordures : sur les trottoirs, au coin des rues, dans les caniveaux, partout! Avec le soleil, cela fait une terrible puanteur et surtout une gigantesque poudrière à microbes que les chiens errants charroient d'un bout à l'autre de la ville. Alors les bébés dépérissent; les plaies des enfants s'infectent et suppurent. Toutes sortes d'épidémies se propagent parmi les adultes. Comme ils n'ont pas les moyens de se soigner, et qu'ils se traînent, affaiblis, malades, les dictateurs en profitent et font la loi. Avec Afri-bin, FINI! Commodes, faciles à manier, bon marché et qui se ferment hermétiquement! Les déchets, hop! à l'intérieur. Les gens deviennent sains et par conséquent critiques.

Quand il avait fini de vanter sa marchandise, il frappait dans ses mains. Une nuée de domestiques en uniforme d'un blanc douteux sortaient des cuisines. Ils versaient du champagne rosé dans des flûtes à pied bleu et servaient du koki dans des assiettes de vermeil sous l'œil dolent de Thérèse. Thérèse était aussi apathique que son mari était débordant en paroles et en actions. Tout le jour, elle feuilletait *Divas* ou *Amina*. Ou bien elle regardait des films égyptiens ou indiens sur son lecteur de DVD dernier modèle. Elle regrettait ses enfants. À l'exception de Berline, la petite dernière, constamment pendue à son sein malgré ses vingt-quatre mois et ses deux rangées d'incisives, les cinq autres vivaient à Montréal avec sa sœur à cause de l'école, expliquait-elle.

Thérèse n'éprouvait qu'antipathie pour l'Afrique du Sud. Tout l'indisposait : la rudesse des Afrikaners, l'arrogance des métis, la xénophobie des Noirs. Quand elle avait fini de ressasser ses reproches, par égard pour Rosélie, elle consentait à oublier pour un temps Rishi Kapoor et Neetu Singh dans *Zahreela Insaan* et à s'intéresser aux aventures de Jackie Chan dans *Shangaï Kid*. Ensuite, elle buvait force tasses de thé Rooibos avant de revenir à ses deux sujets de conversation favoris : son amour pour ses enfants et sa haine pour l'Afrique du Sud. Quand Rosélie se retirait avec Faustin, Thérèse et Raymond leur adressaient un sourire de connivence comme des parents indulgents à des jeunots qu'ils abritent sous leur toit.

— Bonne nuit !

Faustin disposait dans cette villa mal entretenue, et meublée à la va-vite, d'un studio qui s'ouvrait sur l'eau rouillée d'une piscine. Les domestiques, occupés à fainéanter, y entraient le plus rarement possible. Les fenêtres n'étant jamais ouvertes, l'air y sentait le renfermé. Faustin changeait lui-même les draps. Faire furieusement l'amour dans pareil cadre, sur ce lit sans confort, en creux et bosses, rendait à Rosélie la bienheureuse verdeur de sa jeunesse avec Salama Salama quand ils se cachaient de la concierge à cause de leurs arriérés de loyer. Elle avait alors l'impression que, bouclant la boucle, elle était ramenée à la case départ.

À des moments, un sentiment de culpabilité l'écrasait. Trois mois ! Sous la terre, les ongles lui poussaient encore qu'elle trompait déjà Stephen. S'il pouvait la voir, quelle souffrance lui infligerait-elle ? Heureusement, les morts ne voient rien. Les vers à l'œuvre sous leurs paupières leur vident les globes oculaires jusqu'à l'os. À d'autres, ses pensées prenaient un tour complètement différent. Elle se demandait de quelles frustrations, jamais avouées, ballots de linge sale repoussés, jour après jour, dans un coin du Moi, elle se vengeait. En fin de compte, Stephen avait-il été son bienfaiteur ? Partager ses jours, vivre dans son ombrage lui avait peut-être causé un dommage considérable, lui interdisant de devenir adulte.

Une année, Stephen, jamais découragé, s'était mis en tête de lui organiser une exposition à l'Espace des Amériques, une galerie au flanc de l'université. Au cours d'un dîner, il avait placé son couvert à côté de celui de Fina Alvarez, la Vénézuélienne qui dirigeait l'Espace. Elles avaient d'autant plus sympathisé que, elles l'avaient découvert, à Paris, les mêmes années, elles savouraient de la *feijoada* dans le même restaurant brésilien de la rue Saint-Jacques.

— Imagine tout ce temps qui s'est passé avant de nous rencontrer ! se désolait Fina. Peut-être que nous étions assises à des tables voisines. Peut-être que tu t'es levée et m'as dit « pardon » pour te rendre aux toilettes.

Fina se vantait d'une grand-mère noire, humble

paysanne illettrée, passée maîtresse dans l'art de l'oralité. Ses chants et ses contes, entendus dans l'enfance, seraient à l'origine de ses dons artistiques. Tremblant devant son jugement, Rosélie l'avait invitée dans son atelier.

— Tu as du génie, lui avait assuré l'autre, fumant cigarette sur cigarette et marchant à grands pas devant les toiles. Crois-moi, ce n'est pas simplement du talent que tu as! DU GÉNIE! Je te dis DU GÉNIE!

En dépit de ces hyperboles, Rosélie était demeurée intraitable. Pas d'exposition à l'Espace, suite aux manigances de Stephen! Fina l'approuvait hautement :

— Tu as raison. On doit arriver par soi-même.

Elle savait de quoi elle parlait. Elle avait divorcé de deux hommes qui, affirmait-elle, avaient contrarié son tempérament en l'obligeant à cuisiner pour eux deux fois par jour. Apparemment, ces séparations ne l'avaient pas aidée puisque, après trois recueils de poésie, un roman publié par Actes Sud, elle avait jeté l'éponge et s'était rabattue sur l'enseignement, qui est l'opposé de la créativité. Fina était elle aussi une grande marcheuse. Chaque jour, quand elle avait fini d'arpenter le parc de Riverside avec Rosélie, elle remontait avec elle jusqu'à la 125e Rue. Mais les grands-mères noires, si elles garantissent la créativité, ne guérissent pas de la pusillanimité bourgeoise. Fina refusait de s'aventurer plus avant et laissait Rosélie continuer ses explorations dans le territoire interdit de Harlem. Celle-ci savait qu'elle n'y apparaîtrait jamais qu'en paria. Pas pour elle, les reportages dans *Essence* ni *Ebony*. Son nom ne clignoterait jamais en lettres majuscules au panthéon des immortels. Elle ne serait jamais invitée à ces galas où, se vengeant de l'aveuglement séculaire des Caucasiens, les créateurs noirs s'autocélèbrent. Quand la nostalgie lui pesait par trop, elle dînait Chez Sylvia, humant avec les *grits* et les tripes l'odeur de cette intimité à jamais interdite. De retour à Riverside, elle s'enfermait dans son atelier, seul lieu qui lui appartienne en propre dans un appartement rempli des livres de Stephen, des disques de Stephen, des appareils de culture physique de Stephen, de toute sa personnalité envahissante.

Un jour, Fina lui présenta Jay Goldman. Cet ancien amant, demeuré bon copain comme il est de règle entre gens intelligents, courait l'Afrique, dépensant en objets inhabituels la fortune gagnée à la force du poignet par des générations avant lui. Il était très fier d'une collection de récipients à eau luo, en cuir, en calebasse, en bois, en fer-blanc ; de toupies yoruba dont une avait la taille d'un dé à coudre ; d'arcs et de flèches pygmées, certaines encore enduites de leurs redoutables poisons. Plus sérieusement, il comptait dans ses collections des Gauguin, des Braque et même un Picasso. Non seulement Jay Goldman ne ménagea pas les superlatifs, mais il acheta à Rosélie sans barguigner une série qu'il baptisa *Chiens nocturnes*. Il lui offrit d'organiser une exposition privée dans son loft à deux pas de l'appartement de John-John Kennedy qui n'avait pas encore fait son plongeon fatal dans les eaux glacées de l'Atlantique. Il se chargeait de la publicité, des invitations, de la réception. Il mentionna qu'il était l'ami d'un producteur bien connu d'émissions artistiques.

Rosélie qui flottait sur un nuage ne se souvenait plus comment elle était retombée durement sur terre. Comment elle avait appris que Jay avait peut-être partagé le lit de Fina dans le temps, ils n'en gardaient ni l'un ni l'autre un souvenir inoubliable, mais fréquentait Stephen de longue date. Il avait habité chez lui à N'Dossou. Avec Fumio, les deux hommes s'étaient même lancés dans une quête des poids ashantis à peser l'or et s'étaient rendus en 4 × 4 à Kumasi, au Ghana. Trois fois, ils avaient crevé et ils avaient dormi deux nuits durant à la belle étoile sous la voûte séculaire des irokos. Au terme du voyage, ils avaient été admis devant l'Asantehene, dans son palais, et cette visite les avait vengés de leurs déboires.

Bref, tout se ramenait à un amical complot mené derrière son dos. Cela porta un grave coup à ses relations avec Fina tandis que, pour la première fois, elle envisageait de quitter Stephen. Lycées et collèges s'élevaient un peu partout en Guadeloupe. Il y avait aussi la France. Elle finirait bien par trouver une école où enseigner le dessin. Pendant des semaines, Fina lui adressa des messages délirants, à croire qu'elles avaient partagé une liaison homosexuelle :

falvarez@hotmail.com
à rthibaudin@aol.com

Je t'aime comme au premier jour. Je ne t'ai pas trahie.
Fina

Stephen, quant à lui, s'amusa de ses reproches :

— Pourquoi nous blâmes-tu ? Pour avoir voulu t'aider ? Nous aurions pu agir au grand jour. Cela aurait pu se passer dans la bonne humeur, la fête, mais tu es tellement orgueilleuse que tu nous as forcés à mentir.

Orgueilleuse ?

Il conclut, avant de claquer la porte et de dévaler les escaliers, car il ne prenait jamais l'ascenseur, exercice oblige :

— Tu sais, tu n'y arriveras pas seule !

Comme il avait raison ! Elle s'était entêtée. Un an plus tard, elle avait réussi à organiser une exposition dans une galerie minable de Soho. Un désastre ! Au bout de trois jours, les propriétaires, deux escrocs de première, avaient mis la clé sous le paillasson. Alertée par Stephen, pas rancunier et toujours prêt à intervenir dans les cas de catastrophes, la police avait mis la main sur trois des tableaux. Les autres avaient disparu ! Ah oui, elle avait vendu une toile à un musée espagnol pour la salle des arts primitifs des Amériques ! Une autre au musée de la Femme à Coyoacán. Le M2A2, rassurez-vous, ce sigle cache le Musée martiniquais des arts des Amériques, lui avait adressé une sollicitation pressante pour un tableau. Bref, elle se retrouvait, à cinquante ans, illustre inconnue.

Par dizaines, ses toiles prenaient la poussière dans son galetas. Elle était échouée dans une terre étrangère dont elle ne savait si elle l'aimait ou la haïssait.

9

Fiéla, je n'ai pas pensé à toi tous ces jours-ci. À quoi avais-je la tête ? À l'amour, au plaisir, comme une gamine de seize ans qui en est à son premier partenaire de lit. Pour moi peut-être, c'est le dernier. Le jour de ton procès approche. As-tu un avocat ? Est-il talentueux ? Bon ou mauvais, comment parviendra-t-il à te défendre si tu ne lui confies rien ? Si tu gardes tout au fond de toi ?

Un matin paisible et lumineux, le soleil gambadant comme il l'aimait sur le plancher de bois clair, Faustin annonça brusquement qu'il partait pour l'aéroport. Elle serait plusieurs jours sans le voir. Une rencontre capitale devait avoir lieu à Johannesburg, précisa-t-il d'un ton mystérieux, concernant sa nomination. Ah, cette nomination ! Nomination à quoi ? Nomination par qui ? Nomination pour quoi ? Rosélie n'en savait rien. Pourtant, à force d'en entendre parler, elle s'était mise à l'espérer pour Faustin comme on espère la pluie pour la terre parcheminée, qui n'en peut plus avec la sécheresse.

Johannesburg, c'était un peu le mythe, la terre interdite. À la différence du Cap, agrippée à sa blancheur, elle appartenait à présent aux Noirs.

Hommes d'affaires, sains ou véreux, truands de petite ou grande envergure, artistes réels ou supposés, créateurs de tous bords s'y pressaient. Y affluaient aussi les chômeurs las de chômer dans les anciens bantoustans, les mineurs las de gratter le ventre de la terre, les employés agricoles las de s'échiner dans les fermes des Blancs. Un peuple composite et dangereux y avait vu le jour. À Johannesburg, la vie humaine n'était pas cotée en Bourse. Tous les coups étaient permis.

Stephen s'y rendait chaque mois de mai pour le congrès de l'association James Joyce.

Oui, oui, on discute d'*Ulysse* et de *Finnegans Wake* à Jo'burg!

Les séances de travail terminées, les spécialistes internationaux se barricadent dans leurs hôtels trois étoiles. Une fois qu'il s'en était éloigné, Stephen n'avait eu la vie sauve qu'en abandonnant à quatre gaillards d'agresseurs son portefeuille, la chevalière en or cadeau de son père à ses dix-sept ans, sa gourmette et sa montre qui, même achetée en duty-free à l'aéroport de Francfort, lui avait coûté une fortune. Malgré ces mésaventures, Rosélie était convaincue que Stephen était trop heureux d'y passer quelques jours seul. Qu'y faisait-il?

Pour la consoler de ce départ inattendu, Faustin l'embrassa tendrement, affirmant :

— Je ne resterai pas absent plus d'une semaine.

Cette assurance ne signifiait rien. À la différence de Stephen dont chaque mouvement était réglé comme papier à musique, on ne pouvait jamais prévoir ses faits et gestes.

La vie reprit donc ses allures d'antan. Dido, possessive, qui avait mal supporté d'être privée de ses échanges du matin, reprit le chemin de la chambre à coucher avec son plateau, ses tasses de café trop fort et ses journaux. Elle ouvrait les jalousies d'un air de triomphe, puis commençait sa lecture de la *Tribune du Cap* et autres quotidiens.

Le procès de Fiéla avait commencé. Elle n'ouvrait toujours pas la bouche. Les avocats de la défense, deux jeunots blancs, des requis d'office qui ne payaient pas de mine, se démenaient courageusement. Ils faisaient défiler à la barre des témoins qui énuméraient les bonnes actions de leur cliente. Ils assuraient, par exemple, qu'avec ses remèdes, dispensés gratis, elle guérissait les cas désespérés.

Curandera comme moi. Depuis quand t'es-tu découvert ce don de guérir ? En as-tu fait meilleur usage que moi, préservant les tiens du malheur ?

Une photo la représentait au banc des accusés. Le buste droit comme un *i*. Le visage fermé. Sans agressivité pourtant. Ses yeux incomparables étincelaient. Sur le reste du visage, un masque d'indifférence était posé comme si cette agitation ne la concernait pas. Pour la première fois, une photo représentait aussi son beau-fils, celui qui l'accusait. Un chômeur chevelu de vingt-deux ans qu'elle avait élevé et traitait comme son garçon, les témoignages concordaient. Que s'était-il passé pour qu'il tourne ainsi contre elle ? Il ne parlait d'elle qu'avec haine et rancœur.

Dido plia le journal et continua à bavarder. Willem, venu enterrer son père, voulait ramener sa mère en Australie. Il était commerçant à Sydney, enrichi dans la quincaillerie. Sofie refusait de le suivre : elle ne pouvait abandonner Jan sous les chênes de Lievland. Ainsi, Rosélie n'était pas la seule à se sentir liée à une terre par un mort. Quelle poigne ont les défunts !

Cette semaine-là, Rosélie accorda plus d'attention à ses malades.

Comme toi, Fiéla, je les ai négligés. Je devrais avoir honte. Qu'est-ce que j'attends de cet homme-là ? Je n'en recevrai pas plus que je n'en reçois présentement. Du plaisir, un peu, disons même beaucoup. Et c'est tout.

Un matin, revêtue de ses atours de mage, soigneusement empesés et repassés, elle reçut la visite d'Emma et de Judith, pourtant sa patiente favorite, qu'elle avait décommandée par deux fois.

Patiente n° 12
Judith Bartok
Âge : 8 ans
Écolière

Judith, fille d'Emma, cousine de Doris, pas plus épargnée qu'elle par la vie, était la prunelle des yeux de sa mère. C'était tout ce qui lui restait d'un homme qui après avoir vécu dix ans à ses crochets s'était fait la belle à Maputo. Là, il avait trouvé un emploi grassement payé et une femme à couvrir de gâteries. Un après-midi que Judith revenait du jardin d'enfants, bien que dressée à ne jamais au grand jamais parler aux étrangers, elle avait accepté un chicle d'un inconnu. Aussitôt, il l'avait jetée dans une voiture où s'entassaient ses complices, entraînée dans un terrain vague où elle avait été violée une demi-douzaine de fois. La police n'avait jamais identifié, encore moins retrouvé cette bande. À la suite de ce drame, elle était restée muette. Quand on la touchait, elle se recroquevillait pareille à une Mamzel Marie dans les razyé et pleurait. Ce calvaire avait duré un an. Seule, Rosélie lui avait rendu la parole et ramené, parfois, un semblant de sourire sur les lèvres. Faut-il de la compassion, de l'amour, pour opérer des guérisons? Les miracles sont-ils faits de cela? Quand ses mains parcouraient le petit corps violenté, s'efforçant de rétablir son équilibre, Rosélie revivait la scène où l'enfance s'était abîmée et des larmes inondaient ses yeux.

Comment sortir du cercle de notre enfer?

Nous sommes cassés, krazés et nos cheveux blanchissent avant l'heure.

Fiéla, tu n'avais pas d'amies. Comme moi. Tu te contentais des plantes de ton herbier. Tu as rencontré Adriaan un dimanche au temple. Il était très différent de toi. Toujours à blaguer. Il t'a fait rire. Il a regardé ton corps. Pour la première fois, un homme s'intéressait à toi. Je sais ce que c'est. Tu as été transportée. N'empêche que deux ans après votre mariage, il a donné un ventre à la fille de la

158

voisine. Martha, une gamine de quinze ans. Tu as souffert le martyre, mais tu n'as rien montré. Tu as pris le bébé, Julian. Tu l'as élevé. Tu en as fait un homme dans la mesure de ton possible.

Tandis qu'Emma s'asseyait dans la cuisine avec Dido pour boire du café, les deux femmes s'épouvantant de cette scélératesse de la vie qui ne cesse de confondre ceux qui l'observent, la séance avec Judith commença. L'emploi du temps ne variait pas. Tout en mesurant au toucher le flot de son énergie, la redistribuant là où il le fallait, Rosélie l'interrogeait. L'école et son ennui quotidien. Le catéchisme et son ennui hebdomadaire. Le piano et la torture de ses gammes. La danse et la torture de ses pointes. Au moins, elle adorait le karaté qui, *dixit* Emma, apprend à se défendre. À mi-séance, elle réclamait régulièrement un conte de sa voix de bonbon acidulé. Rosélie avait déjà brodé interminablement sur les aventures de Lapin et Zamba, sur celles de Ti-Jan L'Orizon que, dans son enfance, Rose lui racontait les bons soirs. Quand Élie, ayant daigné dîner à la maison, s'apprêtait à dormir dans son lit et vraisemblablement à lui faire l'amour. Alors, elle ne pleurait pas. Au contraire, sa voix planait du rez-de-chaussée au galetas, joyeuse, aérienne :

> *Tu dis que dans la danse*
> *Les tendres confidences*
> *N'ont guère d'importance.*
> *Qui sas, qui sas, qui sas !*

Rosélie s'endormait sur cette petite musique de nuit-là.

Pour satisfaire aux éventuelles demandes de Judith, elle s'était préparée, achetant une version simplifiée des *Mille et une nuits* qu'elle s'était entraînée à retenir : « Le jour qui commençait à éclairer l'appartement de Chahriyar imposa le silence à Schéhérazade. La nuit suivante, elle poursuivit ainsi... » Pourtant, ce jour-là, Judith avait autre chose à l'idée. Elle portait sous le bras un cartable qu'elle ouvrit mystérieusement et dont elle tira de larges feuilles. Rosélie les prit une à une, découvrant des dessins lumineux réalisés avec cette liberté de formes et de couleurs qu'on associe à l'insouciance de l'enfance. Ô miracle ! Ô richesse de l'humain ! Ces dessins signifiaient que son imaginaire s'était purifié. Elle était guérie. Elle avait pu survivre à son passé sans garder de cicatrices indélébiles. Comme Rosélie cherchait des phrases d'admiration et d'encouragement, Judith approcha sa tête de la sienne, appuya la bouche contre son oreille et souffla :

— Ne le dis à personne. Surtout pas à maman. C'est un secret. Quand je serai grande, je serai peintre. Comme toi.

Elle est comme cela, la vie ! Parfois, elle vous offre des cadeaux naïfs et spontanés comme ces parterres champêtres sur le bord d'une autoroute juste à l'endroit d'un accident mortel. Les pompiers ont mis des heures à désincarcérer les cadavres, puis les ont posés parmi les boutons d'or, les coquelicots, les bleuets.

10

Comme la distribution de jouets avec Simone quelques années plus tôt, la distribution des souvenirs de Stephen ne fut pas ce que Rosélie attendait. Elle commença de déchanter dès la visite à Mme Hillster. En quelques mois, Mme Hillster avait considérablement vieilli. Une cicatrice labourait son front et se perdait dans ses cheveux de neige. Elle boitait et s'appuyait sans élégance sur une canne. Surtout, elle arborait la mine de ceux qui ont connu l'injustice et exigent réparation de la société, de toute la société. Elle refit à Rosélie le récit de cette journée qui avait marqué la fin de sa quiétude, s'appesantissant sur les déboires de son bien-aimé Bishupal :

— Ces brutes de la police l'ont traité comme s'il était coupable. Ils l'ont battu, ils ont failli le tuer.

Profitant d'un moment où elle reprenait son souffle, Rosélie plaça son offre. Accepterait-elle la collection de disques de Stephen ? Mme Hillster sembla désolée :

— Comment ? Vous n'avez pas vu ?

Elle désigna un panneau dans la vitrine : « À vendre ».

— Je vends tout. Ma maison de Rondebosh, mon magasin. J'ai déjà plusieurs propositions, mais aucune ne m'agrée. Oui, je veux partir. Je veux quitter Le Cap. Je suis trop vieille pour toute cette violence, j'ai peur, je n'en peux plus. Si j'acceptais votre cadeau, en fin de compte, vous le feriez à quelqu'un d'autre.

Rosélie resta sans voix. Mme Hillster ne cessait de répéter comment, dans son cœur, l'Afrique du Sud avait pris la place de l'Angleterre. Elle y avait débarqué, blonde épousée de vingt ans, et avait suivi Simon, son mari, de poste en poste. Ses envolées étaient lyriques quand elle décrivait sa région favorite, le Kwazulu-Natal, la touffeur de ses parcs, la dentelle de ses côtes, les petites villes-bijoux échelonnées au flanc de la mer. Sur le plan politique, les difficultés n'avaient pas manqué, vu le libéralisme de Simon. Il tutoyait les dirigeants de l'ANC, les abritait, leur donnait de l'argent. Ils habitaient Johannesburg quand Soweto et Sharpeville s'étaient soulevées, Le Cap quand était venu le tour des squatters de Crossroads. Chaque fois, le gouvernement avait accusé Simon de pactiser avec les émeutiers et avait menacé de le renvoyer en Angleterre. Rosélie était médusée. Témoin des heures les plus sombres de l'histoire du pays, des plus effrayants dénis de justice et d'humanité, maintenant que deux apprentis truands l'agressaient, Mme Hillster prenait le large ! Quel égoïsme !

Comme si elle lisait dans les pensées de Rosélie, Mme Hillster expliqua :

— Vous voyez, je n'étais pas préparée à ce que les victimes retiennent si bien les leçons des bourreaux, à ce que les Noirs apprennent si vite à frapper, à tuer, à violer.

Ils l'ont toujours su ! Mais vous ne vouliez pas

le reconnaître. D'après vous, ils étaient des anges rieurs et innocents, prêts à tendre la joue droite après la joue gauche afin de recevoir les soufflets. Pour le meilleur et pour le pire, ils vous démontrent qu'ils sont des hommes, tout bonnement des hommes. Ni anges, ni bêtes.

Rosélie se borna à interroger :

— Vous allez donc retourner en Angleterre ?

Mme Hillster eut une grimace :

— Non, bien sûr ! Je vais rejoindre Cécilia.

Quoi ! Cécilia, sa fille unique, vivait aux Bermudes. Chaque fois qu'elle revenait de la visiter, Mme Hillster raillait cette Angleterre à la Walt Disney, aussi artificielle qu'un royaume de poupées avec ses maisonnettes dignes des nains de Blanche-Neige sous leurs toits blancs. Un Noël, Rosélie s'y était repliée avec Stephen pour fuir la neige de New York et elle se rappelait son malaise. L'archipel s'était délibérément mué en jardin d'Éden pour touristes fortunés. À quel prix, cette métamorphose ! Les restaurants offraient cette cuisine sans saveur, capable de s'adapter à tout palais, qu'on nomme continentale. Quel continent ? L'Atlantide ? Ils avaient assisté à une semaine culturelle, visiblement conçue pour la clientèle des bateaux de croisière américains. Le clou avait été un gala où un chanteur local qui n'avait de noir que la peau avait offert un pot-pourri des rengaines de Frank Sinatra, violemment applaudi par l'assistance.

Bis pour *The lady is a tramp* !

À croire qu'il faut des bidonvilles, des ghettos,

des inégalités raciales pour fabriquer une culture spécifique. Et c'est dans un pareil endroit que Mme Hillster allait se retirer, après cinquante ans dans une terre brûlante où le plus âpre des combats s'était livré ?

À ce moment, Rosélie rencontra, posé sur elle, le regard de Bishupal perché sur un tabouret, un livre entre les mains. Comme elle allait lui sourire, un masque d'hostilité recouvrit son visage. Il baissa la tête et se replongea ostensiblement dans sa lecture. Surprise, elle interrogea Mme Hillster :

— Et lui, qu'est-ce qu'il va devenir, si vous partez ?

Pour la première fois, elle le remarquait, Bishupal, qu'elle avait vu des dizaines de fois sans lui prêter attention, était beau. Quel âge pouvait-il avoir ? Guère plus de dix-huit ans.

Mme Hillster répondit douloureusement :

— Il ne veut plus rester ici, lui non plus. Il veut aller en Angleterre.

— En Angleterre ! s'exclama Rosélie.

Mme Hillster se fit plus douloureuse encore :

— Il vient d'y passer des vacances et prétend qu'il s'y est fait des amis. J'ai beau lui répéter que Londres est une des villes les plus difficiles, Stephen lui a affirmé, au contraire, que c'est un paradis. Le travail, les logements y abondent.

Stephen qui haïssait l'Angleterre ! Qui à chaque été jurait de ne plus y remettre les pieds !

Ainsi, chacun s'en allait de son côté. La vie est un manège qui n'arrête pas de tourner. Seuls ceux qui dorment sous terre ne bougent pas de place. Mme Hillster fit doucement :

— Et vous ?

Rosélie offrit la réponse habituelle.

— Vous savez bien que je n'envisage pas de le laisser seul.

On aurait pu objecter qu'elle n'avait pas ces scrupules en ce qui concernait son père et sa mère. Il est vrai que c'était différent. Eux n'étaient pas seuls. La famille montait la garde à l'entour des tombeaux. Élie n'avait survécu que peu de temps à Rose, six mois à peine, comme si, à son insu, elle seule donnait du prix à sa vie. À présent, les deux époux, réunis dans la mort, selon l'expression consacrée, reposaient dans le caveau des Thibaudin, deux étages de coûteux marbre noir et blanc. À la Toussaint, le monument funéraire était briqué, poli, couvert de bougies comme un gâteau d'anniversaire. Alors que si elle n'était plus au Cap, personne ne prendrait soin de Stephen. Il serait abandonné. Stephen Stewart, cinquante-quatre ans, né à Hythe, Angleterre, reposant sous une pierre nue, face à l'immensité de la mer et l'infini du temps.

Mme Hillster haussa les épaules :

— Je ne vous comprends pas. Les morts sont toujours seuls. Pensez à vous qui êtes encore jeune. Vous pouvez refaire votre vie.

Encore jeune, moi ? J'ai l'impression d'avoir passé mille ans. Je suis un arbre dont les cyclones ont rompu toutes les branches, dont les grands vents ont charroyé toutes les feuilles. Je suis nue, je suis dépouillée.

Mme Hillster baissa la voix comme si elle abordait un sujet scabreux :

— Mais ce n'est pas ce que je voulais savoir. La police a-t-elle progressé dans son enquête ?

Rosélie hocha négativement la tête et elle soupira :

— Mon Dieu ! C'est terrible ! Malgré ses défauts, Stephen ne méritait pas de mourir comme il est mort.

Assurément non ! Aucun homme ne mérite de mourir abattu comme un chien, sur un trottoir sale, entre deux rangées de poubelles. Mais quels défauts lui trouviez-vous ?

Mme Hillster haussa les épaules :

— Lequel d'entre nous peut se vanter d'être parfait ? Ne prenez pas en mal ce que je dis. Stephen était trop autoritaire. Il faisait des gens ce qui lui plaisait ; il les manipulait. Surtout vous.

C'était la première fois qu'elle se permettait de critiquer Stephen. Elle avait toujours été tout sourire, tout roucoulement, jouant les coquettes en dépit de ses bientôt soixante-dix ans.

Désemparée, Rosélie sortit dans la lumière et la clameur de Buitengragt.

L'artère s'enfonçait entre des magasins d'antiquités aux massives façades hollandaises et des centres commerciaux à l'américaine, plus voyants et plus toc. En elle, la nausée s'amassait. Qu'est-ce que Mme Hillster avait voulu dire ? C'est un fait, elle ne s'opposait jamais à Stephen. De là à parler de manipulation !

Elle se jeta dans un taxi et se fit conduire au lycée Steve Biko.

En plein milieu de la matinée, le chauffeur ne protesta pas.

Khayelitsha était un des plus monstrueux héritages de l'apartheid. Il surgissait des sables de False Bay comme un formidable bantoustan érigé aux portes du Cap convoité, interdit, inaccessible. Il avait été conçu à la fois pour assigner à résidence, le plus loin possible de la ville blanche, ceux qui y travaillaient et pour retenir les indésirables à la recherche d'un emploi. Le plan était qu'à terme Langa, Nyanga, Guguletu soient vidés de leur population et que tous les Noirs soient parqués et maintenus de force à Khayelitsha. Rosélie nota que l'endroit s'était tout de même humanisé depuis sa dernière visite avec Stephen, quelque deux ans plus tôt. Le nouveau régime avait édifié des quartiers entiers de maisonnettes évolutives, violemment coloriées d'orange, de vert, de bleu, pareilles à des Lego. Un centre culturel aux allures de baraque foraine faisait l'angle de la place Albert-Luthuli ! On y offrait tout le bric-à-brac de l'artisanat sud-africain : des sagaies, des tentures, des assiettes décorées de perles multicolores. Malgré tout, la tristesse de l'ensemble prenait à la gorge.

Réaménagé après l'apartheid, le lycée Steve Biko

ne brillait pas par sa convivialité. Pas étonnant que les gosses tentent d'incendier leurs écoles quand elles affichent pareille architecture ! Un mirador pour prison de film américain s'élevait encerclé par un quadrilatère de bâtiments grisâtres délimitant un préau pelé. À croire que les arbustes et les fleurs, abondants dans les quartiers résidentiels du Cap, refusaient de pousser à Khayelitsha. C'était l'heure de la récréation. Les grands élèves, engoncés dans des treillis de style militaire, voisinaient avec les petits vêtus d'uniformes vert grenouille, aussi peu seyants.

Le proviseur s'appelait Olu Ogundipe. Des années plus tôt, à la veille d'être arrêté à cause de ses opinions politiques, il avait dû fuir son pays, le Nigeria, et se réfugier à la Jamaïque, pays de sa femme. Las ! La Jamaïque n'était plus ce qu'elle était du temps des Nèg Mawon ! Même les rastas qui, grattant leur guitare, dans l'odeur de fumée du ganja, ne se souciaient ni de ras Tafari ni de Marcus Garvey. Olu n'avait pas tardé à s'en rendre compte. Ses stances marxistes avaient excité la fureur des autorités et il avait dû plier bagage. L'Afrique du Sud lui avait alors semblé le meilleur endroit où tenir tête à l'oppression capitaliste et au racisme. Cependant, si à travers la province du Cap et bien au-delà il était unanimement connu, ce n'était pas à cause de ses combats méritoires ou de ses essais politiques. C'est parce qu'il avait prêté son visage, balafré et barbu, à une publicité de téléphone mobile. Aux carrefours, le long des autoroutes, il clamait, persuasif :

«Soyez loin, mais toujours à l'écoute,
Avec Nokia T193.»
Ou encore :
«Nokia T193,
Un objet de plaisir,
Un objet pour aimer, pour vibrer, pour surfer,
Pour téléphoner aussi.»
Son bureau figurait un musée du Monde noir
avec ses dizaines de photographies plaquées contre
les murs. Rosélie subit patiemment une homélie
sur la renaissance africaine qui tardait peut-être,
mais s'abattrait sur le monde blanc avec la violence
de la foudre, instrument-roi de Shango, le dieu
yoruba. Olu Ogundipe osa une comparaison : les
Sud-Africains après l'apartheid ressemblaient aux
Haïtiens après l'indépendance de leur pays en
1804. Il fallait leur donner le temps de constituer
une nation. Ensuite, ils serviraient d'exemple au
monde.

Comme les Haïtiens ?

Il désigna avec mépris la *Tribune du Cap*, étalée
sur son bureau, la photo de Fiéla à la une :

— Regardez-moi ça ! Pourquoi parle-t-on tellement de cette femme, de cette folle ? Pour des
malades pareils, il faudrait rétablir la peine de
mort. Quelle image cela donne de notre pays ! Nos
journaux restent aux mains de ceux qui veulent
démoraliser le citoyen, le dégoûter de son gouvernement. Si j'étais le ministre de l'Information, je
les interdirais tous.

Sans transition, il lui présenta ses condoléances,
car, elle le savait, il avait bien connu le défunt.

169

Cependant, subtilement, à travers les phrases élogieuses, apitoyées, il se glissait que l'honorable docteur Stephen Stewart méritait sa triste fin. N'était-il pas un Européen et de la pire espèce : l'espèce anglaise? Certains répètent que les Anglais ont été les premiers à abolir la traite, puis l'esclavage, les premiers à décoloniser en Afrique comme aux Caraïbes. Au contraire. À y réfléchir, la politique anglaise a toujours été la plus tortueuse et la plus pernicieuse qui soit. Entre deux anathèmes, Rosélie parvint à exposer le but de sa visite. Elle voulait faire cadeau au collège de l'ordinateur de Stephen. Olu sembla désolé, comme Mme Hillster quelques heures plus tôt. Pour lutter contre le favoritisme et la corruption, le ministère de l'Éducation nationale venait d'édicter une loi interdisant aux chefs d'établissement de recevoir des dons à titre individuel. Ceux-ci devaient être remis à une banque nationale, le CND, qui les attribuait aux centres d'enseignement selon l'urgence des besoins. Il ne pouvait accepter personnellement ce souvenir précieux de l'honorable docteur Stewart. Par ailleurs, si elle le remettait au CND, il risquait de tomber entre des mains étrangères, sacrilèges. Rosélie, décidément paranoïaque, eut l'impression qu'il se réfugiait derrière un prétexte administratif et ne voulait plus rien savoir de Stephen.

Il n'y avait rien à ajouter. Elle accepta une tasse de café qui déclencha une tirade sur les mérites comparés de la plante. Il ne consommait que du café de la Jamaïque, Blue Mountain. Rien de commun avec le faux arabica des appareils électriques. Puis Olu aborda un sujet qui lui tenait à cœur : la décadence de la littérature des Noirs sud-africains. D'aucuns attribuaient ce silence à la fin de l'apartheid qui les privait de la matière de leurs livres. Lui était d'un autre avis. Les écrivains sud-africains persistaient à faire fi de leurs langues maternelles, dénommées à tort langues nationales puisque précisément les nations les méprisaient. Or qu'est-ce qu'une langue maternelle ? Celle qui exprime un surcroît de sens, celle qui exprime l'intimité intime, celle qui dit l'indicible, quoi ! Si elle savait combien de chefs-d'œuvre étaient annuellement produits au Nigeria dans les langues maternelles !

— Le problème n'est-il pas le même chez vous entre le créole et le français ? interrogea-t-il. Les véritables chefs-d'œuvre ne sont-ils pas écrits en créole ?

Rosélie, qui ne connaissait de la littérature antillaise que *Pluie et vent sur Télumée Miracle*, lu par hasard une saison d'hivernage trop pluvieux, ignorait ces débats. Sans transition, Olu s'enquit des nouvelles d'Aimé Césaire. Il avait eu la joie de le rencontrer du temps de son exil dans la Caraïbe. Avec une simplicité qui l'honorait, le grand homme l'avait reçu à la mairie et lui avait présenté son île. Quel souvenir inoubliable ! Le poète nommait par leur nom latin chaque arbre, chaque plante, chaque fleur, chaque brin d'herbe. Rosélie s'apprêtait à prendre congé quand une idée lui traversa l'esprit. L'Éducation nationale n'interdisait sûrement pas les dons à des personnes privées. Où était Chris Nkosi?

Olu sembla contrarié. Il se trouvait qu'il connaissait très bien Chris Nkosi. Depuis tout petit. Quand il avait quatre ans, sans crier gare, son père avait disparu. Une association qu'il dirigeait, «Laissez venir à moi», s'était chargée de la famille qu'il avait laissée derrière lui, une femme sans ressources avec sept enfants. Chris était un bon garçon. Il avait reçu son diplôme l'année précédente, et avait quitté le lycée. Chanceux, une fondation catholique lui avait aussitôt offert un poste dans une de ses écoles. Rosélie s'étonna que Chris Nkosi n'ait pas poursuivi le théâtre, lui qui selon Stephen était si doué. Théâtre? On aurait dit qu'elle avait prononcé un mot obscène. Olu secoua furieusement la tête. Chris Nkosi était maintenant un instituteur. Il enseignait la grammaire anglaise et l'histoire de l'Afrique. Il s'était marié. Si Rosélie entendait lui offrir l'ordinateur, en souvenir de Stephen, il ne l'accepterait sûrement pas. Il s'était querellé avec lui. Querellé? Première nouvelle! Rosélie se rappela le jeune homme pleurant à chaudes larmes aux obsèques et bégayant son poème. Sûrement, cette querelle-là n'était pas bien sérieuse! Au contraire, assura Olu. Stephen avait voulu faire pression sur Chris, l'obliger à devenir acteur. Devant ses refus, il l'avait injurié, le traitant de lâche qui trahissait sa vocation. Chris ne l'avait pas supporté. Olu la fixa avec une soudaine animosité:

— Vous le savez aussi bien que moi. L'honorable professeur ne tolérait pas qu'on lui résiste! Il entendait plier chacun à sa volonté. Européen, il voulait faire le bien de l'Afrique dont il avait une idée erronée. Le théâtre! Le théâtre! Je n'oserai pas suivre l'exemple de la France de 1789 et clamer : «La Révolution n'a que faire des artistes.» Mais du théâtre, surtout de ce théâtre à l'occidentale, en avons-nous vraiment besoin en ce moment?

Rosélie était médusée. Il lui était impossible de croire Olu. Stephen aurait prétendu régenter l'avenir de Chris au point de se disputer avec lui? On lui cachait quelque chose.

Une fois hors du lycée, elle s'étonna : le soleil était à sa place, là, bêtement dans le mitan du ciel, le jour était lumineux. Deux cars encombraient la place Albert-Luthuli. Une foule de touristes rieurs, animés, emplissait le centre d'artisanat. En elle, il faisait sombre. Elle avait l'impression d'avoir accumulé les rebuffades pour le compte de Stephen. À croire qu'il n'était plus fréquentable. Personne ne désirait plus avoir commerce avec lui.

Rue Faure, l'inspecteur Lewis Sithole l'attendait, le dos contre l'arbre du voyageur, plongé dans la lecture du numéro de la *Tribune du Cap* qu'Olu avait fustigée. Il ne perdit pas de temps en politesses et, pliant son journal, aborda rudement le vif du sujet :

— J'avais bien raison de penser que votre mari n'était pas sorti par hasard, pour acheter des cigarettes. Grâce à votre coopération, dont je vous remercie encore, en nous confiant son portable, nous avons eu la preuve qu'il avait reçu un appel à 0 h 17.

À minuit dix-sept ?

Stephen ne se serait pas laissé déranger en pleine nuit ! Il s'agissait sûrement d'une erreur, d'un faux numéro. Ces choses-là arrivent !

L'inspecteur Lewis Sithole continua comme si son interruption ne valait pas la peine qu'on s'y arrête :

— Nous avons sans difficulté trouvé la provenance de cet appel. Une cabine publique. Ce qui confirme nos soupçons : ce correspondant se méfiait et ne voulait pas appeler de chez lui.

Quel roman était-il en train de bâtir ? Encore un qui avait raté sa vocation ! Des séries noires, voilà ce qu'il aurait dû écrire ! Et où se trouvait cette fameuse cabine publique ?

— À Green Point.

— Green Point ? répéta Rosélie, abasourdie.

Ni elle ni Stephen n'avaient d'amis dans cette banlieue, paradis des étudiants et des jeunes touristes, qui n'avait à offrir que la modicité du prix de ses hôtels. Si elle faisait régulièrement la une des journaux, c'était à cause de son taux de criminalité. Rien d'élaboré cependant. Vols à l'arraché, cambriolages, passants roués de coups pour quelques rands.

Lewis Sithole la fixa :

— Vous ne connaissez personne qui habite ce quartier ?

Elle secoua la tête. Il n'insista pas et fit d'un ton étrange, à la fois rassurant et menaçant :

— Ne vous en faites pas. Nous le trouverons, ce mystérieux correspondant.

Qui voudrait délibérément tuer Stephen? Sans le transformer en saint de vitrail, il répandait le bien autour de lui. Il écrivait des centaines de lettres de recommandation pour ses étudiants. Il prêtait des sommes considérables à ses jeunes collègues. Il payait de son temps, de sa personne. À New York, il se rendait quotidiennement à l'hôpital Mount Sinai où un spécialiste de Jane Austen se mourait d'un cancer du larynx. Lui qui haïssait les enfants était prêt à héberger les jumeaux d'une assistante qui essayait de terminer dans l'année sa thèse sur Mary Wollstonecraft. Il enseignait gratuitement l'anglais à des associations d'Haïtiens, de Portoricains, de Sénégalais.

L'inspecteur Lewis Sithole n'eut pas sitôt franchi la grille que Dido s'amena avec l'inévitable plateau de café.

— Qu'est-ce qu'il raconte encore, celui-là? grommela-t-elle.

Rosélie n'eut pas le courage de lui répéter ses élucubrations et se borna à lui raconter les mésaventures de sa journée, puis elle la regarda en face :

— Tu n'aimais pas beaucoup Stephen. Pourquoi?

Les yeux noisette de Dido chavirèrent et fixèrent un point dans le lointain :

— Moi, je ne l'aimais pas? Allons donc! protesta-t-elle.

Au bout de quelques instants, le silence de Rosélie exigeant une réponse, elle avoua à regret :

— Non, je ne l'aimais pas. C'était un égoïste, un despote. Il t'empêchait d'être toi-même.

Moi-même?

Mais que suis-je? Quelle bête, quel poisson carnivore? Mes dents sont aiguës, ma langue, bifide. Parfois, on me voit avaler d'un seul coup les insectes qu'attire mon odeur de frais. Les chauves-souris sont mes sœurs : à moitié rat, à moitié oiseau; mal à l'aise dans la clarté du grand jour. Nous passons le temps tête en bas, cherchant la nuit qui nous ramènera dans le ventre qui nous a portées.

Élie et Rose n'arrêtaient pas de remercier le bon Dieu pour leur enfant si douce, si gentille, seule consolation dans le naufrage de leur couple. Sans Rosélie, depuis longtemps, ils se seraient séparés. Mais, dans notre famille, pas d'enfant du divorce. Une petite fille a besoin pour grandir d'un papa et d'une maman, même s'ils s'injurient quotidiennement. Les querelles d'Élie et Rose prenaient un tour homérique. Elle l'accusait de l'avoir épousée, lui mulâtre, pourtant aussi pauvre qu'un rat d'église, pour les quarante hectares de terre agricole qu'Ébénézer, son papa, ensemençait en arbres fruitiers au soleil de Gourbeyre et les maisons de rapport qu'il louait un peu partout dans le pays. Élie rétorquait qu'Ébénézer avait volé ce bien à des malheureux. Sa famille à lui était pauvre, mais honnête.

Avec Rosélie, jamais une parole plus haute que l'autre. Jamais un refus d'obéir, une révolte. Pas de crise de pré-adolescence, encore moins d'adolescence. La famille aussi la citait en exemple aux cousins-cousines qui se dévergondaient. Les maîtresses à l'école étaient moins enthousiastes : «En classe, elle rêve. Elle dort debout.» La maîtresse de dessin surtout se plaignait : «Il faut voir ses compositions libres. Des horreurs. L'autre jour, elle a dessiné une femme, jambes écartées d'où coulait une fontaine de sang. J'ai crié : "Bon Dieu, c'est quoi ça?" Elle m'a répondu : "C'est un viol." J'ai demandé, en colère : "Tu as déjà vu des viols, toi? Ces qualités de choses-là ne se font pas dans notre pays." Elle m'a répondu : "Moi, on me viole tous les jours." Et quand j'ai crié en rage : "Ne dis pas des choses comme ça! Qui te viole?" Elle m'a répondu tout tranquillement : "Mon papa, ma maman, tout le monde."»

11

Fiéla, que lui reproche-t-on? Il a toujours été à mes côtés. Attentionné. Attentif, patient à mes humeurs.

Souvent, Stephen disait :

— Tu es la femme la plus merveilleuse de la terre. Un cadeau extraordinaire, trop précieux pour moi, comme ceux que ma grand-mère me faisait dans le temps. Mon père et ma mère étaient tellement occupés à se haïr qu'ils ne s'occupaient pas de moi. Je grandissais dans leur indifférence. Alors, à chaque Noël, ma grand-mère décorait un sapin. Elle y plantait de petits clairons, des violes, des violons, des guitares, des cornemuses. Elle allumait des guirlandes de bougies électriques. Aux branches, elle accrochait des boules d'or et d'argent que la lumière faisait scintiller. Puis, au-dessous, elle plaçait mon cadeau, entortillé dans des papiers de fête que je déchirais au retour de la messe de minuit. Je me souviens qu'une année c'était un clown blanc presque aussi haut que moi. Quand on tirait sur les ficelles, il souriait et croassait en balançant ses bras : «Hello, comment allez-vous?» Ma grand-mère est morte quand j'avais dix ans. Peu après, mes parents ont divorcé. J'ai suivi ma mère à Verberie et la vie ne m'a plus rien offert. Que toi!

Il disait encore :

— Si je te perds, mon existence redeviendra ce qu'elle était avant toi : une désolation. Je n'avais rien à moi. Je vivais au travers d'autres hommes. Comme un Indien Tupinamba, je dévorais leur foie, leur rate, leur cœur. Mais ces âcres festins me laissaient plus morose encore. Repu, je réalisais mon indignité. Tu m'as tout donné.

Pour leur premier Noël ensemble, il avait voulu lui offrir un voyage. Un vrai. Parce que, il s'en était rendu compte, voyager pour Rosélie ne signifiait que deux choses.

Ou bien se rendre de La Pointe à Basse-Terre. Quand elle était petite, du temps où Rose se montrait encore, on se levait à quatre heures du matin. Le ciel était blême, au-dessus du morne de Massabielle. Élie, aidé de Meynalda, chargeait la Citroën de bouteilles d'eau, de tupperware d'acras morue et de colombo de poulet. Puis la famille affrontait un périlleux trajet de quatre-vingts kilomètres pour assister à un baptême ou à un mariage.

Ou bien prendre l'avion de La Pointe à Paris dans le but d'étudier, car Paris chez les Thibaudin n'était qu'une ville où on avait la chance de trouver du travail. Ni Élie ni Rose ne comptaient parmi ces fanatiques qui accumulent séjour sur séjour en métropole et en ramènent des récits éperdus d'admiration. En fait, Rose n'avait voyagé qu'une fois dans la capitale, pour son voyage de noces. Elle avait la tête farcie de Cuba, de Rio de Janeiro ou de Bahia de tous les saints à cause de leurs chansons de carnaval. Mais comment atterrir dans ces endroits-là ? Élie ne le savait pas. À Paris, un de ses frères lui avait recommandé un hôtel meublé, équipé de kitchenettes où chacun pouvait faire son manger. L'Hôtel des Deux-Mondes s'élevait place Denfert-Rochereau, quartier très commerçant. Rose faisait l'entour du Lion de Belfort, vert comme un mirage de gazon au milieu du sable du désert, jusqu'au boyau achalandé de la rue Daguerre. Là, elle jouait des coudes parmi les ménagères et marchandait du thon, de la rascasse qui ressemble au vivanot, des poivrons rouges, des aubergines violettes. De tout le séjour, Élie, amoureux fou de sa jeune épousée qui ne pesait pas plus de soixante kilos et dont la voix rivalisait avec celle d'un keskeede, oiseau de la Dominique, n'avait pas été pingre. Il l'avait emmenée voir des films de Tino Rossi qu'elle adorait et dont elle chantait les succès :

Marinella, oh reste encore dans mes bras,
Avec toi, je veux jusqu'au jour
Chanter cette chanson d'amour.

Il lui fit découvrir aussi les Folies-Bergère, le Moulin Rouge, mais elle fut choquée. Les danseuses valaient-elles mieux que des dames-gabrielles pour exhiber ainsi leurs poitrines et leurs jambes? Une fois qu'il était d'humeur à se cultiver, il avait pris des places d'orchestre en matinée au Théâtre de l'Odéon. On y jouait *Le Cid* de Corneille qu'on récitait à l'école.

Rose s'ennuya à Paris. Elle revint à la Guadeloupe, résolue à ne plus voyager, et, la maladie aidant, tint parole.

Stephen choisit l'Italie. Il était confondu à l'idée que, dans son enfance, le seul musée que Rosélie ait visité le samedi après-midi sous la conduite de la maîtresse de français était le musée Lherminier. C'était une fort jolie maison coloniale aux balustrades de fer ajourées. Elle n'abritait que des collections de cartes postales jaunies, des éventails en dentelle et en nacre et des toupies d'enfant. Mais c'était le seul musée de La Pointe. Rosélie n'avait fait connaissance avec les musées parisiens qu'étudiante. Stephen n'en revenait pas:

— Comment est-ce que la vocation t'est venue?

Vocation? Rosélie était bien incapable de répondre. Un enfant n'a pas de vocation. Il veut peindre. Un point, c'est tout. C'est son caprice et sa liberté. Elle était entrée en peinture comme une novice en religion. Sans deviner ce qui l'attendait. Le doute. Les peurs. La solitude. Le travail harassant. Le manque d'argent et d'estime de soi. La quête de reconnaissance.

Alors, Stephen s'émerveillait :

— Tu es un miracle. Tu as réinventé la peinture.

Florence, Rome atterrèrent Rosélie. Elle croyait l'Art un délice partagé par un petit nombre. *The happy few*. Conception désuète et élitiste. Il est pâture pour les clubs du troisième âge, les comités d'entreprise et les enfants des quartiers défavorisés. Têtes blanches et écoliers se bousculaient à la galerie des Offices, s'entassaient sur le Ponte Vecchio. Dans la cour de la basilique Saint-Pierre voletaient les papiers gras, les prêtres africains et les bonnes sœurs indonésiennes.

Parme et ses couvents, ses bibliothèques aux plafonds bariolés de grotesques, Venise, Venise surtout, malgré ses hordes, la réconcilièrent avec l'Italie. La cité des Doges dérivait sur les eaux d'une lagune couleur de mer des Sargasses. Des paquebots, ressuscitant les traversées du temps longtemps, se laissaient paresseusement escorter jusqu'à la mer. Rosélie entraînait Stephen dans les ruelles écartées, les églises méprisées, les monastères cachés. Et c'est ainsi qu'elle tomba sur Antonio Vivaldi. Un soir, intrigués, à la suite d'une petite foule, ils s'engouffrèrent dans un patio, encombré de chaises et de bancs, béant sur le ciel d'indigo. On y donnait un concert privé, ce qui est fréquent dans cette ville. Les spectateurs, des familiers, s'embrassaient, s'étreignaient avec une effusion toute latine. Ils firent place à ces inconnus, non sans chuchoter et les dévisager. Pourtant, cette curiosité ouverte, affichée, vivifiait comme un bain chaud. Un homme s'approcha d'eux. La signorina venait-elle d'Éthiopie? Malgré la réponse négative, il se mit à parler de l'Éthiopie. Ou plutôt de lui-même en Éthiopie, puisque les gens ne parlent jamais que d'eux-mêmes. Pendant des années, il avait fait partie d'une équipe de Médecins Sans Frontières. Il gardait le regret des matins glacés, de la brise aigre dans laquelle grelottaient les villages perdus où il secourait des vivants aussi décharnés que des morts. Depuis son retour en Italie, sa vie avait perdu toute saveur.

— Et l'art? Et la culture? s'étonna Stephen. En Éthiopie, ils devaient vous manquer, à vous qui êtes tellement comblé dans ce pays.

L'art? La culture? Il haussa les épaules.

Manifestement, il partageait l'avis d'un écrivain contemporain qui a raté deux fois le prix Goncourt : «L'art, la culture sont des compensations nécessaires liées au malheur de nos vies.»

Le silence se fit quand l'orchestre s'installa. Dans la nuit tiède, chargée des moiteurs de la mer toute proche, Andreas Scholl entonna le *Stabat Mater* de Vivaldi. Ainsi débuta une passion entre Rosélie et le maître de Venise. La passion pour un musicien diffère de celle qu'on éprouve pour un humain en ce qu'elle ne déçoit pas.

182

Autoritaire? Manipulateur?

Aussi, Stephen la veillait, l'entourait de ses bras, les nuits où le remords la saisissait, tenace, vivace comme au premier jour. Il n'était jamais ni las ni excédé. Il la faisait boire quand elle était fiévreuse de remords, lui épongeait le front, lui embrassait les mains, assurant :

— Tu n'as rien à te reprocher.

Rien à se reprocher? Jugez vous-même.

Décembre se terminait. Flanqués de l'inévitable Andrew, ils n'avaient pas simplement planté l'arbre de Noël en Écosse ou dégusté de la panse de brebis farcie. Ils avaient refait le voyage de George Orwell dans le golfe de Corryvreckan. Comme le bateau d'Orwell, le leur s'était retourné sur ces eaux dangereuses et ils avaient manqué se noyer. Ils se remettaient tout juste de leur frayeur quand un coup de téléphone de Tante Léna les avait alertés.

En hâte, ils avaient pris l'avion pour Londres. Mais Stephen avait embrassé Rosélie à Gatwick, déplorant de ne pas rester à ses côtés. Il accumulait les raisons. Elle n'était pas dupe. La mort d'une mère, personne ne peut affronter.

L'état de Rose ne s'était pas aggravé. Simplement, le cœur, le pauvre cœur, prisonnier de sa gangue de graisse, n'avait plus la force de pomper le sang pour irriguer le cerveau et les organes essentiels. Ceux-ci s'étiolaient. Un soir, Meynalda, qui dormait dans sa chambre pour surveiller son souffle, ténu comme celui d'un prématuré, avait bien cru qu'il s'était arrêté. Dans la pièce régnait ce silence qu'on appelle de mort. Le docteur Magne accouru en hâte avait certifié que, selon toute apparence, elle vivait. Au matin, elle résistait encore. À l'évidence, quelque chose la retenait dans son lieu d'infortune : elle attendait sa fille pour fermer les yeux.

Et Rosélie prenait peur, imaginant le regard de sa mère, patient, obstiné, filtrant à travers ses paupières boursouflées. Comment l'affronter ? Trois ans qu'elle n'était pas rentrée sous les prétextes les moins plausibles : l'installation à New York, un voyage d'études de Stephen à Hawaii, une mauvaise grippe. Pour se racheter, en toutes occasions, elle dépensait une fortune à Interflora. Sachant pertinemment que ces coûteux bouquets ne donnaient pas le change.

À l'arrivée à Orly-Ouest, il pleuvait. Il pleut toujours à Paris. Où est la Ville lumière ?

Moi, je vois une ville humide et triste. Sous le pont Mirabeau, le flot de la Seine charroie nos souvenirs, gris, pesants comme des cadavres de noyés.

Brusquement, le peu de courage qui l'avait tenue debout s'envola. Les jambes flageolantes, les yeux brouillés de larmes, une faiblesse s'empara d'elle. Pas question de courir à Roissy d'où s'envolait l'avion pour la Guadeloupe. Elle se réfugia dans un taxi qui la conduisit à la porte Saint-Martin. Pourquoi là ? Pour elle, ce quartier avait toujours symbolisé la désolation.

Hôtel du Roi-Soleil. Chambres au mois et à la journée.

184

— Pour combien de jours ?

Je ne sais pas, je ne sais pas.

La chambre avait vue sur une rue étroite, sorte d'impasse. La lumière électrique, brutale comme celle d'un bloc opératoire, éclairait une reproduction de Vincent Van Gogh. Rosélie commanda deux bouteilles de whisky, elle qui ne buvait jamais, et se força à les vider.

Quand elle refit surface, il faisait nuit.

À travers la fenêtre, les affiches au néon des hôtels de passe dessinaient leurs jambages : rouge-vert-vert-rouge. Un marteau-piqueur lui labourait le crâne cependant qu'un bouchon de laine de verre obstruait sa bouche et sa gorge. Elle parvint néanmoins à se lever et à quitter la chambre. Appeler l'ascenseur. Marcher droit en passant devant la réception. Gagner le trottoir. Il pleuvait encore. Les putains ghanéennes, silhouettes féminines alignées dans la pénombre du trottoir parmi les poubelles, s'interrogeaient en éwé :

— D'où sort-elle, cette sœur-là ?

— Elle ressemble à une Malienne, oui !

Elle entra dans un café. Bientôt, un homme l'accosta. Pas un rouleur de mécaniques. Un jeunot, blondinet, sans doute un pioupiou en permission qui avait flairé un être faible et désemparé. Sans trop tarder, ils montèrent dans la chambre où il dénuda sa peau d'un blanc laiteux, pas de poils, peu de muscles, son sexe mou, d'une longueur démesurée. Elle ouvrit la bouche. Il caressa ses seins. Toutefois, alors qu'il allait la pénétrer, elle s'effondra. Qui prétend que les hommes sont des profiteurs, n'ayant que le plaisir en tête?

Pas Lucien Degras. Vingt-quatre ans. Chômeur depuis sa sortie du LEP. Eh oui, dans nos sociétés post-modernes, tel est le lot de la majorité. Il écouta cette inconnue et la prit en grande pitié. Trois jours et trois nuits, elle délira dans ses bras. Tout y passa, la maladie inexpliquée de Rose, les infidélités d'Élie, son abandon, ses terreurs. Au matin du quatrième jour, il parvint à la traîner jusqu'à une agence de voyages.

«L'Agence Hirondelle,
Les ailes entre elles.»

À midi, il paya un taxi de sa poche, car il venait de toucher son RMI. Direction Roissy.

Huit heures plus tard, elle arriva à La Pointe. Un enfer, ce voyage! Des bébés pleurant. Des enfants courant dans les allées. Des mamans essayant vainement de calmer les uns et les autres. Des papas lisant sereinement le journal au milieu de ce vacarme. À l'aéroport, la famille avait dépêché Tante Léna, les traits labourés par le reproche. Elle l'avait embrassée sans mot dire sur le front et avait pris le volant de la vieille voiture qu'elle avait héritée de Papa Doudou. Pendant le trajet encombré — qu'est-ce qu'il y a comme voitures dans ce foutu pays! — jusqu'à la rue du Commandant-Mortenol, elles n'échangèrent pas une parole. Pas une question, mais où donc étais-tu? Pas un reproche, elle t'attend depuis quatre jours. Mais oui, elle t'attend.

Rose reposait sur son lit, les yeux à demi ouverts.

À l'entrée de Rosélie, ils s'élargirent, la fixèrent, décochant ces dards, ces flèches qui allaient se vriller dans son cœur, son esprit, son âme, en toute saison, carême comme hivernage, à toute heure, jour et nuit, puis ils chavirèrent, et s'éteignirent.

À jamais.

Pendant ce temps, fou d'inquiétude, Stephen avait remué ciel et terre. Il avait ameuté la maison de retraite de sa mère à Verberie, ses demi-frères, l'Hôtel du Mont Parnasse à Paris, la Cousine Altagras, Lucien Roubichou et leurs nombreux rejetons, la compagnie d'aviation et, pour finir, le commissariat de police central.

— Remplissez cette fiche avec vos nom, prénom et adresse.

— Vous n'êtes pas français ?

— Ce n'est pas votre femme. Depuis quand a-t-elle disparu ?

— Vous vous êtes disputés ?

Dans son désespoir, il finit par débarquer à La Pointe presque en même temps que Rosélie. Quand il la retrouva, il la serra dans ses bras en une étreinte digne de *Autant en emporte le vent*, dit un neveu cinéphile et facétieux, avant d'endosser tout le blâme :

— C'est ma faute. Je n'aurais jamais dû te laisser seule.

Par peur de la décomposition rapide de toute cette graisse, les pompes funèbres inventèrent un ingénieux système de réfrigération. Elles placèrent au fond du cercueil un bac à glace aux parois isolantes qu'il suffisait de changer toutes les quatre heures. Ce défilé d'inconnus devant la dépouille de Rose consterna la famille. Les curieux affluèrent de partout pour jeter un ultime coup d'œil sur la recluse. Trente ans qu'elle était confinée dans sa chambre pareille à un monstrueux Gregor Samsa. Ils jouaient des coudes dans la chapelle ardente, balayant leur poitrine de hâtifs signes de croix et se rinçant l'œil de l'horreur du spectacle.

À la suite de ces douloureux événements, Rosélie symbolisa cette ingratitude des enfants qui tue le cœur de trop de parents. Le pire est qu'elle n'avança aucune explication à son inqualifiable retard.

— Elle aurait voyagé par le pôle Nord qu'elle serait rendue plus vite, assura un oncle.

Rosélie marcha derrière le cercueil comme un zombie, ou mieux une droguée. D'ailleurs, elle se droguait, chuchotait-on dans la famille. Ce n'était pas entièrement un ragot. Rosélie avait tâté de la marie-jeanne du temps de Salama Salama.

Quant à Stephen, sa mine BCBG rassura. Les femmes surtout y étaient sensibles. Vraiment, c'est triste, les métropolitains sont du bois dont on taille de meilleurs époux. Ils ne cavalent pas. Ils restent à la maison, regardent « Questions pour un champion » et le journal télévisé avant de se mettre au lit avec leurs femmes mariées. Les maris vagabonds, ceux qui vers quatre heures du matin rentrent ronfler, vidés par leurs exploits avec leurs famns dèro, ricanaient :

— Tout ce qui brille n'est pas or ! Au lit, un Noir vaut au moins deux Blancs.

Vrai ou faux ? Il aurait suffi d'interroger Rosélie. Personne n'osait.

Les cousins indépendantistes, eux, furent d'abord dans l'embarras. Depuis des années, Rosélie, qui n'avait jamais ouvert ni Fanon ni Gramsci, était leur bête noire. Qu'elle se mette en ménage avec un Blanc et choisisse de vivre dans l'empire du Mal ne les surprenait pas. Mais voilà que son Blanc qui n'était pas un métropolitain, seuls les naïfs confondent, se révélait être à l'opposé de ce qu'ils détestaient. Non seulement il était toujours prêt à critiquer la France, jacobine et colonialiste à l'aube du XXIᵉ siècle, mais il faisait profession de n'avoir goût ni au ti-punch ni à la plage :

— Tout ce sable me rend malade, assurait-il. Je ne suis pas venu ici pour cela.

Cette opinion favorable vira au négatif quand il annonça qu'il quittait la rue du Commandant-Mortenol et emmenait sa femme à Saint-Bart. Saint-Bart ! Voilà qu'il montrait son vrai visage. En fin de compte, pour lui comme pour ceux de sa couleur, les Antilles n'étaient rien de plus qu'un plateau de fruits exotiques à déguster.

En fait, il est exact que Stephen détestait les paradis touristiques. Cependant, s'il suffoquait à La Pointe, cela n'était pas la raison. Il était mal adapté au *Guadeloupean way of life*. C'est-à-dire : déferlement, aussi constant que celui des vagues de la mer sur une plage, d'amis, d'oncles, de tantes, de cousins, de cousines, de neveux, de nièces, de petits-neveux, de petites-nièces, coups de téléphone sans rime ni raison de préférence dans le devant-jour ou au mitan de la sieste, déjeuners de baptême, communion, fiançailles, mariage, noces d'argent, de vermeil, d'or, de diamant plus rarement, se prolongeant de midi à sept heures du soir, sempiternelles discussions sur le statut de l'île.

— Faut-il, oui ou non, une Assemblée unique?

«Élue au suffrage universel à l'échelon territorial, à la proportionnelle, selon le principe de la réforme actuelle des Régions.»

Surtout, il tentait de soustraire Rosalie, qui ne s'y prêtait que trop, à l'emprise de la mort : le vénéré, la messe du neuvième jour, la messe du quinzième jour, la messe du trentième jour, les prières collectives quotidiennes, la lecture commentée de l'*Imitation de Jésus-Christ*. Enfin, prosaïque, il pensait que rien ne vaut le luxe d'un palace pour redonner goût à l'existence!

À Saint-Bart, d'une certaine manière, ils ne furent pas dépaysés. Où se terraient les autochtones? L'île pullulait d'Américains, des Caucasiens, quelques rares Africains-Américains. Pas d'universitaires, rats de bibliothèque, habillés comme l'as de pique. Pas de prolétaires obèses non plus. Des richards, ceux-là, reconnaissables malgré la dégaine obligée des ensembles de jogging et des Nike à leur minceur, à leur bronzage, à leur assurance. Aux Salines, à l'Anse du Gouverneur, les hommes exhibaient des peaux tannées et des ventres plats tandis que les femmes dénouaient des chevelures à la Rita Hayworth dans *Gilda*. Bien élevés, ils grimaçaient des sourires à l'intention de Rosélie. Rien d'intellectuel dans leurs propos :

— Quel temps magnifique, hein !

— Elle est bonne, ce matin ?

— Il paraît que la côte Est est sous la neige !

Le calcul de Stephen se révéla discutable. Rosélie l'accompagnait à la plage, à la piscine, au restaurant, au bar, nageait, mangeait, buvait, trois à cinq cocktails par soirée. Mais il était évident qu'elle ne goûtait pas le luxe, aveuglée qu'elle était par sa peine. Ainsi, elle ignorait que le personnel de l'hôtel la dévorait des yeux. Ceux qui tiennent les livres à la réception avaient passé l'information : elle n'était pas mariée à Stephen. Aussi, le jugement des hommes, depuis les jardiniers, les nettoyeurs de piscine jusqu'aux serveurs de punchs planteurs, les fesses et le sexe moulés dans des uniformes blancs, tombait sans appel. Elle n'était qu'une bòbò acquise dans un aéroport de la Martinique ou de la Guadeloupe avec un coffret pays avec des bouteilles de rhum vieux, des bocaux de piments, trois gousses de vanille, de la cannelle. Le peuple des femmes de chambre hésitait entre la rage et l'envie. Qu'avait-elle de spécial, celle-là, pour s'être dégotté un Blanc et se vautrer à ses côtés dans l'opulence sans souffrance du Palm Beach, cinq étoiles, à l'abri des trois S des tropiques : soleil, sida, sous-développement ? Pas si belle. Pas si claire. Plus si jeune. Pas de bons cheveux.

Le chagrin est un marathonien qui seul gère sa course.

De retour à New York, Stephen eut beau emmener Rosélie au Carnegie Hall écouter Vivaldi, à Brooklyn admirer les chevaux de Bartabas, et, conseillé par des collègues, consulter Orin Sherman, psychothérapeute réputé qui soignait la moitié de l'université, rien n'y fit. Zombie elle était, zombie elle restait, se faufilant les yeux bandés dans l'éclat des jours et l'ombre des nuits. Cela dura près d'un an.

Un matin, ses narines s'emplirent avec délices de l'arôme du café de Linda dont, cette fois, les potions magiques achetées dans une nouvelle *botánica* de la 110e Rue étaient restées sans effet. Elle éprouva du désir pour le corps de Stephen, trop longtemps oublié à l'autre bout du lit *king size*. Ses mains en feu brûlèrent de toucher à ses pinceaux. La vie avait repris ses droits.

À quelque temps de là, Tante Léna, décidément messagère du malheur, téléphona la mort d'Élie.

Élie était passé pendant que Carmen, sa bòbò préférée, lui taillait une pipe à l'heure bienheureuse de la sieste. Brusquement, le membre qui pétait le feu s'était ramolli. Elle avait relevé la tête : le vieillard était prostré dans sa dodine, les yeux révulsés, la bouche béante. Consommant la brouille avec la famille, Rosélie refusa de se rendre en Guadeloupe pour l'enterrement. Son temps de deuil était fini! Elle en avait assez de broyer du noir! Surtout, elle s'avouait que son père n'avait jamais compté pour elle. Elle ne lui pardonnait pas ses infidélités à sa mère et les torrents d'eau que ses humiliations avaient fait couler de ses yeux.

Tout avait commencé quand des bonnes âmes avaient rapporté à Rose qu'il se plaignait à son cercle d'amis.

— Mon cher, bientôt, il me faudra une échelle pour monter sur cette femme-là !

— Mon cher, ce n'est pas la mer de Glace, mais la mer de Graisse.

— Mon cher, cette femme-là, c'est un rossignol enfermé dans une dame-jeanne.

C'était un grand inutile, sans rêve, sans utopie, sans ambitions de vie. Un dandy façon créole. Il se croyait le centre du monde quand il se rendait au greffe pour griffonner sur ses grimoires vêtu de ses costumes en drill blanc, les jambes cagneuses, les oignons à l'étroit dans des bottines à boutons.

12

Fiéla, il m'avait toujours tout pardonné, à moi qui n'étais pas sans reproche ; à moi qui n'en suis pas, je peux te l'avouer, à ma première infidélité. As-tu jamais trompé Adriaan ?

Car c'est au moment où Stephen venait de lui donner tant de preuves de sa mansuétude et de sa tendresse, qu'elle l'avait cruellement blessé. Au moment où, grâce à lui, elle s'aventurait à nouveau sans béquilles dans l'existence. Comme si elle avait voulu mesurer la force qui lui était rendue en frappant ce qu'elle avait de plus cher.

Un soir, elle ne put supporter un repas de plus dans sa chambre, un plateau sur les genoux, face à la morne télévision, pourtant 126 chaînes, et elle rejoignit des invités au salon. Ils l'accueillirent avec une chaleur qui l'étonna. À croire qu'ils étaient heureux de sa guérison, de son retour sur terre. À croire que Stephen avait raison quand il prétendait qu'ils l'aimaient, mais n'osaient le manifester. C'était la clique habituelle : les divers spécialistes des départements d'anglais et de littérature comparée avec ou sans leurs épouses, à la merci de l'effroyable engeance des baby-sitters, les étudiants favoris, Fina. Non seulement Fina et Rosélie s'étaient réconciliées, mais pendant ces heures sombres la première s'était révélée l'amie la plus fidèle, enveloppant la seconde de tendresse et d'attentions. Stephen virevoltait autour d'un inconnu qu'il désirait manifestement charmer et inclure dans la foule de ses admirateurs. Quand elle s'approcha, il s'empressa à sa manière habituelle :

— Ma femme, Rosélie.

Sourires. Poignées de main.

Le coup de foudre semble appartenir aux accessoires usés du mélodrame. De nos jours, la majorité des adultes n'y croit pas plus que les enfants au Père Noël. Pourtant, ce soir-là, Rosélie découvrit sa vitalité et son pouvoir.

Né et grandi à Manhattan, Ariel avait pour père un métis d'Indien de Colombie et de Japonaise d'Hawaii. Sa mère était la fille d'un Haïtien et d'une Juive polonaise dont les parents avaient échappé de justesse à l'insurrection du ghetto de

Varsovie. Il parlait couramment cinq langues, les cinq avec un égal accent étranger. Tant de sangs coulaient en lui qu'il n'aurait su s'il possédait une race. Avec cela, beau. D'une beauté qui n'était le propre d'aucun peuple en particulier comme si toutes les variétés de l'humain s'étaient harmonieusement combinées pour le créer. La peau d'un brun aux reflets de cuivre, une épaisse chevelure noire bouclée ou grenée, les sourcils fournis, arcs parfaits au-dessus des yeux. Ah ! les yeux, ces fenêtres de l'âme, lumineux, largement ouverts quoiqu'un peu mourants.

Au bout de quelques instants, Ariel et Rosélie éprouvèrent le besoin de s'éloigner de ce brouhaha, de ce cercle d'importuns, enragés à discuter du dernier film de Ridley Scott, des malheurs des Palestiniens et de la famine en Éthiopie. Se retrouver seuls ! L'atelier de Rosélie était l'unique refuge possible. Elle n'y admettait que des intimes. Pourtant, elle y pénétra avec cet homme qu'elle venait de rencontrer.

Ariel examina chaque toile en connaisseur et rendit son verdict. Il lui semblait qu'elle était influencée par les néo-expressionnistes allemands. Comme sa peinture était violente, sombre, virile alors qu'elle semblait si féminine, si douce ! Ainsi, elle aussi aimait les singes, ces miniatures d'humains aux yeux de voyants. Connaissait-elle l'histoire de cette señora de Cuba qui abritait dans son palais toutes qualités de chimpanzés ? Avait-elle visité la Casa Azul à Mexico ? Non ? Puissance de l'art qui forge des dialogues à travers les lieux et l'espace!

En fait, il était un ami de Fina. Il dirigeait dans le Bronx un centre d'art baptisé «La América», en hommage à José Martí, son héros. La América n'était pas une académie pareille à tant d'autres. D'abord, tout y était gratuit. Enseignement comme fournitures. La connaissance ne doit pas se monnayer. Ensuite, elle avait pour devise cette phrase de Montaigne : «Un honnête homme, c'est un homme mêlé.» Si, vu sa situation, le centre était surtout fréquenté par des adolescents latinos, il attirait aussi nombre de jeunes Africains-Américains, Caribéens et Asiatiques. En fait, on y trouvait de tout : des vieillards des deux sexes et de toutes les couleurs qui, après une existence de labeur, se livraient aux délices de la créativité, des drogués tentant de remplacer une passion par une autre, de riches oisifs désireux de s'inventer une occupation, des miséreux s'efforçant d'oublier leur misère, des athées, des fous de Dieu. Tous y apprenaient cette vérité essentielle qui peut sembler simpliste : l'art est le seul langage qui se partage à la surface de la Terre sans distinction de nationalité ni de race, ces deux fléaux qui interdisent la communication entre les hommes. Régulièrement, en fin d'année, Ariel organisait une exposition-vente des travaux de ses élèves, seule activité matérielle permise dans ce temple de la spiritualité où l'on méprisait le gain. Les connaisseurs accouraient de tous les pays de l'Amérique latine. Une fois, un groupe était venu du Japon.

Une autre fois, des Sénégalais étaient arrivés de Kaolack. Le Festival de Spoleto retenait chaque année plusieurs toiles. Quelques mois plus tôt, le *New York Times* lui avait consacré une pleine page : « Ariel Echevarriá, un homme de la mondialité, non de la mondialisation. »

Ariel la pria avec feu de contribuer à cette grande œuvre, de collaborer avec lui, d'enseigner (gratis) la peinture à La América.

En temps ordinaire, Rosélie aurait rejeté cette offre, bénévole ou non. La perspective d'être aux prises avec une trentaine d'étudiants, indociles et querelleurs, l'aurait épouvantée. Mais les temps n'étaient pas ordinaires. C'était l'aube d'une vie nouvelle.

Élie, mari modèle, avait été quérir la sage-femme. Le bébé, une fille, se présentait bien. Bientôt, elle sortait du ventre de Rose, non pas nouveau-né pâlot et rachitique que seuls le lait et la dévotion de sa mère allaient retenir de ce côté du monde. Mais forte. Mais belle. Parée pour l'aventure. Rose lui chantait la barcarolle des *Contes d'Hoffmann* :

> *Belle nuit, succède au jour,*
> *À nos douleurs, fais trêve.*

Tout à son trouble, Rosélie chercha vainement ses mots. Pourtant, Ariel, qui par intuition pouvait déjà traduire ses pensées, sut la signification de ce silence. C'était une acceptation. Il lui demanda donc quand elle visiterait La América, pour se familiariser avec les étudiants et commencer sa mission.

À travers les baies vitrées défilait la lente procession des voitures le long de Riverside Drive tandis que scintillait la mosaïque des gratte-ciel illuminés. Nul ne peut deviner comment ce premier tête-à-tête se serait terminé si Fina, curieuse, n'avait poussé la porte. Informée des projets de Rosélie, elle battit des mains. N'était-ce pas ce à quoi elle aspirait depuis des années ? Ce qui lui permettrait, en rompant sa dépendance vis-à-vis de Stephen, de prouver, à elle et à tous, ses dons peu communs. En même temps, l'expression de ses yeux sombres, en amande sous le nœud des sourcils à la Frida Kahlo, indiquait qu'elle n'était pas dupe sur la nature du sentiment qui naissait sous ses yeux, qu'elle s'en réjouissait, offrait sa complicité.

Les invités partis, Stephen, au contraire, ridiculisa ces projets avec sa verve coutumière. Il n'était pas vénal. Mais pourquoi travaillerait-elle pour rien ? Si elle avait besoin d'argent, il était là pour subvenir à ses besoins. Ce bénévolat masquait la fâcheuse exploitation de l'homme par l'homme, ennoblie au nom de l'art. Enseigner ? Enseigner, se doutait-elle de l'ennui, de l'épuisement que cela représentait ? D'ailleurs, elle n'avait pas qualité à le faire. À chacun son métier et les vaches seront bien gardées. Quant à cet Ariel, c'était un personnage ambigu. On ne savait pas s'il allait à voile ou à vapeur. D'où sortait l'argent qu'il déversait dans le centre ? Certains l'accusaient d'être très proche des milieux de la drogue. Plus grave, La América reposait sur une utopie absurde, un postulat infantile bon pour les chansons de John Lennon.

And the world will be one.

Hommes, femmes, enfants de tous pays, de toutes couleurs, prolétaires ou non, unissez-vous sous la bannière de l'Art. S'imaginer que chacun porte en soi la graine d'un talent qui ne demande qu'à éclore, quelle naïveté ! Certains naissent avec des dons. D'autres, avec du génie. D'autres, avec rien du tout. Il avait accompagné Fina à une exposition des travaux d'élèves de La América. Affligeant ! Mais voilà, personne n'osait faire pleurer le Bronx, pas plus que Billancourt !

Rosélie ne contredit pas Stephen, mais agit à sa guise. Le lendemain, il n'eut pas le dos tourné qu'à l'inquiétude de Linda elle sortit. Depuis des mois, elle n'avait pas respiré l'effluve de New York. Elle s'aperçut qu'à travers la ville en fête de printemps la nature chantait comme Charles Trenet.

> *Y a de la joie !*
> *Partout, y a de la joie !*

Le soleil riait aux commissures bleues du ciel. Tout au long de Broadway, les cerisiers bourgeonnaient, baignés jusqu'à mi-corps dans l'éclat des buissons de forsythias. Elle prit place dans un autobus qui, fendant la ville, montait, montait vers le Bronx, se chargeant dans sa lente ascension d'une humanité de plus en plus sombre, de plus en plus humble, de plus en plus amicale aussi.

Quand un gamin noir assis à côté d'elle lui posa familièrement la main sur le genou, il lui sembla que ce contact renouait le lien, rompu, bien malgré elle, depuis si longtemps.

À dire vrai, La América ne payait pas de mine. C'était un ancien asile d'aliénés, une maisonnette de brique de deux étages, surmontée d'une petite tour dénommée la «Tourelle des Furieux» parce que, autrefois, on y enfermait les patients en camisole de force. Elle abritait aujourd'hui l'appartement d'Ariel. Le centre était situé dans une ruelle écartée, derrière un carré de pelouse miteux, encombré des engins grâce auxquels élèves et enseignants se déplaçaient, bicyclettes, patins à roulettes, skate-boards, car, autant que du profit matériel, ils avaient grand-haine de la technologie et de l'essence qui pollue. À La América, Rosélie ne tarda pas à s'en apercevoir, l'Art et la Politique se mariaient étrangement. Les professeurs, en majorité des réfugiés, honnis par leurs gouvernements, n'éprouvaient aucune reconnaissance pour l'ami américain qui les sauvait de l'infortune. Ils n'arrêtaient pas de critiquer la politique étrangère des États-Unis. Pour un oui, pour un non, ils descendaient dans la rue, brandissant des pancartes et bravant la police. Une marche contre l'intervention en Somalie vida pour quelques semaines le département Poterie et Sculpture.

Sur le plan professionnel, Stephen avait raison. Rosélie n'avait aucune qualité pour enseigner. Une salle de classe, c'est un peu une arène de cirque dans laquelle le dompteur risque à tout moment d'être dévoré par ses lionceaux. Mais Rosélie ne voulait rien dompter. Elle tolérait tout, n'imposait rien et ainsi libérait la créativité. Par ailleurs, comme elle n'avait jamais su se servir des mots, elle écoutait. Des heures durant, assise dans son minuscule bureau, après les cours, le flot des confidences de ses étudiants manquait l'emporter. Mères rouées de coups par des pères vicieux. Sœurs écartelées. Frères voleurs, violeurs, assassins. Cousins, cousines morts d'overdose. Ou bien le corps troué de balles par la police, des gangs, des bandes rivales. Des jeunes garçons et des jeunes filles sortaient de prison. D'autres de centres de désintoxication. Des orphelins se tuaient à nourrir leurs fratries. Un adolescent de quinze ans veillait seul sur ses deux parents handicapés. Par comparaison, son existence semblait tellement protégée ! Même les démêlés de Rose et de son don Juan d'Élie devenaient bien pâles ! Insipides. Malgré son peu d'estime pour la littérature, elle brûlait de consigner ces drames par écrit, de les publier dans une grande maison de la rive gauche, révélant ainsi l'envers du rêve américain, les détresses, la misère abjecte cachée sous les clichés : «Le pays le plus puissant du monde», «Le triomphe de la démocratie». Cependant, on l'accuserait d'exagération, de pessimisme, de désespérance.

Les gens chérissent les récits à l'eau de rose. Trois fois bel conte. Au temps des mabos. Senteurs, saveurs d'épices.

La vie est merveilleuse. Si vous ne l'avez pas

remarqué, c'est que vous n'avez pas accroché votre charrue à une étoile. Proverbe arabe!

Bref, en peu de temps, les élèves de La América après le directeur furent conquis par la nouvelle maîtresse.

«Amour, seul amour qui soit, écrit André Breton, amour charnel, j'adore, je n'ai jamais cessé d'adorer ton ombre vénéneuse, ton ombre mortelle.»

Rosélie et Ariel faisaient l'amour chaque jour après les cours dans la Tourelle des Furieux. À vous d'imaginer ce qui se passait!

Cela dura-t-il un mois, six mois, un an? Le temps s'était perdu.

Un matin — ce souvenir jamais ramené à la lumière de la conscience lancinait encore —, ce coupable bonheur avait pris fin. Brutalement. C'était l'hiver : un hiver de glace et de frimas comme en connaît New York. La bête vorace du vent était descendue depuis le Canada, entraînant des tourbillons de neige dans ses bourrasques. Il avait gelé à l'aube. Au matin, le soleil apeuré éclairait la croûte glissante sur les trottoirs. Emmitouflés jusqu'aux yeux, les passants avançaient à pas précautionneux. À La América, élèves et professeurs étaient massés dans le jardinet. La stupéfiante nouvelle courait sur toutes les lèvres : Ariel avait été arrêté.

Des policiers à face de *pigs* l'avaient cueilli à l'aube. On l'accusait de liens avec des trafiquants de drogue, et de blanchiment d'argent pour leur compte. La América était fermée. Les cours suspendus.

Rosélie s'effondra dans les bras de Stephen qui une fois de plus ne lui adressa pas un mot de reproche.

À quoi comparer la passion ? À un cyclone, David, Hugo ou Belinda, qui fond sur une île et la ravage entièrement. Que peut-on contre un cyclone ? Rien. On espère simplement le moment où sa fureur se calmera. C'est ce qu'il avait fait. Il avait bien tenté de la mettre en garde, de lui souffler qu'Ariel était un individu louche. L'entendait-elle seulement ? Au chagrin de Rosélie se mêlait un sentiment d'humiliation. Ainsi, elle était tombée pour un truand, un de ces escrocs au petit pied que l'Amérique génère par milliers, un compère de Manuel Noriega. Les journaux sont remplis de leurs piteux exploits. À cause de lui, elle avait blessé le meilleur des hommes, le plus parfait des compagnons. Car si Stephen n'en soufflait mot, il était évident qu'il avait souffert. Lui tellement soigneux de sa personne, maniaque au point de repasser lui-même ses chemises, de renvoyer trois fois un costume au teinturier pour le pli du pantalon, il portait un pull-over informe sur un blue-jeans en accordéon. Ses cheveux trop longs bouclaient sur sa nuque. Sa mine était hâve et défaite. Il n'avait pas écrit une ligne, prononcé une conférence depuis des mois. Il bâclait ses cours.

Fina soutint un discours contraire. Tout en luttant contre les kilos à travers les allées givrées du parc de Riverside, elle maintint qu'Ariel était un idéaliste, un fou d'art, la tête dans les nuages. Le fin fond de l'affaire revenait à une machination politique. Le Département d'État avait prétendu détruire La América, ce repaire de contestataires. Quant à aller à voile et à vapeur, c'était de la pure calomnie. Des dizaines de beautés pourraient jurer en leur âme et conscience qu'Ariel était un amateur de femmes. Malgré ses efforts, elle ne parvint pas à convaincre Rosélie de prendre le train jusqu'à une prison au nord de l'État de New York. C'est dans les films de série B que les amoureux échangent des regards éplorés à travers les vitres des parloirs.

Au bout de trois mois, Ariel fut libéré. Aucune charge n'avait pu être retenue contre lui. La comptabilité de La América était transparente. Ses donateurs étaient gens des plus honorables. Un prince saoudien, un riche Koweitien, un descendant de Winston Churchill.

Le centre rouvrit ses portes. Mais l'enthousiasme s'en était allé. Professeurs et élèves avaient déserté. Dans les salles vides, il ne restait avec une dizaine d'étudiants que deux enseignants : un anarchiste espagnol, maître de la technique des azulejos, et un communiste japonais, épris des peintres du fantastique.

Par l'entremise de Fina, Ariel adressa à Rosélie des billets énigmatiques et passionnés où il la suppliait de ne pas confondre ceux qui l'adoraient avec ceux qui se servaient d'elle comme d'un paravent. Elle ne répondit pas. Non qu'elle ne l'aimât plus. Au contraire. En songeant à lui, tout son être fondait. L'eau lui coulait de toutes les parties, de tous les orifices. Et puis, elle n'arrêtait pas de rêver à ce monde qu'on prétendait bâtir à La América. Monde épris d'art, de diversité, de tolérance. Nul ne serait plus forcé d'endosser une identité préfabriquée, aussi meurtrière qu'un garrot espagnol serré autour du cou. Une femme noire pourrait se lover en paix au flanc de son Blanc. Cependant, l'idée de blesser Stephen lui était insupportable. Plus jamais. Plutôt mourir.

Cela enrageait Fina, qui affirmait :

— Tu te sacrifies pour rien ! Pour rien !

Pour rien ! Chaque fois, Rosélie, suffoquée, s'insurgeait :

— C'est Stephen que tu appelles rien ?

Fina bouillait, mais ne répondait pas.

Un après-midi, hors d'elle, elle s'arrêta au milieu du parc et se mit à hurler à tous les échos :

— Oui ! Ton Stephen, c'est de la *mierda*, tu m'entends ? DE LA *MIERDA* !

En bonne Latine, Fina avait accoutumé Rosélie aux formules à l'emporte-pièce, *coño, carajo* et autres jurons. Cependant, l'amitié entre les deux femmes ne résista pas à celle-là. Elles ne se virent plus. À quelque temps de là, Fina claqua la porte de l'université. Elle repartit pour le Venezuela où elle s'illustra comme cinéaste. Elle réalisa un film autobiographique sur son enfance d'aliénée bourgeoise. Seul lien avec le peuple, sa grand-mère noire, magicienne et conteuse. À la même époque, Ariel fit retraite plus tristement sur une terre

héritée du père de sa mère, à Jérémie. On y accédait par bateau. Aride et pelée, n'y poussaient que
des candélabres et des cactus cierges. La nuit, leurs
formes dégingandées se confondaient avec les silhouettes des morts, fréquents à déambuler dans la
noirceur. En Haïti, ces choses-là n'étonnent personne. C'est le réalisme merveilleux des Haïtiens.
Voir René Depestre. Ariel tenta de recréer une
école d'art sur le modèle de La América. Malheureusement, dans ce pays affamé, les gens ont grand
goût pour le dollar. Il ne put s'entourer de maîtres
bénévoles et l'école ferma ses portes. Il finit par
épouser Anthénor dite Sonore, la paysanne qui lui
cuisait du griot de porc et du pain patate. Il lui fit
neuf enfants dont trois moururent en bas âge.

13

Tous les couples qui traversent une crise s'imaginent que le voyage leur apportera la guérison.
C'est là ce qu'on appelle une idée reçue. Ils croient
que la vue de paysages nouveaux, la rencontre avec
des inconnus, l'apprentissage d'une langue étrangère seront des remèdes infaillibles à leur détresse.
Stephen et Rosélie ne pensèrent pas autrement. Au
début de l'été, Stephen proposa de partir. En
Europe? En Afrique? En Asie? Lui-même penchait pour le Japon. Depuis longtemps, Fumio
avait planté en lui l'envie de connaître ce pays plus
que par les sushi-bars de Soho ou *L'empire des*

signes de Roland Barthes qu'il avait lu des dizaines de fois.

Rosélie refusa, trop endolorie pour risquer les regards des curieux, des racistes, jetés de plein fouet ou plantés à la dérobée dans sa chair. Malgré la haine de Stephen pour le sable, un séjour à Montauk, Long Island, servit de pis-aller. Montauk est ce que la côte Est de l'Amérique offre de plus ressemblant avec un village. Pas de cinéma. Un drugstore où les somnifères voisinent avec les céréales Kellog's. Des maisons de bois perdues le long de kilomètres de plage. La mer, le ciel à l'infini. Aux yeux de Rosélie, la mer à Montauk comme celle qui baignait le sud-est de l'Angleterre n'avait rien de commun avec la coquette aux yeux verts qui, relevant la dentelle de ses jupons, s'insinue dans les baies de la Guadeloupe ou rage contre ses cayes. Terne, passive, çà et là jonchée de touffes d'écume qui s'accrochent à sa vêture sans couleur. Rien d'exaltant. On s'y baigne sans joie.

Tandis qu'elle s'efforçait avec peine de se guérir d'Ariel, de La América, du bruit et de la fureur de l'adultère, Stephen se remettait très vite et très bien. Il s'était lié avec des hommes, rugueux, portant suroîts jaunes et casquettes marines, qui l'initiaient à la pêche au gros. Chaque matin, il se levait à l'aube, revenait le soir, chargé d'espadons ou de marlins qui se décomposaient lentement au Frigidaire, Rosélie ayant toujours eu horreur du poisson, cette chair exsangue, sans goût, à odeur forte. Quand il n'était pas en mer, il s'en allait vider force bocks de bière à la taverne avec ses nouveaux amis.

Disons à sa décharge qu'à la différence de ses compagnons il ne se saoulait jamais et rentrait aux environs de minuit, droit sur ses deux pieds, sans brailler *My funny Valentine*.

Un jour, une brunette, son joli visage couronné d'une houppette de cheveux frisés, héla Rosélie par-dessus la haie et lui proposa quelques brasses. La proposition la stupéfia d'autant plus que les autres vacancières l'évitaient soigneusement. Au supermarché, elles faisaient des détours pour ne pas se trouver en même temps devant le rayon de riz basmati. L'inconnue s'appelait Amy Cohen, son mari Caleb. Ils avaient trois fils. Ils étaient juifs.

Qu'est-ce qu'un Juif ? Jean-Paul Sartre a posé la question dans *Réflexions sur la question juive*. Y a-t-il répondu ? Comme toutes les adolescentes, Rosélie avait reçu le *Journal* d'Anne Frank en cadeau d'anniversaire dans le même paquet surprise que *Les Hauts de Hurlevent*. Passionnée par le récit d'Emily Brontë qu'elle relisait encore et encore, à la surprise de Rose qui n'avait jamais pu l'intéresser à un roman, elle ne l'avait pas ouvert. Au cours des interminables discussions de Stephen et de ses collègues, elle avait entendu les uns soutenir qu'ils étaient des victimes devenues bourreaux, les autres qu'ils étaient des victimes luttant justement pour leur survie. Elle n'avait qu'une certitude, ils portaient, comme elle, l'étoile jaune de la singularité et de l'exclusion. Amy lui traça le détail de voyages qui, pour n'avoir pas été effectués à fond de cale des négriers, n'en étaient pas moins des déchirements. Fuyant incendies et pogroms, chassée de pays d'Europe centrale en pays d'Europe centrale, sa famille s'était arrêtée à Vienne assez longtemps pour que son grand-père, violoniste, joue *Aïda* lors de l'inauguration du Wiener Staatsoper. Puis elle avait recommencé à fuir. Cette fois, pour plus de sûreté, elle avait enjambé l'océan et s'était réfugiée en Amérique. Là pourtant s'arrêtait toute ressemblance avec les migrants nus, familiers à Rosélie. Le père d'Amy avait inventé une matière peu coûteuse pour les boutons de chemise, ce qui l'avait enrichi. En un juste retour des choses, sa progéniture avait préféré la musique à la fausse nacre. Ses cinq garçons se partageaient entre les divers orchestres de la ville. Seule Amy avait décidé de se consacrer à sa famille. Elle avait quitté l'université sans diplôme et, depuis, ses jours se bornaient à réduire des légumes en purée, à remplir des biberons d'eau de source, à se débarrasser de couches malodorantes.

— La maternité est la plus noble des fonctions, répétait-elle, le nez dans le caca. Hélas, depuis les féministes, elle est devenue la plus décriée. Cela m'enrage !

Rosélie, pourtant peu hardie, s'enhardissait à lui sortir le fameux axiome de Stephen : «Les plus belles créations sont de l'imaginaire.» C'est que les enfants d'Amy lui faisaient peur. Trois braillards affamés pareils à des vautours qui se repaissaient du foie et des entrailles de leur mère. Sans se fâcher, Amy souriait :

— Dévorée pour dévorée, je préfère l'être par mes enfants.

Voulait-elle dire qu'elle était dévorée par Stephen ?

Aux week-ends, les hommes ne prenaient pas la mer. De New York affluaient grands-parents, parents, amis. Dans les rues, les voitures des citadins se bousculaient tandis que la taverne ne désemplissait pas. Un dimanche, Amy invita Rosélie et Stephen à déjeuner. Aaron, son plus jeune frère, chevelu comme Beethoven sur les coffrets de l'intégrale de ses symphonies, venait de jouer Gustav Mahler à Paris. Avec sa femme Rebecca, il avait été horrifié par l'antisémitisme des Français. Quel peuple ! Pas étonnant qu'ils aient produit Drieu La Rochelle, Brasillach, Vichy et Papon ! Chacun y alla de son anecdote. L'atmosphère devint franchement francophobe.

— Pendant la dernière guerre, devinez ce que tous les soldats français voulaient apprendre à dire en allemand ? interrogea Aaron.

— ...

— Vous donnez votre langue au chat ? « Je me rends » ! Ils voulaient tous dire : « Je me rends » !

D'habitude, Stephen était bon premier à railler ceux de l'Hexagone, mais il n'aimait rien tant que semer la contradiction. Au milieu d'un chœur de rires, il déclara :

— Je pourrais vous retourner la phrase de Sartre. Au lieu de « C'est l'antisémite qui fait le Juif », « C'est le Juif qui fait l'antisémite ».

Après un silence de mort, ce fut un beau tollé ! Stephen jouissait de son effet et s'obstinait :

— C'est pareil avec Rosélie. Son comportement individuel provoque des réactions. Elle les interprète alors selon une grille qu'elle a fixée à l'avance.

Caleb lui-même, médecin accoucheur débordé qui n'apparaissait à Montauk qu'aux week-ends, cessa de somnoler au soleil à côté de ses fils et vint se mêler à la discussion. Amy était la plus stridente :

— Est-ce que vous voulez dire que le racisme n'existe pas ? s'exclama-t-elle.

Les yeux brillants, une mèche rebelle barrant son front, Stephen était à son affaire :

— Ce n'est pas ce que je veux dire. À cause de la ségrégation de la société américaine, ségrégation qui dure encore, même à New York, aujourd'hui, quoi qu'on en dise, la majorité des Blancs, sans être raciste, éprouve un profond malaise à se trouver avec un Noir, ne sait pas se comporter avec lui. Il faut que le Noir les rassure…

Le tollé tourna au tapage. Tout le monde protestait à la fois.

— Les rassure ! cria Amy. Vous demandez aux victimes de rassurer les bourreaux !

— Les rassure ! De quoi ont-ils peur ? interrogea Caleb.

— Précisément, vous venez de donner la définition du racisme ! hurla Aaron. Pour le Blanc, le Noir n'est pas un être comme lui.

Ce discours de Stephen était familier à Rosélie

depuis des années. Chaque fois qu'elle se plaignait de ses collègues, des serveurs au restaurant, des commerçants du quartier, il offrait une explication à leur comportement et faisait retomber la faute sur elle. Elle les intimidait par sa réserve, les déroutait par ses silences. Elle ne riait pas de leurs plaisanteries.

— Souris ! suppliait-il. Tu es tellement belle quand tu souris. Ils seront charmés et viendront te manger dans la main.

Comment sourire à qui ne vous voit pas ? *Invisible woman.*

La discussion s'interrompit pendant le repas pour permettre de déguster le goulasch, plat roi. Elle reprit plus paresseusement, à l'heure du café moka Java, flamba de nouveau à l'heure des digestifs, un cognac Courvoisier, une Poire Williams qu'Aaron avait rapportés de Paris. Car si la France était le paradis des antisémites, elle demeurait celui de la bonne table. Elle ne s'éteignit vraiment qu'au moment où les visiteurs, remontés dans leurs voitures, repartirent pour New York. Le lendemain, étendue sur le sable à ses côtés, Amy laissa échapper la première critique contre Stephen, prélude à bien d'autres :

— Je me demande comment tu peux supporter un homme aussi insensible !

Insensible, Stephen ? Provocateur, oui. Il adorait être inconvenant.

Pendant ces vacances-là, Rosélie réalisa un tableau, une huile sur toile, deux mètres sur trois, qu'elle appela tout simplement *La mer à Montauk.*

C'était une infinité de variations de gris. Caleb et Amy en tombèrent amoureux et le lui achetèrent pour plusieurs centaines de dollars.

Celui qui se contenterait de réciter une leçon de géographie tirée des manuels — New York se divise en cinq communes — n'aurait rien compris à rien. En réalité, Brooklyn est une autre terre, un continent en réduction. On y aborde par un pont, lasso jeté depuis les hautes tours de la finance, arc parfait au-dessus des barges et des péniches du fleuve, s'amarrant ensuite sur les piliers d'une autoroute. L'amoureux de la nature peut se perdre dans ses kilomètres de parcs ; l'amoureux de l'Art peut visiter ses musées. Celui-là qui est las des *beef*, *cheese* et autres *burgers*, tristes inventions culinaires des Caucasiens sans palais, peut se brûler la langue dans les gargotes jamaïquaines, troquer les flots de bière insipide contre le Bacardi ou, mieux, le Barbancourt cinq étoiles. On y trouve des Latino-Américains, des Caribéens-Américains, des Coréens-Américains, des Japonais-Américains, des Philippins-Américains. Peu d'Américains sans trait d'union. Les Haïtiens et les Juifs hassidim y sont rois.

Les Cohen habitaient à Crown Heights, une vieille maison, douze pièces, entourée d'un jardin, véritable parc aux essences rares, héritée du père de Caleb, riche commerçant retourné affronter les attentats-suicides en Israël. L'atmosphère détendue de ce quartier où, l'été, Amy faisait son jogging, sans soutien-gorge, vêtue d'un short miniature, où les enfants jouaient sans surveillance dans le jardin, où à n'importe quelle heure de la nuit Caleb revenait à pied depuis son hôpital, était chèrement gagnée. Quelques années plus tôt, il avait été le théâtre des pires émeutes raciales. À cause de lui, une apocalypse de haine avait bien failli engouffrer New York, voire le pays tout entier. Puis on avait enterré les morts. Pleuré. Le deuil purificateur avait ramené la paix. Revenu à soi-même, chacun tentait de vivre en harmonie avec son voisin noir, juif ou asiatique.

Deux fois la semaine, Rosélie prenait le métro pour gagner Brooklyn.

C'est connu, le métro de New York n'est pareil à nul autre. C'est une caverne d'Ali Baba dont les trésors sont la violence et la puanteur. Gare à ceux dont le cœur est accroché à un fil ! Qu'ils ne s'y aventurent pas ! Des détraqués précipitent les voyageurs sans méfiance sous les trains qui entrent en gare dans un fracas de ferraille à assourdir un sourd. Des sanguinaires, jouant du couteau, leur zèbrent la figure. Des clochards, drogués, pervers, y ont élu domicile. Les uns demandent l'aumône du ton dont jadis les truands exigeaient la bourse ou la vie. Les autres exhibent des plaies ou des handicaps à vous soulever le cœur. D'autres encore prédisent en vociférant la fin de l'Amérique, croulant sous le poids de ses péchés mortels. Si Rosélie bravait tant de dangers, c'est que la compagnie d'Amy lui apportait un infini bonheur. Auprès d'elle, elle retrouvait la sensation oubliée d'être une personne, un être humain, unique, singulier, peut-être créé à l'image de Dieu. Elle n'était plus *invisible woman*. Amy s'intéressait à elle, à sa peinture, à ses espoirs, à ses manques. En courant dans les allées du parc, Rosélie lui dévoilait ses blessures, les éternelles, les purulentes, les jamais cicatrisées. Amy, qui venait de confier sa mère, incontinente et grabataire, à une pension pour le troisième âge et n'avait pas le courage de lui rendre visite, pouvait la comprendre puisqu'elle vivait l'enfer qu'elle avait vécu autrefois.

— Nous ne les avons pas abandonnées, assurait Amy. C'est que nous les aimions trop pour les voir se dégrader. J'envie Caleb. Il a perdu sa mère quand il avait cinq ans. Il s'en souvient à peine et a construit un mythe autour d'elle. Elle est jeune. Belle. Éternelle. Quant à ton père, les pères sont faits pour être admirés et respectés. Le tien a manqué à la tâche. C'est sa faute si tu n'éprouvais rien pour lui.

La maison d'Amy et Caleb avec ses pièces tarabiscotées, son ameublement à l'ancienne, ses portraits d'oncles et de tantes, c'était un peu la maison où elle avait grandi. C'était aussi La América, la présence d'Ariel en moins !

Parfois, Ariel, je meurs de ton absence !

Car Amy et Caleb vivaient au milieu d'un flot constant d'amis de toutes origines, de toutes couleurs, qui adoraient les dieux les plus divers, s'exprimaient dans les idiomes les plus étrangers. De cette faune qui débarquait à l'improviste et dégustait le goulasch le soir, une fois les enfants endormis, Andy et Alice étaient les seuls qui terrifiaient Rosélie. Andy et Alice étaient un couple d'Africains-Américains : Andy, médecin accoucheur dans le même hôpital que Caleb, Alice, professeur de droit dans une prestigieuse université blanche.

Voyons, il y a belle lurette qu'on ne dit plus Noir-Américain. Ni même Afro-Américain. Quant au mot Nègre, il ne se prononce plus. Le Nègre n'existe pas.

Les regards qu'Andy et Alice laissaient tomber sur Rosélie la renvoyaient à son insignifiance. Ah oui ! Elle était peintre ? Peintre de peu de talent si on en jugeait par sa toile, *La mer à Montauk*, qu'Amy et Caleb, par pur paternalisme, avaient accrochée au milieu de leur living-room !

Un enfant pourrait en faire autant.

Ou moi.

Du coup, ils s'obstinaient à confondre sans jamais s'excuser les prénoms pourtant différents de Rosélie et Rosalind.

Stephen ramenait fidèlement Rosélie le soir, car il n'aimait pas qu'elle prenne le métro passé vingt heures. Il était loin de partager son engouement pour les Cohen. Même si aucune querelle homérique ne l'avait plus opposé à un membre de la famille, sa présence causait toujours un peu d'embarras. D'après lui, Amy et Caleb appartenaient à l'espèce la plus dangereuse, celle des bien-pensants. Leur conversation ressemblait à un digest de ces journaux qu'ils dévoraient comme des prêtres leurs bréviaires. En art ou en littérature, ils n'exprimaient jamais une opinion personnelle. Ils admiraient la pièce de théâtre, le film, la comédie musicale, l'exposition de peinture qu'il convenait d'admirer. En politique, ils étaient tellement soucieux de ne blesser personne qu'ils donnaient raison à tous les camps.

— Écoute-les, se moquait-il. Tout le monde il est beau, tout le monde il est gentil. Les Arabes, les Noirs, les Palestiniens, les Israéliens, les Indiens, les Pakistanais, les Afghans, les Irakiens.

Stephen avait acheté à un collègue qui partait pour l'Australie une familiale, trois fois trop grande, trois fois trop lourde, perpétuellement assoiffée d'essence sans plomb. Il ne l'utilisait guère, car il avait sans succès tenté de révéler à Rosélie les splendeurs naturelles environnantes. Les chutes du Niagara, que d'eau, que d'eau !

Par contre, j'aimerais me rendre au Grand Canyon pour me jeter dans l'infini comme Thelma et Louise.

Rosélie aimait ces retours nocturnes. Ils prenaient leur place dans une procession de voitures marchant au pas comme derrière un corbillard. Ils traversaient le pont. En face d'eux, Manhattan s'ouvrait, semblable à la scène d'un opéra, violemment illluminé, où les gratte-ciel figuraient les divas, les ténors bedonnants, maquillés, parés d'oripeaux de luxe. Parfois, ils s'arrêtaient dans un restaurant fiévreux, où tous hurlaient à la fois. Puis ils allaient écouter du jazz dans des sous-sols, serrés l'un contre l'autre, traversés des mêmes vibrations. À l'improviste, la musique conjurait l'image d'Ariel. La douleur empruntait les sons de la trompette bouchée.

Un soir, Amy insista pour les retenir à dîner. C'était Hanoukka, la fête des Lumières juive. Elle avait préparé un repas traditionnel, des galettes de pomme de terre et une poitrine de bœuf au jus. Après avoir illuminé la menora, quelques intimes s'assirent autour de la table de la salle à manger, à la bonne franquette. Parmi eux, les inévitables Andy et Alice.

La première partie du repas fut accaparée par Andy en solo. Il abreuva l'assistance d'anecdotes qu'il accompagnait, le premier et le seul souvent, de rugissements de rire. Exemple : Invité, fait sans précédent, à un mariage de Juifs hassidim, il avait rencontré une patiente qu'il avait accouchée huit fois. Comme il s'approchait d'elle, la main tendue pour la saluer, elle avait baissé les yeux et murmuré :

— Pardon, docteur. Je ne touche pas les hommes !

Vous riez ?

La seconde partie fut accaparée par Andy et Alice en duo. L'été précédent, ils avaient effectué un voyage au Nigeria, un pèlerinage, à vrai dire, car quinze ans plus tôt, alors qu'ils faisaient partie du Corps de la paix, ils y étaient tombés amoureux l'un de l'autre. Le Corps de la paix, ah, quelle organisation précieuse qui apporte gratis la modernité aux pays d'Afrique !

Tiens, j'ai entendu juste le contraire. D'aucuns y voient la main de la CIA.

Au cours de cette seconde visite, leur hôte n'était rien moins que le prestigieux écrivain Wole Soyinka, qui s'était démené en vue d'obtenir le soutien des politiques américains pour le boycott de son pays. C'est que le Nigeria, s'il avait donné naissance au premier Nobel africain de littérature, se révélait un cancre en démocratie. Andy et Alice décrivaient longuement l'incurie, le chaos, la corruption qui y régnaient. On y faisait bon marché de la vie humaine. Le merveilleux poète Saro Wiwa et huit membres de son parti avaient été pendus. Certains opposants mouraient de mort suspecte en prison. Des tribunaux ordonnaient la lapidation des femmes adultères. Car les femmes sont les premières victimes de la violence des gouvernements.

Il n'existe pas de dictatures sans sexisme. Exemple : les talibans et les Afghanes.

Rosélie n'eut pas le loisir de méditer sur une vision si négative de *Mother Africa*, car Stephen profita d'une brève pause dans ces monologues. Sans transition, il déplora la violence des gangs noirs. Ses paroles tombèrent comme des pierres lâchées au fond d'un gouffre par un spéléologue maladroit. Les convives en oublièrent de redemander des galettes de pomme de terre. Dans un silence sépulcral, Stephen fit le compte des Noirs enfermés dans les quartiers de haute sécurité et les couloirs de la mort, accusés de meurtres, de viols, de vols à main armée, des criminels noirs dont les visages s'étalaient sur les écrans de télévision.

— Vous oubliez qu'ils ne sont pas tous coupables, rétorqua Andy d'une voix étranglée par la colère. La justice américaine est une des plus inhumaines qui soient. Haro sur le faible, celui qui n'a pas d'argent ! Grâce à leur compte en banque, ceux qui peuvent se payer des avocats sont déclarés innocents. Les autres...

— Même si ces Noirs semblent coupables, et c'est bien l'impression que veulent donner la police, les médias, le gouvernement, l'interrompit impétueusement Alice, en réalité, ce sont des victimes. Victimes de l'iniquité du système social américain.

— Justice inhumaine pour les faibles ! Système social inique ! répéta Stephen, la mine faussement naïve. Que de failles dans la démocratie américaine !

Andy et Alice en convinrent.

— Donc, poursuivit Stephen, si j'étais un Africain-Américain, au lieu de me mêler des affaires du reste du monde, je balaierais devant ma porte.

Là-dessus, il s'excusa de ne pas attendre le dessert et, dans un silence de mort, entraînant Rosélie, il se dirigea vers la sortie. Une fois dans le jardin, il se plia en deux de rire. Derrière le volant, il riait encore :

— Tu as vu leurs têtes ? La vérité a toujours le même effet.

Cet épisode ne sonna pas le glas des relations de Rosélie et d'Amy, ce qui aurait pu se produire. Voir démêlés avec Fina.

Il leur fournit seulement un nouveau sujet de débat lors de leurs tête-à-tête dans le parc :

— Reconnais qu'il a été grossier, ordonnait Amy. Reconnais-le. Il a été à la limite du racisme. Après votre départ, Alice en a pleuré, elle qui est si sensible. Tenir des propos pareils à l'endroit des Africains-Américains qui n'arrêtent pas de se battre.

Rosélie tentait de défendre Stephen. Loin de nier la grandeur des combats du passé, et peut-être du présent, il prêchait pour un peu d'humilité. Il aurait souhaité qu'Andy et Alice ne se posent pas en donneurs de leçons, eux dont la communauté était la grande oubliée d'un rêve américain auquel, d'ailleurs, personne ne croyait plus.

Sans l'avouer, Rosélie était plutôt fière de Stephen. Il avait refusé le rôle de figurant dont elle se contentait si souvent. Il avait refusé l'invisibilité et forcé l'Autre à prendre sa mesure.

Désormais, Alice et Andy considérèrent Rosélie avec un sombre apitoiement et ne lui adressèrent plus la parole. Il fallait plaindre une sœur qui restait avec ce Caucasien de l'espèce la plus dangereuse. Masochisme? Non! Elle était l'illustration du complexe de lactification à la Mayotte Capécia, si magnifiquement dénoncé par Fanon, encore lui!

« Elle ne réclame rien, n'exige rien sinon un peu de blancheur dans sa vie. »

Stephen, objet de tant de réprobation, n'éprouvait aucun remords. Toutefois, il jugeait plus sage de ne pas remettre les pieds chez Amy et Caleb. Quand il venait chercher Rosélie, il klaxonnait devant la porte du jardin ou envoyait Mario la quérir. Mario était un immigré clandestin. Aucune tâche, même la plus ingrate, ne le rebutait. Il servait de chauffeur à Stephen, promenait les dalmatiens des locataires du deuxième étage, lavait les vitres de l'appartement de ceux du quatrième, emmenait à l'école les jumeaux de ceux du huitième. Il faisait aussi pisser les vieux du dixième et leur achetait de la viande hachée, seule nourriture qui convienne à leurs bouches édentées. On n'osait lui souffler à l'oreille que son physique de dieu latin aurait pu lui permettre une forme d'activité moins épuisante et plus lucrative.

Caleb se prit de sympathie pour ses boucles et ses yeux noirs. Il lui trouva un travail de vigile. Mario quitta donc Manhattan au grand dam de tous ceux à qui il s'était rendu utile. Désormais, vêtu d'un lourd blouson, coiffé d'une casquette plate, armé d'un revolver qui cadrait mal avec la douceur de son maintien, il filtrait les entrées à l'hôpital et tenait les indésirables à distance.

Au début de l'été, Andy et Alice sortirent de leur mutisme pour proposer à Rosélie d'exposer lors d'un festival d'art organisé par une association d'Africains-Américains. Le premier instant de stupéfaction passé, elle comprit que ces bons pasteurs ne désespéraient pas, brebis égarée, de la ramener dans le troupeau, c'est-à-dire dans le giron de la Race, la sacro-sainte. Ce qui la surprit bien davantage, c'est que l'invitation l'enchanta. Comme une paria soudain invitée à la table des maîtres. Une condamnée à mort soudain graciée, ramenée dans la compagnie des justes.

Elle fit donc la sourde oreille aux mises en garde de Stephen. Il ne s'agissait pas seulement d'exposer quelques toiles, rappelait-il. Chaque artiste devrait de surcroît expliquer son travail, ses sources d'inspiration, sa technique. Était-elle parée pour cela, elle qui avait tant de peine à s'exprimer? Piquée, Rosélie passa la nuit à noircir du papier.

Le festival était organisé au Medgar Evers College. Situé en plein cœur de Brooklyn, cet imposant édifice qui portait haut le nom d'un martyr semblait un des derniers bastions de cette grandeur africaine tellement ignorée sur le sol des États-Unis. En réalité, le président et le conseil d'administration déploraient qu'on y compte peu d'Américains natifs-natals, beaucoup plus de Caribéens ou d'Africains sans trait d'union. Le collège attirait à présent des premières et des deuxièmes générations, nées des vagues successives d'immigration, auxquelles le racisme, le coût élevé de l'enseignement, le manque de formation adéquate auraient interdit d'étudier ailleurs. Aussi, on dénombrait force peaux blanches, celles des Latinos, souvent semblables hélas! à celles des Caucasiens. Dans les couloirs résonnaient davantage les sonorités de l'espagnol et du créole que celles de l'ebonix.

Ce jour-là, une foule se dirigeait vers le collège. Et Rosélie, éberluée, crut reconnaître dix fois Tante Léna, Tante Yaëlle, des cousins, des cousines, des oncles, tant l'adage que l'on croit à tort raciste est véridique : «Tous les Noirs se ressemblent.» Dans la cour, un épais cercle de curieux entouraient de gigantesques sculptures disposées près des fontaines. Elle eut beau jouer des coudes, elle ne put s'en approcher. Alice et Andy avaient en effet parlé d'un sculpteur africain-américain qui prenait Noirs et Blancs par surprise.

Elle suivit le flot qui se dirigeait dans un amphithéâtre. C'est chemin faisant que la terreur s'empara d'elle et qu'elle faillit tourner les talons.

Était-ce sa place, à elle qui pactisait avec l'oppresseur?

Sleeping with the enemy.

Malheureusement, une hôtesse d'accueil coiffée d'un mouchoir de tête digne d'une «drianke» sénégalaise et vêtue d'un boubou de bazin riche, s'apercevant de son hésitation, l'entraîna vers le podium avec la fermeté d'un garde révolutionnaire menant un noble à l'échafaud.

Le panel était composé de six créateurs : trois hommes, trois femmes. Parité oblige. Prévue pour neuf heures, la discussion commença à près de onze heures, car on attendait un ingénieur du son, chargé d'installer les micros. Les dix minutes allouées à chacun ne furent pas respectées, les participants récriminant à qui mieux mieux sur les difficultés de l'art dans un monde matérialiste, assoiffé de commercialisation, menacé par la mondialisation. Le plus véhément — et aussi le plus long! — fut le cinéaste. Le public noir n'était plus ce qu'il était, martela-t-il. Il n'encourageait plus ses créateurs. Il avait pris goût au sexe, aux effets spéciaux, à la violence, valeurs blanches qui l'avaient perverti. Dès lors, les merveilleuses histoires qui composent le patrimoine du peuple noir, ces histoires transmises de bouche à oreille par l'oralité, étaient condamnées à dépérir. Ces diatribes jointes au retard préalable et aux rigueurs de l'alphabet eurent une conséquence déplorable. Quand arriva le tour de Rosélie, juste avant celui d'Anthony Turley, les autres panélistes s'étaient retirés, l'amphithéâtre, jonché de gobelets de carton et de papiers gras, était pratiquement désert. Dans l'indifférence générale, Rosélie débita l'exposé qui lui avait donné tant de mal. En outre, elle eut l'impression que, vu son accent, les rares personnes présentes ne comprenaient pas un mot de ce qu'elle disait.

— Si nous allions déjeuner? proposa-t-il.

Anthony Turley pouvait se vanter de son impeccable pedigree. Sa famille, originaire de l'Alabama, lasse de mourir de faim sur des terres à l'encan depuis quasiment la défaite des Sudistes, était montée à Detroit. Elle s'y était retrouvée pauvre comme devant, cette fois, privée d'air et de lumière, emprisonnée dans le ghetto urbain. Les hommes, aigris, rossaient leurs femmes et violaient leurs filles impubères. Il était le fruit d'un de ces drames. Sa mère violée à douze ans par le frère de son père, inconsolable, s'était suicidée peu après sa naissance. Il avait été élevé par sa grand-mère braque à force des brutalités et des injures de ses divers concubins. Anthony avait grandi à coups de bons alimentaires, passé les vacances dans des camps pour jeunes défavorisés, étudié grâce à des bourses pour surdoués nécessiteux. Malgré cela, toute sa personne irradiait un charme crâne, une impression de force joyeuse. On devinait le petit garçon, l'adolescent qu'il avait été, enjambant des cadavres sur les trottoirs, décidé envers et contre tout à croquer la vie en fredonnant. Il n'aurait pas été déplacé dans une équipe de basket, car il mesurait près de deux mètres. Pas une once de graisse. Rien que du muscle. Le crâne rasé, poli comme un miroir, une boucle d'or, mutine, à l'oreille gauche, un rire fréquent aux accents de clarinette.

Ils traversèrent la cour, se frayant un chemin parmi la foule toujours agglutinée devant les sculptures.

— Vous avez vu mon travail ? demanda-t-il. J'ai été très étonné d'être invité à ce festival. Je n'avais pas la cote. Mais depuis que le *New York Times* m'a consacré un entrefilet, les choses commencent à changer.

Un coup de pouce, c'est ce qu'il faut ! Qui me donnera un coup de pouce ? Pour me tirer de l'ombre où je m'abîme ? Les ailes d'un créateur ont besoin d'être caressées par la lumière sinon elles se replient, s'étiolent comme des moignons.

Quel charme inattendu dans ce quartier ! Ils traversèrent une avenue majestueuse. Puis il la guida par un dédale de rues encombrées de fillettes dénudant leurs jambes en kako dou en sautant à la corde, de garçonnets courant à travers d'imaginaires terrains de base-ball, de vieux-corps s'agrippant à des déambulateurs, jusqu'à un restaurant baptisé *Nature*. Oui, des gamins le prenaient souvent pour Michael Jordan et lui demandaient des autographes. Il s'exécutait, et, quand ceux-ci avaient déchiffré la signature, ils se retiraient déçus. Des fois aussi, des jeunes filles tenaient à se faire photographier avec lui. Souvent, elles acceptaient ses rendez-vous. Quand il leur révélait son identité, elles l'injuriaient comme s'il avait voulu les tromper. Une d'entre elles avait essayé de lui intenter un procès.

Anthony avait inventé une matière : mélange de glaise, de résine, de métal fondu, de poudre de verre avec des éclats de silex et de quartz, le tout cuit au four à ultra-haute température. Avec cela, il sculptait des animaux, des créatures sorties de son imagination, des arbres, des plantes. Jamais d'humains.

Il changea de ton, devint grave :

— J'ai écouté avec attention ce que vous avez dit...

Qu'est-ce que j'ai dit ? Rosélie n'avait fait que répéter la théorie d'Ariel : l'Art-seul-langage-qui-se-partage-à-la-surface-de-la-terre et bla-bla-bla. Rien de bien original.

— Je n'ai pas du tout apprécié ce que vous avez dit de la nationalité et surtout de la race. Est-ce que vous n'êtes pas fière d'être noire ?

Moi ? Fière ?

Je voudrais être une princesse hindoue qui coiffe ses longs cheveux à la fenêtre du palais. Le prince passe à cheval et piétine ce fleuve odorant qui ruisselle jusqu'à la forêt.

Il s'offusqua :

— Vous n'éprouvez jamais de rancœur quand vous pensez à tout le mal qu'ils nous ont fait?

Mon ami, je suis une égoïste. L'échec de mon présent m'absorbe plus que les blessures de notre passé.

— Il ne s'agit pas du passé. Ils nous font encore tant de mal.

Ils ne sont plus seuls. Ils sont acccompagnés d'une cohorte qui porte même couleur de peau que nous.

Il s'emporta :

— Vous ne pensez pas que nous avons une revanche à prendre?

Une revanche? Très peu pour moi, les revanches. Je crains de n'y point parvenir, étant de l'espèce des perdantes. Des losers.

— C'est pour cela que je ne sculpte jamais d'humains. Je crée un monde où ils n'existent pas, avec leur brutalité, leur rage de découvrir, de conquérir, de dominer. Un monde sans Adam ni Ève et leur descendance de soudards.

Rosélie s'anima. Ah mais! Ce monde sans bourreaux, et donc sans victimes, est-il différent de celui dont je rêve? Finies les races. Finies les classes. Finies les frontières. Finies…

Il haussa les épaules et fit sévèrement :

— Utopie! Revenez sur terre.

Puis, illogique, plongeant ses yeux dans les

siens, il lui prit les mains et interrogea avec douceur et gravité :

— Quand visiterez-vous mon atelier? Je vous invite. Il est situé en plein milieu du ghetto de Detroit. Je parie que vous n'avez jamais rien vu de pareil. On dirait qu'une guerre a ravagé le quartier. Parfois des drogués viennent me taper de quelques dollars. Histoire de se procurer une dose! Mon meilleur ami s'appelle Joe. Il a tiré vingt ans pour un viol qu'il n'a pas commis. En fin de compte, son ADN l'a sauvé. Il n'en garde rancune à personne. En taule, il a rencontré Allah et ne vit que par lui. Son rêve, me convertir.

Il flottait autour de lui une aura d'infinie séduction. Comme il était tentant de s'imaginer nue, vissée entre les piliers de ses cuisses!

Non! Plus jamais. Rosélie secoua fermement la tête. Ils ne se reverraient plus!

Et cependant Rosélie et Anthony Turley se revirent quelques semaines plus tard à une exposition sur les Dogons du Mali. Depuis que Marcel Griaule a couché à Sanga il y a plus de soixante-dix ans, les Dogons tiennent le numéro un du hit-parade des peuples africains. Comment expliquer cette fascination? Toujours est-il qu'au Musée de Soho on avait reconstitué les célèbres falaises de Bandiagara et fait venir par avion trois vieillards émaciés, exactes répliques d'Ogotemmeli, mis à part le fait que leurs fusils ne leur avaient pas éclaté au visage alors qu'ils tiraient sur un porc-épic, que leurs yeux étaient donc intacts, «dans leurs tuniques brunes, tirées aux coutures, effrangées par l'usage comme un drapeau des guerres d'autrefois». Le responsable de l'exposition expliquait à un groupe de visiteurs la métaphysique et la cosmogonie dogons aussi riches que celles d'Hésiode quand Anthony et Rosélie butèrent l'un sur l'autre devant un «Masque de maison familiale». Ils échangèrent le regard chargé d'intime nostalgie de ceux qui ont eu envie de coucher ensemble et ne l'ont pas fait, puis ils se serrèrent gauchement la main. Au fond de ses prunelles, elle déchiffra une surprise.

Qu'est-ce que tu fous avec ce Blanc?

S'il savait la vérité! Elle faillit se mettre à pleurer.

— Quelle pièce d'Inde! Comment le connais-tu? s'étonna Stephen.

14

Fiéla, nous sommes au cinquième jour de ton procès et tu n'as toujours pas prononcé un mot. De plus en plus, l'opinion est montée contre toi. Les experts ont rendu leurs rapports. Comment ont-ils pu t'évaluer? Tu n'ouvres pas la bouche. Quand même, ils soutiennent que tu es saine d'esprit. Tu serais même d'une intelligence supérieure à la moyenne. C'est vrai, à l'école de la mission, tu raflais les premières places. Très tôt, cependant, tu as dû abandonner tes livres. Toi, tu aimais lire. À quatorze ans, les sœurs t'ont trouvé du travail. Employée de maison. La patronne, une Afrikaner, ne t'appréciait pas. Elle te reprochait d'être une sournoise. C'est vrai, tu ne te confiais pas puisque tu n'intéressais personne. Je connais ce problème pour l'avoir expérimenté. À quoi bon parler si personne ne vous prête attention ? C'est comme un écrivain que personne ne lit. À la fin, il ne produit plus rien.

Rosélie reconduisit son client jusqu'à la rue.

Patient nº 7
Joseph Léma
Âge : 61 ans.
Nationalité : congolaise
Profession : sans

En réalité, Joseph Léma était un ancien musicien. Dans son pays, du temps qu'il était enivré par la gloire et se croyait intouchable, il avait composé un opéra : *Où sont passées les gazelles ?* ; véritable chef-d'œuvre, dissertent les spécialistes, mélange de rock et de rythmes traditionnels. Il osait y critiquer la dictature du parti unique. La réaction avait été immédiate. Dans le devant-jour, précisément à l'heure où les gazelles vont boire, des sbires l'avaient arraché aux bras de sa nouvelle maîtresse. Ensuite, il avait cassé des roches pendant huit ans dans un camp du Nord, affamé, humilié, battu quotidiennement. Il n'avait dû son salut qu'à l'assassinat du président par son fils aîné qui avait répandu dans la sauce-feuille de son père un poison incolore, inodore, sans saveur, aussi dangereux cependant que le curare. Cet acte répréhensible, dénoncé par la communauté internationale, sauf par les États-Unis qui au nom de la démocratie soutenaient le fils, c'est-à-dire l'assassin, avait eu au moins une conséquence heureuse : ouvrir les geôles où s'entassaient des milliers de prisonniers politiques malgré les efforts d'Amnesty International. Depuis, par prudence réfugié au Cap où l'avaient suivi son épouse et trois de ses concubines, Joseph souffrait du mal du pays. En outre, il était perclus de douleurs. Parfois, il ne pouvait se tenir ni assis ni debout. Parfois, il ne pouvait pas marcher. Rosélie pensait néanmoins que ses visites hebdomadaires — il n'en ratait pas une — avaient surtout pour cause le besoin de ressasser le passé. En l'écoutant, elle était chaque fois confondue. Quel naïf a prétendu que la vie est un long fleuve tranquille ? La vie est au contraire un cours d'eau furieux, coupé de rapides, parsemé de récifs. Elle le regarda remonter la rue de son pas cahotant, trop raide, serrant les fesses comme s'il retenait une diarrhée.

Ce matin-là, comme une élève qui trompe la surveillance de son maître, elle échappa à Dido. Elle décida d'aller à pied. Marcher à travers Le Cap. Mesurer son pouls au bruit de ses artères. Respirer ses odeurs : puanteur des marchés, fragrance des jardins, saumure des quais. Elle avait très rarement expérimenté ce bonheur-là, car elle n'osait déambuler seule. Même Stephen, qui pourtant ne craignait rien, le lui déconseillait.

Elle descendit l'avenue d'Orange, traversa les Jardins de la Compagnie, se repaissant de la splendeur écarlate des lis cannas, de la bigarrure haillonneuse des drogués, chômeurs, SDF, mendiants, pickpockets à l'affût d'un naïf à détrousser.

Le procès de Fiéla échauffait tellement les esprits que, par peur de troubles, l'accès du palais de justice, une massive construction de pierre brune, typiquement hollandaise, était interdit. Seuls les avocats, les témoins, les correspondants de presse montaient et descendaient les marches. Derrière un cordon de policiers, les curieux piaffaient d'impatience. À un coin de rue, la télévision avait planté ses caméras et les journalistes pointaient des micros.

— Que pensez-vous de ce drame ?
— Je pense que c'est affreux !
— Mais encore ?
— Affreux, affreux, affreux ! C'est une honte pour notre pays !

Les gens n'ont vraiment rien à dire !

Une vingtaine d'enragés brandissaient des pancartes pour le rétablissement de la peine de mort. Il y en a qui ne perdent pas une occasion ! Les membres d'une secte, Blancs et Noirs réunis dans la même folie, vêtus d'identiques robes flottantes, prédisaient la fin du monde. À leur avis, voilà que se produisaient les premiers actes contre nature, annoncés dans les Écritures.

« Et ils se réfugieront dans les fentes des rochers, dans les creux des montagnes, pour fuir devant la terreur que l'Éternel inspire et devant l'éclat de sa majesté, quand il se lèvera pour frapper d'effroi la terre. »

Certains, plus savants, jargonnaient en latin :
«*Nos timemus diem judicii*
Quia mali et nobis conscii.»
Des malins vendaient le portrait de Fiéla qu'ils avaient croqué au fusain pendant les audiences, suggérant les cornes du diable au-dessus de son front. Si la thèse du cannibalisme était plus ou moins écartée, à n'en pas douter, Fiéla s'était livrée sur le corps d'Adriaan à des rites sataniques. L'avocat général avait appelé des voisins qui avaient soutenu le contraire de ceux qui les avaient précédés. Fiéla les terrifiait. Pas un sourire. Elle n'avait jamais enfanté. Ses seins portaient une bile qui tachait son linge aux heures de diaboliques tétées. Au lieu d'intestins, son ventre abritait un entrelacs de serpents. Dans les cimetières, elle parlementait avec les morts. Elle recueillait les bêtes des bois et les dressait à nuire. Un corbeau aux ailes couleur de suie la suivait, fidèle comme un chien.

Rosélie acheta une pile de journaux et s'installa au fond d'un café. *La Tribune*, le *Herald*, le *Guardian* affirmaient à l'envi que Fiéla était une sorcière. Ce n'était pas nouveau. Est-ce que les femmes n'ont pas toujours été accusées d'être des sorcières ? L'histoire remonte au temps longtemps ! Pour l'Europe, au Moyen Âge.

Fiéla avait trompé son monde en jouant à l'épouse et à la belle-maman modèles. Seul le *Times* prenait la peine de s'intéresser à celui qui l'accusait, Julian, l'autre côté du triangle. Il proposait une version explosive. Brûlant d'un amour incestueux pour Fiéla qui se refusait à lui, Julian aurait tué son père et, pour se venger, fait peser les soupçons sur sa belle-mère.

Bravo! Il n'y a que les tragédies grecques pour proposer des intrigues pareilles.

La paix du café ne tarda pas à être troublée par deux énergumènes, prêts à en venir aux mains à cause de Fiéla. Rosélie demanda prudemment l'addition.

Sans trop savoir pourquoi, elle prit le chemin du Three Penny Opera. Elle ne s'y était pas rendue depuis son infructueuse visite près d'un mois auparavant. Comme tous ceux qui savaient lire, Mme Hillster était plongée dans la lecture des journaux. N'en faisant jamais qu'à sa tête, elle s'était formé une opinion entièrement différente de celle des éditorialistes. Selon elle, on avait affaire à un cas de légitime défense. Fiéla aurait mis au jour un secret épouvantable concernant Adriaan et l'aurait tué. Quel secret? Qu'est-ce qui peut pousser une épouse au meurtre de son mari?

Pas l'adultère, tout de même!

Rosélie eut l'étrange impression que Mme Hillster la regardait par en dessous et parlait pour elle. Elle considéra ce visage poudré à frimas où les lèvres, pareilles à des lames de couteau, saignaient le Revlon comme si elle le découvrait. Une étrange lueur dansait dans les yeux mauves! On aurait cru que se déchaînait une méchanceté jusque-là cachée sous les sourires et le verbiage de la mondanité. Mme Hillster s'était lancée dans le récit d'un époux qui entretenait une femme au Cap, une femme à Jo'burg, une autre à Bloemfontein, une quatrième à Maputo. Il était connu ici sous une certaine identité ; là, sous une autre ; là encore, sous une troisième. Cependant, on doit dire à sa décharge que, dans ces divers foyers, il faisait montre d'une égale tendresse et d'égales attentions envers ses multiples épouses qui toutes nageaient dans la félicité.

Après tout, n'est-ce pas l'essentiel ? songea Rosélie. Pourquoi chercher à découvrir la face que les êtres nous cachent ?

Connaître la vérité : de là vient le malheur.

Heureusement, elle garda ces pensées déplacées pour elle. Mme Hillster continua à condamner ces femmes aveugles qui ne méritent pas le nom de victimes. Dans un couple, certains signes alertent, voyons : un parfum respiré sur le revers d'un veston, de la paresse à faire l'amour, des contradictions, des incohérences dans les récits.

— Ce n'est pas à moi que pareille chose arriverait, assurait-elle. Simon n'a jamais pu me faire prendre des vessies pour des lanternes. J'avais un sixième sens.

Le malaise de Rosélie augmentait d'instant en instant. Elle en était sûre, elle était visée.

Mme Hillster aborda enfin un autre sujet de conversation. Elle ne parvenait pas à trouver d'acquéreur sérieux pour sa villa et son magasin. Rien ne se vendait au Cap, dont la réputation empirait de jour en jour. Et puis, les gens préféraient s'installer sur la côte.

Malgré son trouble, Rosélie nota la présence

d'un jeune vendeur métis chevelu comme, on l'affirme, Absalon l'était. Sous la frise dentelée, irrégulière de sa crinière, sa figure qui ne manquait pas de charme respirait pourtant le vice et la brutalité. Parfait contraste avec la mine d'angelot de Bishupal. Ce dernier était-il déjà parti pour l'Angleterre ?

— Non ! Il m'a envoyé cet ami Archie parce qu'il est malade, répondit Mme Hillster d'un air douloureux. Depuis quelque temps, il est toujours malade et il ne veut pas voir de médecin. Je me fais beaucoup de souci pour lui, car je l'aime comme un fils. Il est tellement sensible, tellement intelligent.

Stephen assurait, lui aussi, que Bishupal était un être d'exception. Après les romanciers, il lui avait mis entre les mains des recueils de poésie. Bishupal avait adoré Keats, les odes, surtout celle au rossignol.

My heart aches, and a drowsy numbness pains
My sense, as though of hemlock I had drunk,
Or emptied some dull opiate to the drains.

Rien d'étonnant. C'est celle que tout le monde préfère !

Rosélie était, quant à elle, incapable de porter un jugement sur ses qualités intellectuelles. En sa présence, Bishupal n'ouvrait pas la bouche plus qu'une carpe. Dido, qui le traitait comme un pestiféré, ne l'admettait jamais à l'intérieur de la maison. Il attendait le retour de Stephen debout devant son bureau. Quand il n'en pouvait plus, il s'accroupissait sur les talons comme un charmeur de serpents. Il ne lui manquait que les crotales.

Au bout d'un moment, blessée, Rosélie prit congé. Autrefois, Mme Hillster faisait la ronde autour de Stephen comme un tournesol autour du soleil. Or ne voilà-t-il pas qu'elle semblait soudain s'en détacher, voire se dresser contre lui.

Chez elle, une lettre l'attendait.

Courte, griffonnée sur le papier à en-tête couleur crème d'un hôtel de Johannesburg : Royal Orchid Sheraton (trois cents dollars la nuit). Faustin lui apprenait que, Dieu soit loué !, il avait enfin obtenu sa nomination. Aussi, il devait se rendre dare-dare à Rome afin de signer son contrat, de remplir d'urgentes formalités administratives. Il n'avait pas le temps de revenir au Cap lui dire au revoir. Mais il l'attendait au plus vite à Washington DC.

«Ne t'inquiète pas. Raymond se chargera de tout.»

Rosélie avait mal.

Étant donné la pente de son esprit, elle n'en doutait pas, cette missive était une façon de rompre sans se salir les mains. Il ne lui venait pas à l'idée que Faustin avait peut-être si peu d'intuition, si peu de considération de ce qu'elle était, de ce qui constituait sa vie, que, il en était convaincu, un mot, un signe de lui et elle accourrait pour le retrouver là où il était.

Ainsi, sauf Ariel, les hommes de sa vie, Salama Salama, Stephen, à présent Faustin, l'avaient d'une manière ou d'une autre larguée sans ménagement. Elle aurait aimé savoir ce qu'il y avait en elle pour susciter tant de désinvolture. Elle revenait sur des épisodes de sa vie qu'elle avait occultés. Toutes ces plaies qui s'infectaient sous la croûte !

Salama Salama, la blessure initiale.

Entouré d'admirateurs, Salama Salama flashait un sourire de star à la terrasse du Mahieu. Non seulement il portait les locks de Bob Marley, mais il se signalait par un talent d'enfer, éblouissant des fans de plus en plus nombreux. Il avait longuement sifflé quand Rosélie s'était assise à une table non loin, un Précis Dalloz entre les mains pour se donner une contenance, ne pas rester là à fumer des mentholées et boire du vent sur le boulevard. Nous le savons déjà, jusque-là, de son côté, les amoureux avaient été rares. Un ou deux cousins, le fils d'une bonne amie de Rose. Peu de baisers, rien que des platitudes. Brusquement, elle s'était découverte convoitée, désirée, précieuse. Elle avait fait fi des mises en garde :

— Ma chère, méfie-toi. L'Afrique, c'est une marâtre.

— On y attend vainement le bonheur.

Elle l'avait suivi à N'Dossou où sa famille l'avait reçue à bras ouverts, sa mère trouvant même qu'elle semblait la réincarnation de sa jeune sœur, enlevée par une fièvre typhoïde. Ce n'était pas pour surprendre. La légende, une de ces légendes que l'intimité de toute famille génère à propos de sa généalogie, voulait que l'ancêtre soit originaire de Guadeloupe. Au début du XVIIIe siècle, Sylvestre Urbain d'Amélie, négociant nantais, propriétaire de terres à Grippon, Petit-Bourg et d'entrepôts à La Pointe, accompagné d'Eusèbe, son esclave créole, né sur sa plantation, d'âge à être son fils, en réalité son amant — en ce temps-là, les gens n'avaient pas de moralité, ce n'est pas comme de nos jours —, avait jeté l'ancre pour charger du précieux bois rouge. On écrit des livres sur le bois rouge du Brésil. Celui de N'Dossou valait bien autant. Eusèbe s'étant perdu dans la forêt, au bout de semaines de vaines battues, à moitié fou de chagrin, Sylvestre s'était résigné à donner l'ordre à son équipage de prendre le départ. Il ne se consola jamais de cette disparition et mourut de chagrin l'année suivante, serrant sur son cœur un portrait-médaillon d'Eusèbe peint par Dino Russetti, ce Florentin qui se fixa en Guadeloupe en 1704. Cependant, Eusèbe n'était pas mort. Il avait été recueilli par des Pygmées qui lui avaient appris leur musique et comment chasser l'éléphant. Malheureusement, les grands arbres, les lianes, les miasmes, les insectes lui étaient insupportables. Né dans une île, c'était un homme de l'eau. Avec l'épouse qu'on lui avait donnée, il avait gagné l'estuaire du fleuve Adzope, où il avait fait souche. Depuis ce jour, les Urbain-Amélie — avec Eusèbe, la particule avait disparu — se considéraient comme des gens à part, pas tout à fait autochtones, pas tout à fait étrangers non plus. Ils avaient toujours pactisé avec le colonisateur, dont ils pratiquaient la langue. Les hommes, souvent marins au long cours, ramenaient avec eux des filles ramassées dans les ports. De retour à N'Dossou, elles ajoutaient leurs coutumes à celles de la tribu et le tour était joué. Ainsi la grand-mère paternelle de Salama Salama, Lina, venait des îles du Cap-Vert, d'un bordel de Mindelo. Outre le français, les Urbain-Amélie parlaient le portugais, le cantonais, qu'ils tenaient de Yang-li, une arrière-arrière-grand-mère chinoise, plus les cent trois langues nationales de N'Dossou.

La majorité des gens trouvait Rosélie sombre, renfermée, prompte à se retirer au fond de son appartement quand des visites débarquaient, nullement polyglotte, puisqu'elle ne s'exprimait qu'en français-français. Elle ne cuisinait pas, ne lavait pas, ne repassait pas, surtout n'enfantait pas. Mais puisque Salama Salama ne supportait pas qu'on la critique, ils gardaient leurs réflexions pour eux.

Rosélie aurait pu illustrer ce coupable aveuglement féminin que fustigeait Mme Hillster. Elle n'avait jamais soupçonné les projets matrimoniaux d'un compagnon qui depuis six ans posait la tête sur le même oreiller. Comment l'aurait-elle pu ? Salama Salama entrait en elle, s'installait, prenait ses aises plusieurs fois par nuit. Il lui demandait son avis sur tout. Par exemple, sur les couplets de ses chansons qu'il écrivait généralement en français. Un journaliste de la BBC le lui avait reproché vertement :

— Le français n'est-il pas une langue coloniale ?

Qu'est-ce qu'une langue coloniale ? Je parle ce que je suis. Je suis ce que je parle. Je parle donc je suis. Je suis donc je parle. Etc.

La réponse de Salama Salama l'avait beaucoup irrité :

— Le français m'appartient. Mes ancêtres l'ont volé aux Blancs comme Prométhée, le feu. Malheureusement, ils n'ont pas su allumer d'incendies d'un bout à l'autre de la francophonie.

En fait, alors que Rosélie et Stephen s'accordaient sur tout, il n'existait entre Salama Salama et Rosélie, à part le haschisch qu'ils fumaient conjointement et dont Rosélie se guérit avec peine, que des points de friction. Souvent, qui ne se ressemble pas s'assemble. Premièrement, il lui reprochait sa peinture. C'était une rivale. Il ne supportait pas qu'elle lui consacre tant de temps, des journées entières, enfermée dans l'atelier qu'elle s'était aménagé au fond de la concession, entre la case à eau et la resserre aux provisions. Et puis, tout le monde en faisait des gorges chaudes ! Devant les toiles, les servantes cherchant le riz ou le poisson salé des repas pouffaient de rire ou se signaient selon les tempéraments. Deuxièmement, elle avait horreur de sa musique, le reggae. Il s'était en vain évertué à lui en faire écouter le maître incontesté. Bob Marley. Il lui avait lu de lumineux commentaires à ce sujet. Rien à faire, elle campait sur ses positions. Enfin, il adorait les enfants, elle non. Il la suppliait. Voulait-elle que son père le croie impuissant, lui qui avait ensemencé quinze fils et autant de filles ? Que ses jeunes frères, dont les aînés faisaient déjà la première communion, le dérespectent ?

Quand, aussi écrasée que si le ciel lui était tombé sur la tête, Rosélie avait quitté la concession, la mère de Salama Salama avait beaucoup pleuré. La réincarnation de sa petite sœur s'en allait. Quels sacrifices pourraient la retenir ? Alemanthia, son sorcier béninois, lui avait conseillé d'abattre une génisse blanche marquée au front de trois étoiles de poils roux.

On dénicha et sacrifia cette bête rarissime. Pourtant, Alemanthia perdit la face car Rosélie ne revint pas. Après l'effroyable intermède à Ferbène, elle avait rencontré Stephen qu'elle avait cru son sauveur. Bien à tort, puisqu'il l'avait abandonnée aux mains de Faustin qui l'abandonnait à son tour.

Rosélie s'abîmait dans ces pensées peu riantes quand Dido monta l'avertir que Raymond l'attendait dans le patio.

Raymond portait toujours des costumes d'homme d'affaires, drap sombre, croisés, boutonnés, qui lui donnaient l'air d'un oiseau de nuit déplacé sous le soleil. Pourtant, cet après-midi-là, il arborait un lumineux sourire qui jurait avec ses tenues funèbres. Esprit positif, il interprétait la lettre de Faustin comme un engagement, une promesse qui ne manquerait pas d'être tenue. Sans perdre de temps, ainsi qu'il lui avait été recommandé, il entendait s'occuper de tout. Pendant qu'il se calait dans un fauteuil et étalait ses prospectus, elle interrogea :

— En quoi consiste exactement la nomination de Faustin ?

Raymond répondit vaguement comme si la question était oiseuse :

— Je crois qu'il va diriger le CRAT.

— Qu'est-ce que c'est ?

— Un organisme qui dépend de la FAO, je crois, dont son ami d'enfance est devenu directeur.

— Qu'est-ce que cela veut dire, CRAT ?

— Centre de recherches en agriculture tropicale, je crois. Tu sais que Faustin est ingénieur agronome ?

Puis il passa à des problèmes essentiels :

— Est-ce que tu veux t'arrêter quelques jours à Paris ? Les femmes veulent toujours s'arrêter à Paris.

Les femmes ? Quand Raymond parlait des femmes, Rosélie ne savait si elle comptait dans cette espèce. Elle hésitait à se reconnaître dans ces êtres fantasques, aux désirs inexplicables et incontrôlés, prêts à dépenser des fortunes en maquillage Fashion Fair, lingerie fine, parfumerie.

Paris ? Voilà une ville qui ne m'a jamais chérie, qui ne m'a jamais fêtée. Nos mauvaises relations ne datent pas d'hier. Pour obéir à Élie, je m'étais inscrite à la faculté de droit, caverne froide de pierre de taille à l'ombre du Panthéon. J'y grelottais d'ennui. Aussi, je m'attablais pendant des heures dans les cafés du Quartier latin, à fumer comme une locomotive, du tabac, des Gauloises, la marie-jeanne est apparue plus tard. Après, pour me purifier les poumons, je descendais sur les quais. J'avais fini par faire ami-ami avec un bouquiniste qui se spécialisait dans les photographies coloniales :

« Algérie — Le nègre à l'éventail.

Nouvelle-Guinée — Un coupeur de têtes.

Côte-d'Ivoire — Les missionnaires et leurs enfants de chœur. »

C'est lui qui m'a vendu une reproduction d'un bois gravé d'André Thevet de 1522 : « Un festin chez les Indiens Tupinamba cannibales ».

Toujours les cannibales m'ont interpellée.

J'ai aussi acheté une photographie d'une vingtaine de Guadeloupéennes débarquant à Ellis Island en avril 1932. Cette photo fétiche m'a suivie partout. Plus braves que moi, mes aînées, toutes seules, sans un homme à leurs côtés. Quelle Amérique allaient-elles découvrir ? Vêtues de leurs robes matador, coiffées de leurs madras, elles souriaient crânement à l'objectif.

— Tu connais Washington ? interrogea Raymond.

Washington, c'est l'anti-New York, une ville en noir et blanc, compartimentée, ségrégée, raciste. Même Stephen n'avait pu élaborer de théories pour l'absoudre. Un week-end, la poursuite d'un manuscrit les y avait conduits. En sortant de la Bibliothèque du Congrès, ils s'étaient aventurés dans le quartier noir autour du Capitole. Là, des automobilistes avaient sciemment tenté de les renverser. À un arrêt d'autobus, des jeunes leur avaient adressé des gestes obscènes et des lazzi menaçants. Apeurés, ils s'étaient réfugiés dans un quartier blanc chez un ami de Stephen, spécialiste de Milton, dont la femme était éthiopienne. Ils avaient déjeuné au milieu des malles. Lasse des avanies des voisins et des insultes déversées à l'école sur ses enfants, celle-ci se préparait à repartir pour Addis-Abeba.

Mère, dis-moi où je dois vivre, où je dois mourir.

Il est vrai qu'aux côtés de Faustin elle ne risquerait pas les mêmes mésaventures. D'abord, ils ne circuleraient pas à pied. Ils habiteraient le quartier des nantis africains-américains dont les maisons singent en munificence et en ostentation celles des Caucasiens. «Gold Coast», on l'appelle. Ils auraient un chauffeur pour la Mercedes, un jardinier pour les azalées, une cuisinière pour les barbecues. Faustin serait toujours absent, en réunion, conférence, voyage à l'étranger. Elle déborderait d'activités. Elle ferait partie d'un club de cinéma. Ah non! Pas d'Euzhan Palcy! Aujourd'hui, nous visionnons *Le temps retrouvé* de Raoul Ruiz.

Marcel Proust contre Joseph Zobel. Tout un programme!

Elle ferait aussi partie d'un club de lecture. Rien de frivole! Cette semaine, nous lisons Assia Djebar : *Oran, langue morte*. Thème de réflexion : la violence et les femmes.

La peinture serait devenue un hobby. Par pure

coquetterie, elle montrerait ses toiles à des intimes et ceux-ci lui reprocheraient poliment :

— Pourquoi avez-vous laissé tomber? Vous auriez pu faire une brillante carrière!

Tu me vois, Fiéla, dans cette manière d'existence-là?

Pourtant, malgré les railleries, une part d'elle-même se prenait à rêver à ce qu'elle ne posséderait jamais. L'aisance matérielle. La confiance en soi. La paix de l'âme.

Ah! Quitter Le Cap, quitter ce pays rongé par la violence et la maladie. Refaire sa vie comme on refait une couche sur laquelle on a mal dormi! L'effrayant est qu'on ne refait jamais sa vie. Le malheur comme le bonheur sont des habitudes que l'on forme en naissant et dont on ne se défait jamais.

Sortant de sa cuisine, Dido vint prendre place au soleil. Dido et Raymond étaient les meilleurs amis du monde. Tous deux, fous de la même musique. Tous deux rêvant d'une Afrique aseptisée, sans déchets, ni vermine, ni microbe, où le porteur du virus du sida aurait connu le sort de la mouche tsé-tsé. Pour les mêmes raisons que Raymond, Dido se réjouissait. Elle avait commodément oublié ses réserves et ses mises en garde des premiers jours pour se féliciter de la bonne étoile qui se levait pour son amie. Bref, Dido et Raymond ressemblaient à des parents comblés qui n'espéraient plus rien pour leur fille déjà montée en graine. Aussi, la colère s'amassa chez Rosélie, grossit, explosa, aussi meurtrière que la bombe atomique sur Nagasaki.

— Je n'ai, martela-t-elle, aucune intention de suivre Faustin à Washington DC.

Raymond ne prêta pas attention à cette sortie. C'est connu, les femmes adorent jouer les mijaurées et clamer le contraire de ce qu'elles pensent. Mais Dido vira sur Rosélie :

— Qu'est-ce que tu racontes ?

On aurait dit une mère rudoyant sa fille. Rosélie n'avait pas coutume de s'opposer à Dido, ni à personne, d'ailleurs. Cette fois, pourtant, elle s'entêta :

— Ce que j'ai déjà dit et redit. Je ne laisserai pas Stephen seul ici.

Dido regarda autour d'elle, fixa Raymond pour le prendre à témoin, puis tonna :

— Et moi, je ne te laisserai pas te sacrifier pour... pour rien.

— Pour rien ? s'écria Rosélie, ulcérée.

Comme Fina, celle-là aussi la trahissait, réduisant son devoir sacré à un enfantillage.

— Oui, pour rien ! hurla Dido.

À dater de là, nous ne pouvons qu'imaginer la suite des événements si, à ce moment, Deogratias, sa fille Hosannah, sa femme Sylvaine, Bienheureux leur dernier-né, n'étaient venus selon la coutume africaine rendre une visite de courtoisie à Rosélie. On ne peut prévoir les paroles peut-être irréparables qui se seraient échangées. Au lieu de ce que nous ignorerons toujours, décrivons la scène qui se produisit. Bienheureux, ainsi prénommé car son père lisait chaque jour les béatitudes, âgé de quatre mois et pesant six kilos cinq cents, un bel enfant, circula de bras en bras, Rosélie, Dido, Raymond prononçant ces phrases bêtifiantes qu'inspire la vue des nouveau-nés.

— Mon Dieu, qu'il est mignon!
— Il ressemble à son papa, à sa maman.
— Fais risette, mon chéri!

Au lieu d'obéir à cette prière, Bienheureux se mit à pleurer. Sylvaine lui fourra un sein dans la bouche. Bienheureux se gorgea de lait, rota, cracha. Sylvaine lui essuya la bouche. Raymond, qui avait élevé six enfants, l'abreuva de conseils. Dido aussi. Au bout de quelques instants, Dido retourna à sa cuisine. Raymond prit congé. Le silence s'établit, Sylvaine, Deogratias et Rosélie n'ayant rien à se dire. Quand il eut duré un temps raisonnable, Sylvaine «demanda la route». Ils habitaient Langa. Le trajet de retour dans un autobus bondé allait être interminable. La jeune femme et ses deux enfants partis, Deogratias entra dans le garage pour troquer sa tenue de ville contre sa tenue de nuit. Un pantalon kaki matelassé, un épais chandail à col roulé, un bonnet de laine enfoncé jusqu'au ras des yeux. Il était encore trop tôt pour prendre place sous l'arbre du voyageur. Il s'appuya contre la grille, fixant la rue, saluant les autres gardiens qui gagnaient leur poste et s'installaient dans les jardins. C'était en majorité des francophones qui mangeaient le pain noir de l'exil, ayant perdu leur terre, leur langue, leurs coutumes, et s'essayaient aux dures sonorités d'un idiome étranger.

15

Le proverbe l'assure : «Les absents ont tort.» Les morts, absents pour l'éternité, n'ont pas une chance. Rosélie se tournait et retournait dans son lit. Quand, après le départ de Raymond, elle l'avait rejointe dans la cuisine, Dido avait recouvré son calme. Sa journée finie, elle s'était changée, elle aussi, reprenant les airs de rentière qu'elle s'efforçait de se donner. Une couturière de Mitchells Plains, s'aidant de catalogues américains, avait confectionné son tailleur grenat à larges revers. Comme Deogratias, elle s'était coiffée d'un bonnet de laine, mais crocheté, élégant. C'était encore une belle femme qui n'avait pas renoncé à trouver un compagnon. Jusque-là, elle avait été plus ou moins fidèle au souvenir de son mari. Mais la vieillesse qui arrivait à grands pas l'effrayait. Elle avait jeté son dévolu sur Paul, un veuf métis dont elle avait soigné la femme, une cousine, atteinte d'un cancer. Sa petite taille et sa timidité ne la rebutaient pas. Elle gardait bon espoir et n'écoutait pas les judicieux conseils de ses sœurs :

— Sois plus douce, moins sûre de toi. Les hommes ont peur de celles qui portent culotte.

Elle avait embrassé Rosélie. Puis elle s'en était allée, claquant la porte ainsi que celle d'un placard où les squelettes pouvaient dormir de leur bon sommeil.

Dominique la première. Puis Fina. Ariel. Simone et son mari. Amy et Caleb. Alice et Andy.

Olu Ogundipe. Mme Hillster. Rosélie battait le rappel de ceux qui avaient critiqué Stephen comme pour les convoquer à un tribunal. Que lui reprochaient-ils ? De cacher quelque chose, d'être un despote, un manipulateur insensible, autoritaire, raciste même. Toutes ces accusations qui dessinaient des contours aussi fantaisistes que les portraits-robots de la police ne l'entraînaient pas moins à remettre en question leur entière vie commune.

Elle se leva et frissonna dans sa chemise de nuit, car l'air était froid. Elle enfila des vêtements au hasard et, sans tourner le bouton de l'électricité, elle dévala la bouche d'ombre de l'escalier. Dans le patio qu'un réverbère planté de l'autre côté de la rue éclairait ainsi qu'en plein jour, Deogratias avait pris sa place. Emmitouflé dans son molleton, il ronflait comme à l'accoutumée et ne broncha pas à son passage, pas plus qu'il n'avait bronché ce soir fatal, quelques mois auparavant. Elle alla coller son nez contre les barreaux de la grille et regarda autour d'elle.

Qu'est-ce qui s'était passé cette nuit-là ?

Stephen avait tourné la clé dans la serrure. En s'ouvrant, la grille avait émis un gémissement qui avait résonné dans le silence. Il avait descendu la rue. Deux matous, le dos cambré, avaient bondi sous ses pas, se poursuivant et miaulant. À droite et à gauche, les maisons étaient silencieuses. Tout dormait à l'exception des gardiens emmaillotés comme des momies sur leurs pliants, leurs sagaies zouloues à portée de main. L'un d'eux l'avait salué tout en s'étonnant à part soi de cette lubie de déambuler dehors à pareille heure :

— Bonne nuit, patron !

Stephen n'avait pas répondu, ce qui était surprenant. Il adorait bavarder avec le premier venu afin d'exercer son pouvoir d'attraction. Ceux qui le côtoyaient admiraient sa simplicité. À vrai dire, Stephen était un enfant, peut-être parce qu'il n'avait pas eu d'enfance. Ce soir-là, il avait l'esprit ailleurs. Sans doute pensait-il à son étude sur Yeats. Il n'était satisfait ni de son sommaire ni de son premier chapitre. Peut-être aussi qu'il songeait à autre chose. À quoi ? Elle ne le saurait jamais.

Autre cas de figure, le gardien n'avait pas été étonné. Patron avait l'habitude d'errer en pleine nuit comme un soukougnan. Des fois, il allait boire une dernière bière chez Ernie. Le barman le connaissait bien, car il détonnait dans cette clientèle d'adolescents. Oui, il était toujours seul. Non, il ne parlait jamais à personne. Il buvait sa Coors, payait, partait.

Dans le jardin des Van der Haak, un frangipanier embaumait, sa fragrance décuplée par la nuit. Stephen avait tourné à gauche sur l'avenue. Les façades étaient plongées dans l'ombre, volets baissés, néons éteints. Il s'était dirigé vers la bouche lumineuse du Pick n'Pay, ouvert vingt-quatre heures sur vingt-quatre. Assis sur le trottoir, eux aussi coiffés de bonnets de laine enfoncés jusqu'aux sourcils, des voyous toujours en quête de mauvais coups l'avaient observé. Un mendiant, enroulé dans son haillon de couverture, s'était réveillé de sa somnolence pour lui tendre la main. Le Pick n'Pay était pratiquement désert. Quelques retardataires achetaient des bouteilles de Coca-Cola et des paquets de cacahuètes. À cette heure avancée, par mesure de prudence, une seule des caisses était ouverte. La blondinette en blouse rayée d'uniforme bavardait avec un des vigiles, debout de toute sa hauteur pour la protéger. Quand Rosélie s'approcha, ils tournèrent la tête et la fixèrent de façon peu amène. Dans leurs yeux, elle lut clairement cette peur que, quoi qu'ils fassent, les Noirs inspirent aux Blancs :

— Attention à cette Cafrine ! Qu'est-ce qu'elle veut ?

Oui ! Que leur voulait-elle ? Les interroger ?

— Je vous demande pardon. Vous étiez à ce poste, la nuit du 17 février ? Dites-moi ce que vous avez vu.

— Moi, je ne connais rien à cette affaire-là. Je n'étais même pas dans les parages. À cette époque-là, je travaillais dans un Pick n'Pay de Newlands. C'était autre chose, croyez-moi. Un quartier de Blancs richards. Des milices privées partout. De l'ordre. De la discipline. Pas de drogués se disputant la poudre magique. Pas de saoulards se querellant. Pas de SDF dormant à même le trottoir.

Réalisant son ridicule, Rosélie battit en retraite.

Qu'est-ce qui s'était passé cette nuit-là ?

Deux scénarios étaient possibles.

Un des voyous s'était approché de lui tandis que les autres l'encerclaient habilement. Stephen n'était pas homme à abandonner son portemonnaie sans lutter même s'il ne contenait pas grand-chose. Il s'était défendu. Alors, ils avaient tiré. Ils s'apprêtaient à le détrousser quand les vigiles étaient accourus, brandissant leur arme. Ils avaient détalé.

Ou bien, version Lewis Sithole, qui faisait sournoisement son chemin en elle. Quelqu'un l'attendait, le dos appuyé au mur, non loin de l'entrée du supermarché. Quelqu'un qu'il connaissait. Qui avait le pouvoir de l'attirer hors de chez lui, par une nuit sans douceur, loin de ses réflexions sur Yeats, à minuit dix-sept. Ils s'étaient d'abord entretenus avec calme, puis ils s'étaient disputés. L'autre avait sorti son revolver.

Elle ne savait vers qui se tourner. Les questions galopaient dans sa tête comme des chevaux dans un manège.

Elle remonta vers la rue Kloof, lac d'ombre où surnageaient des îlots de lumière.

Dans les romans noirs, des amateurs jouent souvent aux détectives et se piquent de résoudre des mystères. Comment procèdent-ils ? Ils dressent des listes de suspects, interrogent ceux qui ont connu la victime, comparent des témoignages, des photographies. À travers les radotages de sa mère, Rosélie avait conclu que Stephen avait été un garçonnet puis un adolescent obéissant et sans histoire. Elle n'ignorait pas que, sous ses airs tranquilles, il haïssait Verberie et était profondément affecté par la séparation de son père et de sa mère, par cette impression qu'aucun d'eux ne tenait à lui. Certains parents se battent pour la possession d'un enfant. Non, pas ceux-là. Ils tombaient d'accord à son sujet comme pour la maison de la rue Nicolas, les meubles, la vieille Vauxhall.

L'université de Reading ne gardait aucun souvenir de lui. Aucun professeur n'avait été frappé par la promesse de ses dons. Quelques photos d'une représentation de *La mouette* le montraient en Constantin Gavrilovitch Treplev, quelconque, efféminé comme le sont souvent les jeunes Anglais. De même, l'université d'Aix-en-Provence ne se souvenait guère de lui. Certains étudiants se rappelaient qu'il aimait les randonnées à pied à travers la campagne. Il était grand amateur de la nature. Il recueillait des plantes pour son herbier.

Aucun signe ne marquait à l'avance le chercheur brillant, disputé sur les campus, le collègue jalousé, le professeur adoré. Rosélie se rendait compte qu'elle devait enquêter ailleurs. Ses sources ne lui fourniraient que l'image officielle, celle des notices nécrologiques et des articles hagiographiques de la *Tribune du Cap*. Il fallait explorer les zones d'ombre. Il fallait découvrir ce qui l'avait passionné à Londres outre le théâtre, puis quand il avait compris que celui-ci ne serait jamais à sa portée. Elle avait tellement l'habitude de l'admirer qu'elle ne pouvait se le représenter avec Andrew parmi des dizaines d'autres garçons et filles, auditionnant sans succès.

Les examinateurs font la grimace :

— Merci beaucoup. On vous écrira. Au suivant.

Elle ne savait ni qui il avait courtisé, ni qui il avait désiré. Il semblait sortir des célèbres brumes londoniennes soudainement auréolé de son éclat. Elle n'avait pas la moindre idée de sa vie à N'Dossou avant qu'elle débarque chez lui avec ses deux malles en fer, ses toiles et son lenbe. Elle savait qu'un temps il avait hébergé Fumio, qui avait laissé derrière lui les photographies de sa mère et de ses deux sœurs, les coffrets de fards grâce auxquels il se maquillait et parodiait les acteurs de kabuki dans son fameux one-man show. Depuis, comme tous les rebelles, Fumio s'était rangé et n'exhibait plus son pénis. Grâce aux relations de son père, il avait été nommé directeur de la Maison du Japon à Rabat. Stephen et lui s'écrivaient fidèlement, ne ratant pas une carte aux anniversaires, ni au nouvel an. Rosélie ne s'en était jamais inquiétée. À présent, il fallait tenter de s'imaginer ce qui intéressait Stephen quand il n'était pas avec elle. Le théâtre amateur.

Chris Nkosi.

Le nom sembla surgir brusquement. Cependant, elle s'aperçut que depuis sa première visite au lycée Steve Biko, lors de la répétition du *Songe d'une nuit d'été*, le garçon avait retenu son attention. Son nom était demeuré tapi dans les replis de sa mémoire, prêt au moindre appel à resurgir au grand jour.

La classe de seconde s'exerçait au Centre civique d'action communautaire. C'était une sorte de hangar où Arté avait organisé une foire du livre où on avait vendu des centaines de *Harry Potter et l'école des sorciers*, et un festival de hip-hop. Les adolescents, la langue lourde, butaient sur les vers de Shakespeare. Sauf Chris Nkosi alias Puck, aérien, qui voltigeait sur son texte :

> *Through the forest have I gone,*
> *But Athenian found I none,*
> *On whose eyes I might approve*
> *This flower's force in stirring love.*

Il était beau, arrogant, sans doute, à force d'être complimenté. Ses dreadlocks le coiffaient comme une perruque. Elle regretta amèrement de n'avoir pas demandé son adresse à Olu. Dès le lendemain, elle retournerait au lycée et il faudrait bien qu'il réponde à ses questions.

Une fois qu'elle eut pris cette décision, le calme tomba sur elle, comme sur un malade qui a long-temps hésité, puis se résigne à une opération. Ou bien il mourra. Ou bien il aura la vie sauve. Dans les deux cas, il cessera de souffrir.

Elle décida de rentrer chez elle.

En bandes bruyantes, les derniers clients quit-taient Chez Ernie ainsi que les rares restaurants encore ouverts. Autrefois, ce quartier du Cap était interdit aux Noirs. Pour y avoir accès, il fallait montrer son laissez-passer. Aujourd'hui encore, à en juger par les regards qui s'appesantissaient sur elle, sa présence était une incongruité, une menace. S'ils avaient des armes, ces jeunes gens s'en serviraient. En toute impunité. La justice les acquitterait comme elle avait acquitté les quatre policiers assassins d'Amadou Diallo à New York. Légitime défense. Un Noir est toujours coupable.

Mais de quoi?

D'être noir, pardi!

Justement, une bande s'était postée à un angle. Elle prit peur, tourna le dos, faillit se mettre à courir; puis se ressaisit et remonta la rue. En arrivant à leur hauteur, elle les affronta. Des jeunes, presque des adolescents. Engoncés dans des blousons. Les garçons portaient les cheveux coupés en brosse. Les filles, des queues de cheval. Inoffensifs. L'esprit ailleurs. Les garçons songeaient à la meilleure manière de convaincre les filles de les suivre chez eux. Les filles se demandaient si ce qui restait de leur virginité avait encore du prix.

Comme le déplorait Stephen, encore une fois, elle s'était fait tout un cinéma dans sa tête.

Elle regagna la rue Faure.

Résolument, elle poussa la porte du bureau de Stephen. Depuis sa mort, c'était la seconde fois qu'elle y entrait. De son vivant, elle n'y pénétrait guère non plus. Pas davantage Dido qui, tenue à l'écart, récriminait avec son balai et son aspirateur. Elle tourna l'interrupteur et la lumière inonda les tableaux, les livres massés contre les cloisons, le fauteuil aux ressorts un peu affaissés, le bureau massif, les objets disparates qui l'agrémentaient : une lampe Tiffany, une mappemonde miniature, un presse-papiers en pierre de Mbégou. On aurait dit que la pièce, figée dans le silence et l'immobilité, attendait le retour de son propriétaire. La personnalité remuante de Stephen y palpitait encore. C'est là qu'il avait travaillé des heures dans le vacarme du jazz à tue-tête, ce qui stupéfiait Rosélie, lu, regardé sur sa vidéo ses bien-aimés opéras. Rosélie avait toujours senti que cette part de sa vie la rejetait. Elle était de trop. L'attention distraite pour sa misérable personne le détournait de préoccupations plus hautes. Elle n'avait aucune qualité à rivaliser avec James Joyce, Seamus Heaney, Synge. Pour la première fois, elle se demanda quels autres intérêts, encore moins nobles peut-être, l'absorbaient.

Cependant, on ne s'improvise pas voyeur. Ce n'est pas une défroque que l'on endosse à volonté. Il faut en avoir la nature.

Elle ne fut pas sitôt à l'intérieur qu'un profond malaise la saisit. Il lui sembla qu'elle commettait une indiscrétion. Stephen allait entrer et interroger, amusé :

— Qu'est-ce que tu cherches ?

Oui, qu'est-ce qu'elle cherchait ?

Une chape glacée l'emprisonna aux épaules. Elle eut honte d'elle. Sa démarche était celle d'un détrousseur de cadavres. Stephen, elle le savait, jetait ses clés dans une poterie mexicaine sur l'embrasure de la fenêtre. Mais, au moment d'ouvrir les tiroirs, sa lâcheté reprit le dessus. Le trousseau s'échappa de ses mains, roula sur le tapis. En hâte, elle tourna l'interrupteur, fonça dehors.

Elle s'assit un moment dans le jardin. Pas de bruit. Au loin, quelques voitures passaient en hoquetant sur l'avenue. Elle remonta dans le refuge de sa chambre, remit ses vêtements de nuit et se recoucha. Le lit était froid. Froid et vide. Elle pensa à Faustin et fondit en larmes sans savoir qui de lui ou de Stephen lui manquait davantage.

Rosélie pleurait rarement. Les larmes sont un luxe que, seuls, les enfants et les êtres gâtés se permettent. Ils savent qu'une main compatissante se hâtera de les essuyer. Elle n'avait pas pleuré quand Salama Salama l'avait trompée. Elle n'avait pas pleuré devant le corps de sa mère, paupières enfin closes, gardée par des bougies, au fond du monstrueux cercueil des pompes funèbres Doratour. Elle n'avait pas pleuré à la mort de Stephen.

Il n'y avait pas eu de veillée. Ramené de la morgue en milieu de matinée par des brancardiers brutaux, le lourd coffre de chêne reposait au mitan du salon, peu à peu recouvert par les gerbes de fleurs affluant de l'université, des collèges, des voisins, de sympathisants anonymes. Vers midi, on ne savait plus où les mettre. On les entassait n'importe où, en monticules encombrants et parfumés. Dans les pièces du rez-de-chaussée, dans le jardin, des gens émus priaient côte à côte, des Blancs en majorité, mais aussi des Noirs, étudiants, musiciens, artistes qui avaient connu et aimé Stephen.

Nkosi Sikelei Afrika.

Oui, Dieu, bénis ce pays. Pardonne-lui les choses si terribles qui s'y passent!

La tête du cortège funèbre atteignait l'église que sa queue traînait encore à la hauteur de l'Hôtel du Mont Nelson. Une partie de l'assistance resta dehors sur le parvis avant de prendre la route du cimetière.

Lors de l'enterrement de Rose, la foule s'était pressée aussi. Mais, dans ce cas, c'était différent. De sa faux miséricordieuse, la mort avait coupé court à des années de souffrance et d'exclusion. En ce qui concernait Stephen, elle était injuste, scandaleuse. Elle avait frappé un homme jeune encore, talentueux, chéri de tous. Chaque fois, Rosélie marchait derrière le cercueil d'un pas mécanique, les yeux secs, la figure si aride qu'on aurait cru qu'elle n'éprouvait pas de sentiments. Aussi, personne ne la prenait en pitié.

Cette nuit-là, cependant, elle pleura. Des larmes qui jaillissaient d'une source intarissable située au fin fond d'elle-même. C'était comme la pluie certains jours d'hivernage qui commence dès le devant-jour, ralentit au serein pour redoubler dans l'infini de la noirceur et continuer au matin. Alors, les rivières quittent leur lit. Le pays tout entier sent la vase et le remugle. Ce flot continu finit par l'endormir, puisqu'elle eut un rêve. Ou, plutôt, une succession de rêves, en vérité, des cauchemars s'enchaînant, se succédant les uns aux autres extérieur jour extérieur nuit, pareils aux séquences d'un film sans paroles sans musique.

Il faisait jour. Se trouvait-elle à la Guadeloupe? Au Cap? La foule s'était retirée. Le cimetière s'était vidé. Le soleil forcené échauffait la grande plaque de la mer. Par intervalles, des oiseaux rapaces tombaient du ciel sur leurs proies, visibles pour eux seuls à travers le métal en fusion. Elle cherchait une sépulture. Celle de sa mère ? Celle de Stephen ? Pourtant, elle avait beau remonter les allées, descendre, tourner à droite, à gauche, elle ne la trouvait pas. Brusquement, tout autour d'elle disparaissait. Elle était perdue dans un désert de sable et de dunes. Rien que les dunes. Rien que le sable. Rien que le sable. Rien que les dunes. Au-dessus de sa tête se retrécissait la calotte du ciel avec au mitan ce fou furieux qui continuait de frapper à coups redoublés.

Il faisait nuit. Elle s'était égarée dans une forêt, aussi dense que celle de N' Dossou. Pas une case. Partout les fûts des arbres, rongés de mousse, d'épiphyte, les bras entortillés de lianes mouvantes comme les bras d'un géant. Soudain, les troncs s'approchaient plus près, toujours plus près. Ils l'enserraient, l'écrasaient tandis que les lianes-boas s'enroulaient autour de son corps.

Il faisait jour. Le sentier serpentait entre les herbes qui, dociles, s'écartaient autour d'elle. La nature était reine, chaque chose à sa place. Le soleil tout là-haut, déversant son habituelle dose de plomb fondu. Les nuages blanchâtres, collés au bleu par la chaleur. À l'horizon, les montagnes triangulaires, ne bougeant pas non plus. Brusquement, le sentier tournait à angle droit. Une ferme se détachait contre un quadrilatère de vignes, les ceps noueux, plantés en terre à intervalles réguliers, pareils à des croix. Plus près, un champ de maïs. Une femme attendait, anguleuse dans sa robe noire, adossée à la tôle du bâtiment principal.

À l'approche de Rosélie, elle tourna la tête et celle-ci la reconnut. Fiéla !

Fiéla portait une blouse qui dénudait son col comme si elle s'était préparée pour la guillotine. Ses yeux mal fendus, son visage aux pommettes triangulaires ne trahissaient aucune frayeur. Aucun remords non plus. Aucun sentiment, à vrai dire. C'était une de ces figures impénétrables qui inquiètent les gens ordinaires. Il semblait à Rosélie qu'elle voyait sa sœur jumelle, séparée d'elle à la naissance et retrouvée cinquante ans plus tard comme dans un mauvais mélo.

Elle s'approcha et murmura :

— Pourquoi est-ce que tu as fait cela ?

Fiéla la fixa et fit avec reproche :

— Tu me le demandes ? Tu me le demandes ?

Les sons qui sortaient de sa bouche étaient gutturaux, très bas, surprenants comme ceux d'un instrument désaccordé.

— J'ai fait cela pour toi ! Pour toi !

Là-dessus, Rosélie se réveilla, trempée de sueur, la chemise collée au dos comme pendant les fièvres de son enfance.

Impudique, la lune exhibait son ventre de femme enceinte.

16

Quand elle apparut de nouveau dans son bureau, Olu Ogundipe eut la mine inquiète de celui qui voit se lever un cyclone au-dessus de la mer. Pourtant, Rosélie n'avait rien de menaçant. Elle était plutôt défaite. Elle s'abattit dans un fauteuil. Autour d'elle, sur les murs, tous les personnages chers à Olu la fixaient de leurs yeux immobiles. Toujours le même reproche. Qu'avait-elle fait, celle-là, pour la Race?

Olu dit d'un ton moqueur, pas vraiment hostile:

— Qu'est-ce que vous venez m'offrir? Encore un ordinateur?

Elle ne répondit pas, torturée par une soudaine envie de fondre en larmes. Il s'en aperçut et se radoucit encore:

— J'allais partir. Ma femme n'est pas bien, ses allergies, je dois aller chercher mes grands à l'école. Voulez-vous m'accompagner? Nous prendrons le thé chez moi.

Elle eut une hésitation et il railla à nouveau:

— Vous êtes une jolie femme. Mais ce n'est pas un guet-apens. Nous savons nous tenir. Vous avez peur de nous?

Répondre qu'elle n'avait pas toujours été la maîtresse d'un Blanc, que son premier compagnon avait été un Africain ne servirait de rien. Les stéréotypes concernant les femmes antillaises ont la vie dure. Elles sont censées haïr et mépriser les Peaux Noires. Rosélie manquait d'énergie pour se défendre, elle le laissa monologuer.

— Je connais les Caraïbes: j'ai vécu trois ans à Kingston en butte à toutes sortes d'humiliations. Je n'ai rien à dire contre mes beaux-parents. Des gens admirables. Mais la famille, les amis de Cheryl lui reprochaient d'avoir sali ses draps avec un

Nègre, noir comme moi. Si nous n'aimons pas notre couleur, comment pouvons-nous reprocher aux Blancs de ne pas l'aimer ?

En même temps, il paraphait une douzaine de lettres d'une signature majestueuse.

Ils sortirent, traversèrent les cours de récréation, désertes, mais bruyantes. Un écho portait de chaque salle des voix d'élèves, psalmodiant des leçons, chantant *a cappella*. Les sons s'amalgamaient et composaient une polyphonie inattendue et séduisante.

Olu enfourcha son sujet de conversation favori : l'avenir de l'Afrique du Sud.

— On dirait que Césaire pensait à ce pays quand il a écrit *La tragédie du roi Christophe*. Vous vous rappelez ? « Alors au fond de la fosse ! Au plus bas de la fosse ! C'est d'une remontée jamais vue que je parle ! » Pour moi, c'est la plus belle des pièces de théâtre. Qu'en pensez-vous ?

De Césaire, Rosélie avait seulement lu *Cahier d'un retour au pays natal* que Salama Salama déclamait par cœur. Il rêvait de le mettre en rap, répétant en battant habilement la mesure :

« Va-t'en, lui disais-je, gueule de flic, gueule de vache, va-t'en, je déteste les larbins de l'ordre et les hannetons de l'espérance. Va-t'en, mauvais grigri, punaise de moinillon. »

Finalement, la peur du sacrilège l'avait arrêté !

Sans se décourager devant tant d'ignorance, Olu poursuivit :

— Donnez-nous quelques années et nous serons les leaders de l'Afrique ! Je ne vous parle pas seulement en termes économiques, produit national, produit intérieur, mais en termes de culture.

« L'art, la culture sont des compensations nécessaires liées au malheur de nos vies. » (*bis*)

Ils atteignirent la voiture. La Nissan hors d'âge toussa à maintes reprises avant de démarrer. L'école, un externat catholique, détonnait dans l'environnement général par son aspect riant. Les grands d'Olu se révélèrent trois gamins inattendument couleur café s'échelonnant entre douze et neuf ans. Spontanément, ils tendirent leur joue à Rosélie, que ce geste remplit d'émotion. À croire que les enfants, eux, l'absolvaient et lui rendaient la place dont les adultes l'avaient exclue.

Olu demeurait à Esperanza, un quartier en chantier sortant de terre à la périphérie du Cap. Ni township ni banlieue résidentielle. Ses habitants appartenaient à la petite-bourgeoisie besogneuse qui tentait de naître depuis la fin de l'apartheid. Sa villa était, comme ses voisines, entourée d'un mur concentrationnaire, surmonté d'épaisses rangées de barbelés. En plus, derrière, on entendait les aboiements de molosses, tirant furieusement sur leurs chaînes.

— Des bandes opèrent par ici, expliqua-t-il, des feignants, des bons à rien qui ne veulent pas prendre le chemin du travail. Ne nous voilons pas la face, nous avons du pain sur la planche. Je cite encore *La tragédie du roi Christophe* : nous sommes « des maîtres d'école brandissant la férule à la face d'une nation de cancres » !

Une nation de cancres? C'est Césaire qui dit cela? Pas très gentille, cette remarque!

Trois autres petits garçons, toujours couleur café, s'échelonnant cette fois entre six et quatre ans, jouaient dans un rectangle de jardin. Ils s'interrompirent pour se jeter sur leur père avec des hurlements dits de Sioux, puis, avec un charmant ensemble, ils offrirent leurs joues tièdes à Rosélie qui, cette fois, faillit fondre en larmes. Le salon ressemblait au bureau d'Olu, le désordre en plus. Le cuir du divan et des trois fauteuils était zébré de griffures, le tapis marocain posé de guingois. Les mêmes photographies empoussiérées. Dans leurs cadres, les grands hommes, aujourd'hui poussière retournée en poussière, prenaient des poses, mais faisaient pitié! Soit, ils laissaient derrière eux leurs livres. Mais qui les lisait? Quel était leur héritage?

Personne ne lit plus. Tout le monde regarde les séries américaines à la télévision.

Ma préférée : *Sex and the city.*

Olu était fier d'une série d'instantanés disposés sur l'inévitable piano des intérieurs petits-bourgeois entre les inévitables bouquets de fleurs artificielles.

— Vous voyez, se rengorgea-t-il, là, c'est Césaire et moi, à Saint-Pierre, à la Martinique. Là, c'est Césaire avec Cheryl. Il l'a beaucoup appréciée. Là, c'est nous trois, Césaire, Cheryl et moi, au Diamant! À l'arrière-plan, le célèbre rocher. Vous connaissez la Martinique?

Rosélie secoua la tête. Dans la Caraïbe, elle ne connaissait que la Jamaïque, Kingston, où elle avait accompagné Salama Salama à un festival de reggae. Elle ne gardait pas grand souvenir de ce paradis qui se métamorphosait en enfer sous les effets conjugués du crack et de la ganja. À cause de la violence, on les avait prudemment consignés dans une suite au Sheraton. Elle vivait dans un nuage de fumée et ne sortait que pour s'allonger au bord de la piscine en forme de cacahuète. Quand Salama Salama n'était pas là, un barman de la République Dominicaine, en louchant sur ses seins, lui servait des *trujillos*, mélange explosif de rhum, de citron, de sirop de canne et de jus de tomate avec un filet de Marie Brizard. Au dire de Salama Salama, son concert, auquel elle n'assista pas, fut un triomphe.

Olu se vanta à nouveau :

— Moi, je connais Trinidad, Montserrat, Antigua, la Barbade. Haïti, c'est mon île préférée. La plus africaine, la seule, pourrait-on dire. C'est là que je me suis senti vraiment chez moi. Vous savez comment les Haïtiens appellent un homme quelle que soit sa couleur ? Un Nègre. Un jour viendra où le noirisme, cette théorie qu'on a tellement défigurée, sera réhabilité.

Puis il disparut pour prendre soin de sa femme, laissant Rosélie devant une tasse de thé tiède, Lipton en sachet, qu'avait apportée une servante à la blouse pas très nette. Il y a dans l'atmosphère qui entoure les familles nombreuses, le désordre créé par les enfants, jouets traînant sur le tapis, reliefs de goûters traînant sur la table, incessant bruit de querelles, de pleurs et de cris, quelque chose qui poignarde le cœur des esseulés. Jamais Rosélie, assise dans cette pièce sans charme qui prenait mal le jour, les fenêtres étant quadrillées par de solides barreaux, ne s'était sentie plus vulnérable. Elle pensait à la tribu au sein de laquelle elle avait grandi, quand, avec les tantes, les oncles, les cousins et les cousines, elle allait passer la journée au bord de mer. Il fallait une demi-douzaine de voitures pour transporter tout ce monde, des dizaines de paniers pour contenir la nourriture, au moins trois glacières pour les boissons. Bien sûr, Rose ne les accompagnait pas. Pas question de se dénuder en public depuis qu'un petit neveu, pouffant de rire, l'avait comparée au bibendum Michelin. Mais Élie était présent, mince et musclé, nageant habilement dans son caleçon rayé.

Qu'est-ce qu'elle faisait au Cap parmi des gens qui ne lui ressemblaient pas? Leur parler lui écorchait la bouche. La saveur de leurs mets offensait son palais. Leur musique ne lui était pas mélodie. Tout lui était étranger. Soudain, elle ne se comprenait plus. Sa fidélité à la mémoire de Stephen, son intention de rester à ses côtés lui paraissaient absurdes. Mme Hillster avait raison :

— Les morts sont toujours seuls.

Au bout d'un instant, Olu réapparut et annonça :

— Cheryl vous invite à dîner avec nous.

Rosélie refusa vivement. Elle ne voulait pas déranger. Seulement avoir l'adresse de Chris Nkosi. Un masque hostile recouvrit aussitôt le visage d'Olu.

— Pourquoi ? Qu'est-ce que vous voulez savoir ? demanda-t-il.

Rosélie hésita. Que voulait-elle savoir ?

— C'était un garçon brave et travailleur, reprit Olu, tranquille et obéissant jusqu'à ce que l'honorable docteur, votre mari, vienne lui fourrer ces idées stupides et dangereuses de théâtre dans la tête. Après, il s'est pris pour UN ARTISTE. Nous ne savions que faire avec lui. Il a failli échouer à ses examens. Il voulait quitter le pays. Aller à Londres. Avec quel argent ? Et puis, est-ce qu'il oubliait sa couleur ? Il deviendrait un sale immigré, proie des skinheads, parqué dans un taudis. Qui sait s'il ne finirait pas en taule ? À moins qu'il ne se convertisse à l'islam et ne devienne terroriste.

C'était une plaisanterie. Rosélie ébaucha docilement un sourire.

— C'est en Angleterre que j'ai rencontré Cheryl, continua Olu. C'est là que nous nous sommes mariés. Je sais de quoi je parle ! Quelle ville est plus raciste que Londres ? Sa réputation de paradis multiculturel est une invention d'intellectuels comme Salman Rushdie, qui a d'ailleurs émigré aux États-Unis.

— Je voudrais discuter avec Chris Nkosi, pria Rosélie qui, malgré les méandres de la conversation, n'oubliait pas l'objet de sa visite.

— Discuter de quoi ? cria-t-il avec colère. Laissez-le tranquille, à la fin ! Il l'a bien mérité.

L'inquiétude flambait au fond de ses yeux. Pourtant, elle avait l'air tellement malheureuse qu'il soupira, entra dans une pièce, en ressortit avec une feuille qu'il brandit de mauvaise grâce. Elle déchiffra :

Chris Nkosi
École primaire Govan Mbeki
116, rue Govan Mbeki
Hermanus, CO.

— Sa femme est enceinte, annonça-t-il comme un fait d'importance. À l'heure qu'il est, elle a peut-être accouché.

Là-dessus, il s'engouffra à nouveau dans son bureau. En somme, si pour Olu la mauvaise influence de Stephen se résumait à ses encouragements à Chris, ce n'était pas bien grave. À N'Dossou, une classe de terminale s'était illustrée en jouant avec un rare talent *De l'importance d'être constant* d'Oscar Wilde à l'occasion du vingt-troisième anniversaire de la cinquième femme du président. (Il avait répudié les trois premières. La quatrième, morte en couches, qui avait ouvert un centre pour enfants handicapés et une maternité, était baptisée l'Evita Perón africaine, la Sainte Mère de la Nation. Au fin fond de la brousse, un millier d'ouvriers travaillaient à la construction d'une basilique en son honneur qui devait rivaliser avec celle de Saint-Pierre et de Yamoussoukro en Côte-d'Ivoire.) Des jaloux avaient critiqué cet Occidental dans *L'Unité*, unique feuille de chou du parti unique. Selon eux, représenter *De l'importance d'être constant* n'allait pas dans le sens de l'Authenticité, mais dans celui de l'Aliénation. Rosélie se sentit curieusement rassurée sans toutefois s'avouer ce qu'elle avait redouté.

Elle était plongée dans des réflexions troubles quand Cheryl Ogundipe, drapée dans un kimono noir, l'air assez dolent, sortit de sa chambre.

Ô Amour, tu es un trouble-fête. On te dépeint avec raison sous les traits d'un dieu aveugle! Tu fonds sans discernement sur les proies que tu enflammes.

Devant Cheryl, l'œil perspicace d'un Antillais, habile à démêler les gradations de couleur les plus subtiles, aurait hésité. On aurait pu la confondre avec une Nordique, vu sa torsade de cheveux fauves, ses yeux d'eau marine et son nez digne de Cléopâtre. Elle avait la figure constellée de taches de rousseur. À croire qu'elle avait regardé le bouillant soleil de son île natale à travers une passoire.

Rosélie se reprocha d'être tellement surprise. Ces contradictions sont fréquentes! Cerveau, cœur, sexe, chacun chemine son chemin. Le cerveau d'Olu suivait la voie du militantisme nègre. Son cœur et son sexe l'avaient conduit au piège du mariage mixte. Car Cheryl était la fille d'un Blanc jamaïcain, descendant de planteurs qui avaient perdu toutes leurs possessions, et d'une Irlandaise dont la famille n'avait jamais rien possédé.

À une certaine distance, c'est la dérive des îles et des continents. Les frontières se bousculent. Les différences s'estompent. Les langues n'importent plus. De nouveaux liens se nouent. Guadeloupe, Martinique, Haïti, Jamaïque ou Cuba viennent s'imbriquer l'une dans l'autre, pièces d'un puzzle enfin recomposé. Tout de suite, entre ces deux Caribéennes, la conversation prit des accents d'intimité. Cheryl s'enquit :

— D'après Olu, vous ne voulez pas rentrer en Guadeloupe ?

Elle aussi disait « rentrer ». Rentrer dans l'île comme dans le ventre de sa mère. Le malheur est qu'une fois expulsé on ne peut plus y rentrer. Retourner s'y blottir. Personne n'a jamais vu un nouveau-né qui se refait fœtus. Le cordon ombilical est coupé. Le placenta enterré. On doit marcher crochu marcher quand même jusqu'au bout de l'existence.

— D'une certaine manière, je vous comprends. Moi aussi, je me suis juré de ne plus mettre les pieds à la Jamaïque. Quand j'étais petite, j'y ai souffert le martyre. À cause de notre couleur, mes frères, mes sœurs et moi, les « blan gouyav » comme on les appelle chez vous, nous étions des exclus. Au pays des Nèg Mawon, pas de place pour nous. Vingt ans plus tard, j'y reviens avec un mari nègre. On le trouve trop noir. On se moque de son accent. Les gens le surnomment « Alien ». Mais, d'autre part, rester ici, vous n'y pensez pas ! Autant j'ai adoré le Nigeria, nous habitions Ibadan, j'y ai enterré ma première-née, deux de mes garçons y sont venus au monde, la vie, la musique, la gaieté, autant ce pays me rend malade. On dirait qu'un suaire le recouvre sous lequel ne reposent que des cadavres. D'ailleurs, si cela continue, le sida emportera tous les Noirs et l'épidémie réussira là où les Afrikaners ont échoué. C'est cela qui cause

toutes mes allergies ! Je somatise, je somatise. Malheureusement, Olu restera ici jusqu'à sa mort et la
mienne. Il attend. Il espère, jour après jour, une
nomination.

Lui aussi ! Ah ! Ces nominations, nominations à
quoi, nominations pourquoi, elles sont l'espoir de
ceux qu'ont oubliés les révolutions et les change-
ments de régime. Véritables furets, elles courent,
elles courent. Bienheureux celui qui les attrape.

Deux des plus jeunes enfants entrèrent en ver-
sant les pleurs intarissables de l'enfance. Patiemment, Cheryl les consola et les renvoya à leurs jeux.

— Oui, j'ai eu une fille, la première, reprit-elle.
Je l'ai portée onze mois. Elle s'accrochait à moi,
elle ne voulait pas me lâcher. Quand, finalement,
les docteurs l'ont délogée de mon ventre, à coups
de fers, elle en est morte. Moi aussi, j'ai cru mourir. Depuis, je n'ai plus eu que des garçons. Pourquoi n'avez-vous pas d'enfants ? Ce sont les
enfants qui, seuls, mettent un peu de soleil dans
nos tristes vies.

Ai-je mis du soleil dans la vie de mes parents ?
Sûrement pas.

Cheryl insista :

— Vous n'avez pas voulu d'enfants ?

C'est une histoire trop longue à raconter. Disons
que, d'abord, je n'ai pas voulu de la maternité.
Puis que la maternité n'a pas voulu de moi quand
peut-être j'aurais voulu d'elle. Des fois, je l'avoue,
j'ai rêvé d'un fils qui serait à la fois mon frère et
mon amant. Cependant, parler de moi n'est pas
l'objet de ma visite.

— Vous connaissez Chris Nkosi?

Cheryl répondit avec un haussement d'épaules :

— Peut-être. Comme si nous n'avions pas assez à faire avec nos enfants, Olu s'occupe de toutes qualités de jeunes. Il anime je ne sais combien d'associations. Des garçons, des filles entrent et sortent d'ici à toute heure du jour, dorment, mangent, boivent. L'un d'entre eux, handicapé, est resté ici plus d'un an. Olu s'est battu pour lui. Il paraît que dans sa famille on croyait qu'il portait malheur et que sa propre mère voulait le tuer. À la fin, je ne fais même plus attention.

Le dîner qui suivit, assez frugal, fut rempli de babils, de sauce ketchup, de verres de Coca-Cola renversés sur la nappe, heureusement en plastique. Cheryl trônait sur tout cela avec une douceur qui rappelait à Rosélie celle d'Amy ou de Cousine Altagras. Certaines femmes font ce choix et s'y tiennent : être mère et rien de plus. Elles ferment l'oreille à toutes les sirènes de ce qu'on nomme la réussite.

Pendant ce temps-là, Olu dissertait inlassablement dans le vide.

Le dîner terminé, la citronnelle bue, Cheryl et Rosélie se promirent de se revoir. Une promesse qu'elles ne tiendraient vraisemblablement pas, vu les chemins divergents de leurs existences. Olu proposa à Rosélie de la ramener rue Faure si elle acceptait un détour par l'église Saint-Jean-le-Divin de Guguletu où, pour le compte de l'inlassable Arté, il patronnait une chorale. Tant que la bouche est remplie de chants de gloire à Dieu, elle ne l'est pas de fumée de marie-jeanne !

En dépit de son nom pompeux, l'église Saint-Jean-le-Divin était un modeste édifice de torchis. À l'intérieur, des rangées de bancs de bois frustes. Un maître-autel pauvrement décoré. Si elle était révérée à travers le pays, c'est qu'on y avait célébré les enterrements de nombre de membres de l'ANC assassinés par la police. C'est du haut de son humble pupitre que l'évêque Koos Modupe, à peine moins combatif que Desmond Tutu, même s'il n'avait pas eu le Nobel — moi, vous savez, les prix —, avait prononcé son célèbre prêche, plagiant sans vergogne Martin Luther King Jr : « *I had a dream...* »

Toutes les grenouilles de bénitier se ressemblent. Au fond de la nef centrale, deux bonnes sœurs, sèches comme des triques, la poitrine inexistante encore aplatie par leurs guimpes de serge bleu marine, tenaient en respect une trentaine de garçons et de filles, cependant qu'une troisième, obèse celle-là, battait la mesure juchée sur une plate-forme. Une quatrième invisible jouait de l'orgue dans les hauteurs.

Le chœur était splendide.

De la gorge de ces adolescents, gauches, mal vêtus, enlaidis par la malnutrition et le dénuement, sortaient des voix célestes, l'hermétisme de la langue ajoutant à la force poétique du chant. Rosélie, qui n'avait pas mis les pieds à l'église depuis les obsèques de Stephen, s'agenouilla, retrouvant les émerveillements de son enfance. La messe de minuit, Pâques, le couronnement de la Sainte Vierge, toutes ces célébrations dont le souvenir magique la hantait parfois. Elle aurait aimé pouvoir s'abîmer en prière comme Rose, comme les femmes de sa famille. Qu'aurait-elle demandé à Dieu ? Force et courage dans l'épreuve qui, elle le savait, s'amassait, nuage noir, au-dessus de sa tête.

Si les guides de l'Afrique du Sud appellent Hermanus « capitale de la baleine », ce n'est pas par pure fantaisie. C'est que d'innombrables touristes peuvent en témoigner. En se postant là où il faut, sur les falaises, ils ont vu de leurs yeux vu les bosses de ces précieux mammifères transpercer la surface métallique de la mer. Nombreux aussi ceux qui ont vu de leurs yeux vu les baleines, enceintes et, de ce fait, plus pesantes encore, se presser vers le rivage pour se délivrer des fruits cachés dans leurs flancs ballonnés. Parfois, elles meurent avant de se mettre à l'abri des criques et leurs corps flottent sur l'océan comme de gigantesques baudruches. À Hermanus, il y a même un crieur de baleines, habillé comme un gardien de phare, qui, en saison, parcourt la ville avec un haut-parleur pour annoncer les meilleurs points d'observation.

Hermanus se trouve à cent douze kilomètres du Cap. Si on emprunte la Nationale 2, il suffit d'une heure et demie pour s'y rendre. Mais Papa Koumbaya insista pour faire du tourisme, passer par Gordon's Bay et offrir à Rosélie les splendeurs de la vue. Ajoutons à cela la lenteur avec laquelle il se traînait sur le goudron, on comprendra qu'il leur fallut trois heures pour parcourir un trajet relativement court. Ensuite, ils errèrent à travers des artères uniformément bordées de magasins de souvenirs et de restaurants de poisson, encombrées de véhicules de location, autobus, voitures particulières, piétons. Bref, la matinée touchait à sa fin quand la Thunderbird atteignit le quartier noir. Enfin, elle s'arrêta devant l'école Govan Mbeki, à la mine encore plus rébarbative que le lycée Steve Biko. Derrière un mur surmonté de tessons de bouteille et des inévitables rangées de barbelés, des préfabriqués jaunes étaient alignés autour d'une cour de récréation, pelée comme un derrière de singe. Dans une pièce sans air, une jeune femme tapait sur une machine à écrire qui aurait rapporté gros dans un magasin d'antiquités. Elle ne se donna pas la peine de relever la tête pour répondre :

— Chris ? Il est en classe. Revenez à midi.

Il était onze heures et demie. Rosélie retourna sur le trottoir et convint d'un rendez-vous commode avec Papa Koumbaya : en pleine ville, devant le Paradis des Glaces.

Le quartier noir d'Hermanus était un ramassis de maisonnettes, de cahutes, de baraques fabriquées avec les matériaux les plus divers. Bouts de tôle, planches, bottes de paille, seccos, boue séchée, morceaux de brique, tout ce que l'ingéniosité du malheur peut rassembler était mis à l'usage. Là comme à Khayelitsha, pas une fleur, un buisson, un arbre. Une terre rougeâtre et nue. À croire que la nature rechigne à verdir à l'entour des taudis. Rosélie n'osa pas s'aventurer loin de l'école. Si elle pénétrait dans ces ruelles, comment serait-elle accueillie ? Elle avait tellement l'habitude de l'hostilité qu'elle s'imaginait des habitants qui sortiraient sur le pas de leurs portes pour la sommer de s'en aller en lui jetant des injures, même des pierres. Pourtant, à rester plantée devant ce mur d'enceinte, n'avait-elle pas l'air d'une intruse, voire d'une espionne ?

Après un temps qui lui sembla interminable, les élèves sortirent, garçons et filles, en bon ordre, disciplinés alors que tous les écoliers de la terre sautent en l'air, braillent, se défoulent quand enfin la classe est finie. Les maîtres les suivaient gravement, la serviette à la main. Sur leurs fronts était inscrite la même histoire, facile à déchiffrer si l'on savait lire : salaire de misère, logement de fortune, avenir bouché. Chris Nkosi parut à Rosélie plus jeune, moins beau, amaigri dans ses vêtements froissés, peu élégants. Il avait rasé ses locks, et son visage, dénudé, apparaissait maussade, peu souriant. Rien à voir avec le Puck avantageux, sûr de lui, voltigeant sur la scène dont elle avait gardé le souvenir. Avant qu'elle ait fait un geste vers lui, il l'avait reconnue et fonçait sur elle :

— Vous ? Qu'est-ce que vous faites là ? demanda-t-il sauvagement.

Elle bégaya :

— Je suis venue vous voir.

— Me voir! Pourquoi? interrogea-t-il avec la même sauvagerie.

Elle ne répondit rien, suffoquée par sa brutalité. Il la prit rudement par le bras et l'entraîna :

— Ne restons pas là. Tout le monde nous regarde. Allons chez moi.

Ils s'engagèrent dans le dédale des ruelles. Au fur et à mesure qu'on avançait dans cette misère, ce qui surprenait, c'était la propreté. Car l'esprit associe toujours pauvreté et saleté. Là, pas un tas d'ordures. Pas une crotte d'animal. Pas une feuille, un papier gras sur ce qui servait de trottoir. Chris marchait si vite, sans aucun égard pour elle, qu'elle s'essoufflait et courait derrière lui comme une enfant. Enfin, ils arrivèrent devant deux baraques séparées par un corridor. Ce boyau aboutissait à une sorte de lakou, méticuleusement propre lui aussi. Le sol de la cour était recouvert d'un mélange de gravier et de sable blanc. Des ustensiles de cuisine séchaient en plein air. Des lessives de haillons étincelants se balançaient le long de lignes. Chris poussa une porte et entra dans un living-room qui n'aurait pu être ni plus sombre ni plus sommairement meublé. Il héla :

— Brenda!

Une très jeune femme apparut, presque une adolescente, à ses dernières semaines de grossesse, le ventre énorme, les jambes lourdes, marchant avec peine. Il lui jeta quelques mots dans leur langue et elle se hâta vers la sortie, comme un animal apeuré, sans un regard pour Rosélie. Il demanda à nouveau :

— Qu'est-ce que vous venez faire ici ?

Dans sa faiblesse, elle se laissa tomber sur l'unique fauteuil et s'efforça au calme :

— Je suis venue vous offrir l'ordinateur de Stephen.

Il fronça les sourcils comme s'il entendait une mauvaise plaisanterie :

— Qu'est-ce que vous voulez que je fabrique d'un ordinateur ? Nous n'avons même pas l'électricité dans le quartier. Ça fait plus d'un an qu'on nous la promet. On l'attend toujours.

Elle ne trouva rien à dire et il se moqua :

— Vous savez, nous sommes en Afrique du Sud, ici. Pas en Amérique.

Elle protesta :

— Je ne suis pas américaine. Je suis de la Guadeloupe. Un pays plus pauvre que le vôtre.

Est-ce qu'elle espérait l'attendrir ? Il eut un geste qui signifiait qu'il s'en moquait pas mal, elle pouvait descendre de la lune, puis répéta :

— Pourquoi êtes-vous venue ici ? Qu'est-ce que vous me voulez ?

Elle ne savait que répondre, car elle ne comprenait plus les raisons de sa visite. Elle bafouilla :

— Votre Oncle m'a dit que vous vous étiez fâché avec Stephen.

Il interrogea rudement :

— Et alors ?

Découragée, elle se leva. Cet entretien ne les mènerait nulle part. Elle se dirigeait vers la porte en bredouillant des excuses, elle l'avait dérangé inutilement, quand il l'apostropha :

— Vous venez sans doute de vous rendre compte que votre Stephen était un salaud? Pas du tout le professeur modèle, le libéral, le bienfaiteur des jeunes que tout le monde idolâtrait. Un salaud!

Elle lui fit face et interrogea sans colère, avec la détermination de celle qui veut tout savoir :

— Pourquoi dites-vous cela? Qu'est-ce qu'il vous a fait?

— À moi? répéta-t-il.

Il y eut un silence. Brusquement, il se mit à hurler. En lui, les rages et les chagrins démesurés de l'enfance n'étaient pas loin. Le visage déformé, il était méconnaissable.

— C'était un menteur, un manipulateur. Il m'a promis monts et merveilles. Qu'il me ferait obtenir une bourse pour partir étudier à Londres. Soi-disant qu'il avait des amis haut placés à l'Académie royale d'art dramatique. Je deviendrais comédien. J'égalerais Paul Robeson. Je dépasserais Lawrence Fishburne. J'y croyais, moi. J'y croyais. Pendant ce temps-là...

Il s'abattit sur la table en hoquetant comme un tout-petit. Elle s'approcha et posa la main sur son épaule. Mais il bondit :

— Ne me touchez pas!

Il sanglota longtemps, elle immobile, debout derrière son dos. Il finit par se dominer, s'essuya méthodiquement les yeux, les joues, toute la figure. Puis il se leva, la bousculant presque, et déclara avec froideur :

— Je ne l'ai pas tué, si c'est ce que vous vouliez

me demander. D'ailleurs, la police m'a déjà interrogé. Au moment de sa mort, j'étais à Hermanus, Chez Tanikazi, un bar du coin, à jouer aux fléchettes. Vingt personnes peuvent en témoigner. Ensuite, je suis rentré chez moi. Brenda et moi avons fait l'amour. De cela aussi, elle peut témoigner.

Il la fixa méchamment :

— Un autre dont il s'est foutu autant que moi a eu ce courage. Si je savais son nom, je lui donnerais une médaille, à celui-là ! La médaille du salut public.

Elle interrogea, stupéfaite de garder son calme en dépit de ces provocations :

— Si vous le haïssiez tellement, pourquoi avez-vous pleuré à son enterrement ?

— Pourquoi ?

Il regarda avec égarement autour de lui, recommença à pleurer, cette fois sans bruit, et ce chagrin touchait plus que sa fureur précédente. Au bout d'un moment, il balbutia :

— Je pensais, je me rappelais…

— Quoi ?

Elle avait hurlé. C'était trop douloureux, elle en avait la preuve, Stephen n'appartenait pas qu'à elle. D'autres possédaient des images, des souvenirs qu'elle ne pouvait partager. Sans répondre, il s'essuya à nouveau la figure de la même manière méthodique. Elle demeurait à quelques pas de lui, proche à le toucher, respirant son odeur, une odeur agréable d'eau de Cologne à bon marché et de tabac. Il la fixa de ses yeux profonds, lumineux, entre la forêt des cils bouclés par les larmes. Il semblait si jeune. Il aurait pu être son neveu. Ou plutôt le fils que Salama Salama lui avait si obstinément demandé, le fils dont, parfois, elle avait eu envie. Une vague de pitié qui avait même goût que la tendresse l'envahit, reflua jusqu'à lui.

Dans cette trêve, elle s'enhardit et osa très bas :

— Qu'est-ce qu'il y avait entre vous ?

Il battit des paupières comme un dormeur tiré de son sommeil et répéta :

— Ce qu'il y avait entre nous ? Qu'est-ce que vous voulez dire ?

Elle avait déjà peur et honte de sa question. Il la regarda à nouveau et fit d'un ton puéril :

— Que voulez-vous qu'il y ait eu entre nous ?

Il rit bêtement :

— Vous êtes folle ! Il n'y avait rien entre nous. Je l'adorais parce que c'était mon maître. Il m'a tout appris.

Ne disait-il pas ce qu'elle espérait ? Sans plus insister, elle sortit.

Dans la cour, Brenda semblait la guetter. Souriant, elle lui fit signe d'approcher. Rosélie crut avoir mal vu. Mais Brenda s'obstina. Surprise, Rosélie obéit, entra à sa suite dans une pièce. Un étroit magasin. Une fillette se tenait derrière un comptoir en feuilletant un vieil illustré. Un peu partout, par terre, au seuil de la porte, sur des tables, des étagères, dans l'embrasure de la fenêtre, étaient disposés des bouquets de fleurs, larges comme des soleils, rigides comme des alpinias, découpées dans du métal de récupération. Boîtes d'Ovomaltine, de lait concentré Nestlé, de café Lazzarro, de cacao Mozart, de sauce tomate del Monte, de biscuits Baci di Dama, bidons à huile d'olive Gustoro, à huile de moteur, à essence, à pétrole. L'effet était stupéfiant. L'humble pièce devenait un jardin magiquement pétrifié. Le vieux rêve des alchimistes semblait s'être réalisé. Une main avait transmuté les matières immondes et les avait changées en or.

— Madam, ti asset'? articula Brenda avec peine.

Comme si elle avait peur, à juste titre, de ne pas être comprise, elle lui mit d'autorité un bouquet dans chaque main.

Rosélie interrogea :

— C'est toi qui crées cela?

Brenda inclina la tête et, fièrement, lui tendit une carte qui ressemblait à celles qu'elle-même avait fait imprimer.

Si vous visitez Hermanus,
ne manquez pas de vous arrêter au
Jardin de Brenda
Numéro 17. Ruelle 3. Voie A.

Artiste celle-là aussi. Artiste à sa manière. Est-ce qu'elle ne lui donnait pas une leçon? Une leçon de courage. Ses fleurs naissaient au cœur du ghetto, au cœur de la misère, au cœur de la laideur de la vie. Pleine d'admiration, Rosélie la considéra. Malgré ses traits tirés, recouverts du dur masque de la grossesse, elle était jolie. N'eût été son ventre, on aurait pu la prendre pour un garçonnet. L'in-évitable tête rasée. Les pommettes asiatiques. La lèvre supérieure un peu courte découvrant ses dents brillantes. Au bout des bras graciles, les mains surprenaient. Des mains fortes aux doigts déliés. Des mains faites pour accoucher la beauté en toutes circonstances. Comme Rosélie aurait aimé communiquer avec elle au lieu de se borner à ces sourires, ces gestes superficiels ! Elle avait l'impression qu'elles se tenaient de part et d'autre d'un fleuve, ou sur un quai au départ d'un bateau, séparées par l'inexorable espace de la mer. À tout hasard, elle griffonna son adresse, son numéro de téléphone, expliqua qu'elle-même était peintre. Si Brenda venait au Cap, viendrait-elle à son atelier ? L'autre comprenait-elle ? De la tête, elle assura que oui, bafouilla des phrases incompréhensibles. Puis, avec une grâce enfantine, elle l'embrassa. Rosélie se serait attendue à tout sauf à cela. Que signifiait ce baiser ? Comme chez les enfants d'Olu, était-ce un geste de politesse usuel ? Sûrement, elle avait grand tort d'y voir un symbole. Le symbole de sa réintégration !

Quand elle sortit du lakou, un car bondé de touristes cahotait dans la ruelle. Sur son flanc était peint en lettres gigantesques : AFRICULTURAL TOURS. Toujours eux ! C'était leur dernière invention. Les responsables du ministère du Tourisme l'avaient compris. Ce que les nantis du Nord désirent lorsqu'ils affluent vers les rivages du Sud ne se résume pas au soleil, aux plages et aux safaris, zèbres et girafes garantis ! Quant aux lions, ils dorment. Vous les voyez ? Nouvelle version du *panem et circenses*, il leur faut aussi des frissons d'effroi, une délicieuse horreur, une frayeur rétrospective qui leur noue les tripes.

Regardez, mesdames et messieurs, regardez bien ! Oui, vous pouvez photographier avec vos caméras numériques ! C'est à cet endroit précis qu'au cours d'une des plus violentes révoltes du ghetto dix petits nègres se sont fait abattre. Leur sang a irrigué la terre qui est devenue du terreau pour ces fleurs merveilleuses que Brenda vous offre aujourd'hui.

Le Jardin de Brenda.

Tout le monde y trouvait son compte. Brenda s'assurait de quoi boucler ses fins de mois. Les touristes apaisaient à la fois leur conscience et leur curiosité.

17

Des fleurs ! La maison de Rosélie en était pleine. Des roses de toutes les couleurs. Des glaïeuls. Des iris. Des arums, des anthuriums, des oiseaux de paradis. Inattendue, une branche de cinéraire mauve apportait sa note champêtre. Elles avaient dû coûter une fortune. Arrivées le matin par Interflora, elles donnaient à la pièce une atmosphère de solennité un peu étouffante qui rappelait l'enterrement de Stephen. Ces fleurs accompagnaient un message. Faustin l'informait qu'il partait pour six mois superviser une expérience de culture du thé en Indonésie. Son arrivée à Washington s'en trouvait différée d'autant.

Quelle peine il se donnait! Elle avait déjà compris.

En dépit de ces pensées désinvoltes, son cœur était en miettes. Elle entra dans la cuisine où Dido, un miroir à la main, mettait la dernière touche à son maquillage. Tout en barbouillant ses joues de poudre bisque, elle jeta un coup d'œil à Rosélie et, vu sa mine, proposa :

— Viens avec moi. Cela te distraira.

Rosélie avait de bonnes raisons de se méfier des «distractions» qu'offrait Dido. Pourtant, tout valait mieux que rester seule avec soi-même, un soir pareil.

— Où vas-tu? demanda-t-elle.

— Au mariage d'Hildebrand, la petite sœur d'Emma, répondit Dido, s'attaquant à présent à ses paupières, une épaisse couche de fard mauve. D'ailleurs, tu l'as oublié, mais tu es invitée.

Elles prirent l'autobus bondé comme à l'habitude. Toute autre foule aurait ricané sous cape en regardant cette grande métisse peinturlurée comme le bwabwa de Vaval, avec ses lourds bijoux de pacotille. Pas celle-là. Les gens montaient, descendaient, se levaient, s'asseyaient, silencieux, mornes, sans seulement tourner la tête de son côté. Même les enfants, tenant sagement la main de leur mère, qui, semblables à des adultes en réduction, avaient déjà la mine funèbre.

La réception avait lieu dans la salle des fêtes du quartier III, la partie résidentielle de Mitchells Plains, celle qui se rapproche le plus du modèle blanc. En dépit de ses barbelés, elle était presque plaisante avec, le long des rues, les parasols feuillus des arbres. La salle des fêtes était plutôt accueillante. À l'entrée, les mastodontes d'un service de sécurité privé vérifiaient rigoureusement les identités. C'était habituel que des malfaiteurs se mêlent hardiment aux invités et au mitan de la nuit les dévalisent, *manu militari*. La semaine précédente, en plein Holiday Inn de Rondebosch, quartier blanc bourgeois, les invités à une noce avaient été dépouillés, les femmes de leurs moindres bijoux, les hommes de leurs portefeuilles. Une tête chaude qui avait prétendu s'interposer avait été froidement abattue sous les yeux de tous.

Les mariés n'avaient rien négligé. La peinture de la rotonde qui pouvait recevoir cinq cents personnes avait été refaite. Des gerbes de lis blancs et roses s'épanouissaient dans des vases et des amphores. Des ampoules multicolores scintillaient à côté de lampions et de lanternes chinoises. Le buffet sur lequel présidaient des serveurs en livrée loués pour l'occasion à Poivre et Vanille, le traiteur blanc le plus renommé du Cap, était un amoncellement de nourriture : des piles de fruits, mangues, papayes, raisins, des montagnes de gâteaux, des salades, des tranches d'avocat, des gambas grosses comme des avant-bras, des tranches de saumon frais ou fumé, du poulet en papillote, des viandes grillées, du riz safrané et des cochons de lait rôtis entiers dans leur jus, le tout dégageant une suffocante odeur, épices et sucs naturels mêlés, qui écœurait Rosélie. Que choisir entre le champagne millésimé, le punch planteur, la sangria, le whisky, les boissons gazeuses? Debout sur une estrade, le célèbre orchestre des Prophètes vêtus de rouge, le front ceint de bandeaux de même couleur, assourdissait les oreilles, pour le grand bonheur des jeunes qui se déhanchaient déjà en mesure.

Deux existences n'auraient pu différer davantage que celles d'Emma et d'Hildebrand, pourtant sœurs. Même père même mère, comme on disait à N'Dossou. À croire deux récits de vie composés par des romanciers de tempérament opposé. Tandis qu'Emma expérimentait malheur sur malheur ainsi que nous l'avons exposé précédemment, Hildebrand vivait un conte de fées. Ayant quitté l'école sans même son certificat d'études, elle avait néanmoins trouvé un emploi de fille de salle dans une polyclinique. Toute la journée, elle nettoyait, désinfectait trois étages de chambres, changeait des piles de draps et de serviettes, distribuait aux malades des plateaux de repas, travail harassant et sans gloire dont elle s'acquittait avec le sourire parce que, de nos jours, ce qui compte, c'est de travailler. N'importe où, n'importe comment, à n'importe quel prix. Quatre de ses frères étaient au chômage sans allocations. C'est alors que le jeune docteur Fredrik Vreedehoek, formé à Londres, était entré pour vérifier la température d'une de ses opérées. La sienne s'était élevée dangereusement quand il avait croisé Hildebrand, yeux baissés sur ses produits d'entretien. Trois jours plus tard, il se mettait en ménage avec elle. Cinq mois plus tard, il l'épousait.

Les mariages entre métis sont une affaire complexe. Ce n'est pas seulement comme partout ailleurs une affaire de classe, d'éducation. Bourgeois entre bourgeois. Diplômés entre diplômés. Héritage des parents, des grands-parents. Assurance vie. Compte en banque. Morceau de terrain sur lequel bâtir une villa principale ou secondaire. C'est en plus affaire de couleur de peau. La règle impérative est de ne pas marier plus noir. Hildebrand aurait-elle été foncée que Fredrik Vreedehoek n'aurait jamais envisagé de lui passer la bague au doigt. Bien que fortement mélanisée au fil des temps, sa famille descendait de Jan qui, en novembre 1679, avait posé au Cap son pied de commandeur de la Compagnie hollandaise des Indes orientales. Avant de mourir, Jan avait d'un trait de plume légitimé ses cinquante-huit bâtards et donné son nom à l'esclave malgache qui depuis trente ans gémissait sous ses cent kilos sans jamais s'oublier même dans l'orgasme à l'appeler autrement que «*baas*». Mais la chevelure d'Hildebrand bouclait couleur champ de maïs. Son teint avait les reflets du sirop d'érable du Canada. Les préjugés avaient fondu au soleil de toute cette blondeur qu'à défaut de bijoux de famille et de titres de propriété elle transmettrait à l'enfant qui pointait dans son ventre sous la robe en dentelle. Cependant, en un accord tacite, il était convenu qu'une fois éteints les lampions du mariage les Vreedehoek rompraient tous les liens avec cette famille, claire peut-être, mais misérable. Cela donnait à la fête un arrière-goût de deuil. Les yeux d'Hildebrand s'emplissaient de larmes à la pensée qu'elle n'embrasserait plus quotidiennement sa maman et son papa chéris, ses frères, ses sœurs, et ses petits neveux et nièces, Judith sa préférée. Sa mère, fagotée dans un tailleur couleur puce à manches gigot, accueillait les félicitations comme des condoléances. Quant à Emma, elle sanglotait ouvertement, la tête contre l'épaule de Dido, accablée d'un nouveau motif de haïr la vie. Elle avait élevé Hildebrand et, las, elle allait la perdre.

Dido entraîna Rosélie à une table qu'occupaient déjà des cousins et leur fille, adolescente, qui considérait avec envie les danseurs auxquels elle n'avait pas la permission de se joindre. Elle portait des marie-jeanne en cuir verni, une robe en dentelle blanche. Ses cheveux étaient roulés en anglaises qui, noires et brillantes, dansaient le long de son cou. Sa maman se rengorgeait, disant à qui voulait l'entendre qu'elle ressemblait à l'actrice américaine Halle Berry.

— Je me demande pourquoi ils ont choisi cet orchestre-là, ronchonna le père. Il ne joue que du rap. Est-ce que notre musique n'est pas assez bonne pour eux?

S'ensuivit un débat sur les mérites de l'iscathamiya, du jazz sud-africain, du mbaqanga, du kwaito, que la musique africaine-américaine qui ne leur arrivait pas à la cheville osait concurrencer jusque chez eux. D'ailleurs, la musique sud-africaine surpassait toutes les musiques. Dido était bien de cette opinion. Nul n'égalait Hugh Masekela, Miriam Makeba!

Que voulez-vous ? Elle s'accrochait aux artistes de sa génération.

— Ne parlons pas du gospel ! renchérit l'homme. C'est nous les maîtres.

Dans ce domaine, quoi qu'ils en pensent, les Africains-Américains n'étaient que des apprentis. Attifés de chasubles pas possibles, ils se balançaient en criant dans leurs temples alors que, chacun le sait, crier n'est pas chanter. Une fois de plus, écoutant ces affirmations de vibrant chauvinisme, Rosélie se sentait les mains vides. Rien dans sa culture ne lui donnait l'envie de se battre bec et ongles.

Dommage que je ne sois pas haïtienne ! En ce cas, j'aurais l'embarras du choix.

« Ayiti péyi mwen ! »

Carimi.

Peut-être son rêve d'un monde où les différences seraient abolies reflétait-il son dénuement ? Trahissait-il un désir d'aligner tout le monde sur la même *tabula rasa* qu'elle ? Elle avait perdu ses parents et sa terre, aimé des étrangers qui ne s'exprimaient pas dans sa langue — d'ailleurs, possédait-elle une langue ? —, dressé sa tente dans des paysages hostiles. Faustin en plaisantait parfois :

— Tu es comme les nomades. Ton toit, c'est le ciel au-dessus de ta tête.

Ne sommes-nous pas tous des nomades ? N'est-ce pas la faute au foutu siècle de turbulence dans lequel nous vivons ? À vingt-six ans, ma mère a pu décider :

— Je ne quitterai plus jamais la Guadeloupe !

L'aurais-je souhaité que je n'aurais jamais pu l'imiter.

Faustin ! Dido s'était extasiée sur ses fleurs et avait prétendu prendre ses atermoiements pour argent comptant :

— C'est mieux comme cela, avait-elle déclaré. L'été va commencer en Amérique. On m'a dit qu'on étouffe à Washington. Tu arriveras pour l'automne, la plus belle saison.

Pourquoi Faustin avait-il jeté son dévolu sur elle ? Les blessures cicatrisent à vingt ans. Elles s'infectent et purulent indéfiniment à cinquante. L'espèce existe aussi des femmes que l'on paie à l'usage. Le Cap en regorge, groupées autour des réverbères du Waterfront. Les autorités qui les pourchassent prétendent que ces vicieuses ne sont pas de l'Afrique du Sud, mais de Madagascar.

Les putains viennent toujours d'ailleurs !

Faustin s'en était pris à elle, déjà si fragile, si mal-portante. On ne tire pas sur une ambulance. Elle oubliait le plaisir qu'il lui avait donné, l'impression qu'elle avait eue de recouvrer la jeunesse, de recommencer la vie et, par instants, croyait le haïr.

Au fur et à mesure, l'atmosphère changeait. Le revêtement de bonnes manières se fendillait et l'assistance, en dépit de l'élégance de ses atours, sombrait dans la vulgarité. Les alcools et la bonne chère échauffant les esprits, les voix s'enflaient, criardes, querelleuses. Les langues se déliaient. Des femmes critiquaient les Vreedehoek, des sans-sentiments qui oubliaient que, eux aussi, les Blancs les avaient méprisés. Les hommes, dédaignant ces cancans, s'attaquaient au gouvernement. C'est aux Blancs que le nouveau régime profitait. Aux Blancs et aux Cafres. Pas aux métis. Les premiers ne faisaient plus figure de pestiférés à travers le monde. Ils voyageaient, traitaient avec succès leurs affaires, s'enrichissaient. Les rêves les plus fous des seconds étaient comblés. À coups de programmes spéciaux, ils envahissaient les universités. Bientôt, ils en sortiraient diplômés. Bientôt, le pays serait inondé de Cafres médecins, avocats, ingénieurs !

On traitait Rosélie avec familiarité. C'était l'amie d'une parente, c'est-à-dire une parente en quelque sorte. Nul n'ignorait le terrible malheur dont elle se relevait. Encore un coup des Cafres ! Les Cafres perdront l'Afrique du Sud comme ils ont perdu le reste de l'Afrique. Corruption, coups d'État, guerres civiles sont leurs enfants de malheur. Cependant, cette sympathie s'exprimait en afrikaans, langue que, peu douée, Rosélie ne comprenait pas. Aussi, malgré les sourires, elle se sentait terriblement isolée.

C'est alors que, parcourant la salle du regard, elle crut reconnaître Bishupal ! Oui, c'était lui, flanqué d'Archie, le jeune métis qui l'avait remplacé chez Mme Hillster. Apparemment guéri, il était debout sur le bord de la piste, sombre, indifférent, comme si l'effervescence alentour ne l'atteignait pas. Quand leurs yeux se rencontrèrent, elle lui sourit. Alors, il détourna la tête et, s'emparant du bras de son ami, il se perdit vivement dans la foule. Rosélie ne sut que penser. Qu'est-ce qui lui prenait?

Ne l'avait-il pas reconnue?

Brusquement, les lumières se tamisèrent. Au milieu d'un vacarme de cris et d'applaudissements, une chanteuse et un guitariste montèrent sur l'estrade.

— Rebecca! Rebecca! hurla l'assistance.

Rebecca salua gracieusement de la main, puis, d'une voix plaisamment éraillée, entama un air probablement connu, car l'assistance reprit en chœur le refrain : «*Buyani, buyani*».

Quelle sera ma vie si je reste ici? se demanda lucidement Rosélie.

Un puissant désir se déploya, claqua comme une voile au vent, l'entraîna. Le sang, assure-t-on, n'est pas de l'eau. Les Thibaudin seraient forcés de l'accueillir, de taire leurs reproches. Même le fils prodigue, le père l'a serré sur son cœur : «Apportez vite la plus belle robe et l'en revêtez; mettez-lui un anneau au doigt et des souliers aux pieds. Amenez le veau gras et tuez-le. Mangeons et réjouissons-nous, parce que mon fils que voici était mort et il est revenu à la vie; il était perdu et il est retrouvé.»

Elle n'irait pas s'enterrer dans les hauteurs de Barbotteau. Elle avait toujours préféré la ville, ses lumières, son rythme. Elle s'installerait à La Pointe, dans la maison de la rue du Commandant-Mortenol où elle avait grandi, parmi les souvenirs de son enfance. Dans le salon, la photographie de sa première communion. Le piano Klein sur

lequel elle avait fait ses gammes. Dans la bibliothèque au premier étage, les livres qui l'avaient
tant ennuyée, mais que Rose l'obligeait à lire pour
sa culture. À côté, sa chambre, le lit chaste, à une
place, où son corps désobéissant avait connu ses
premiers désirs d'adolescente. Le miroir où elle
s'était mirée, rêvant du coup de baguette magique
qui la métamorphoserait. Aurait-elle le cœur d'entrer dans la chambre de Rose ? Sur la table à bibe-
lots, une pellicule de poussière recouvrait trois
tasses de fine porcelaine, décorées de Japonaises
aux chignons d'ébène. À côté, un souvenir de
Paris : une boule de verre à l'intérieur de laquelle
parmi les flocons de neige se dessinait le dôme du
Sacré-Cœur. Un sablier figeant le temps. Tous ces
objets dérisoires qui avaient survécu à leur propriétaire.

Dès le lendemain de son arrivée, elle se lèverait
à quatre heures du matin pour assister à la messe
d'aurore. Dans la fraîcheur, les cloches sonneraient et les bigotes se presseraient vers la cathé-
drale comme des mouches vers une flaque de
sirop batterie. Chaque jour, elle prendrait la communion. Chaque dimanche, elle se rendrait sur la
tombe de Rose, les bras chargés de fleurs qui
réchaufferaient la froideur du marbre. Les gens
s'étonneraient :

— Comme elle aimait sa mère ! Après ce qui
s'est passé, on ne l'aurait jamais cru.

Mais qu'est-ce qui s'était passé ? Rien que de
très banal, à y réfléchir. C'est archi-connu : chacun de nous tue ce qu'il aime.

The coward does it with a kiss
The brave man with a sword.

Son numéro terminé, Rebecca s'inclina et, sous les vivats, redescendit de l'estrade. La lumière réapparut et le brouhaha des conversations s'enfla à nouveau.

— C'est notre plus grande chanteuse, se rengorgea un homme.

— Personne n'arrive à la cheville de Hugh Masekela! asséna Dido, virant sur lui.

Une femme osa lui tenir tête :

— Hugh Masekela? Dépassé!

La discussion faillit s'envenimer. Heureusement, un nouvel orchestre s'installait. Des vétérans qui se mirent à enfiler des airs archi-connus. Les danseurs se ruèrent vers la piste. Dido s'empara du bras de Paul, le veuf qu'elle convoitait, fluet, triste, et qui semblait effrayé par sa vitalité. Rosélie resta seule devant son verre.

Oui! Elles nous prennent au plus profond du cœur, ces chansons dont nous ne comprenons pas les paroles! Nous pouvons leur donner des ailes, les coudre de fleurs et d'étoiles, les broder à notre fantaisie. J'ai toujours préféré m'asseoir à écouter la musique. Je n'ai jamais su danser. Toi non plus, Fiéla. Pendant toute mon adolescence, ma réputation était établie : « Elle n'est pas capable de brenner », chuchotaient les garçons avec mépris. Pendant des années, comme toi, j'ai fait tapisserie, regardant mes cousines inventer des pas endiablés avec leurs cavaliers.

Quand la musique s'interrompit, les danseurs refluèrent vers leurs places, Dido ravie d'avoir tenu son veuf kolé séré. À ce moment, Bishupal, toujours flanqué d'Archie, arriva droit sur leur table. Ils formaient une étrange paire : Bishupal, beau et triste comme un archange chassé du paradis, Archie, avec sa jolie gueule de mauvais génie. À leur vue, les langues se délièrent. Quelle honte ! Ces deux-là s'étaient installés avec leurs vices et leur scélératesse chez la mère d'Archie, Anna van Emmeling, une veuve. La pauvre ignorait que deux garçons pouvaient faire l'amour ensemble et, bouleversée, avait couru auprès de son confesseur. Depuis, elle se confondait en neuvaines. La nuit, elle n'arrivait pas à fermer l'œil pendant que ces deux démons se saoulaient, copulaient et se battaient.

Indifférent à ces ragots, Bishupal transperçait Rosélie du regard sans saluer, ni sourire, ni battre des paupières. Au bout d'un moment, entraînant Archie, il rebroussa chemin et disparut dans la cohue.

Malgré les litres de «Plaisir de Merle» ingurgités et l'heure à laquelle elles étaient rentrées — d'ailleurs Dido ne s'était pas couchée, toute la nuit, elle avait regardé Keanu Reeves dans *Sweet November*, déplorant sa solitude sur pellicule et la sienne dans la vie réelle —, le soleil n'avait pas ouvert les yeux que cette dernière fonça dans la chambre de Rosélie. La nouvelle était de taille.

En première page de la *Tribune du Cap* s'étalait le verdict.

Fiéla n'avait été condamnée qu'à quinze ans de prison. Bien sûr, l'avocat général avait réclamé la réclusion criminelle à perpétuité, déplorant à demi-mot que la peine de mort ait été abolie en même temps que l'apartheid. Seul le châtiment suprême aurait répondu à l'horreur du forfait. Mais les jurés ne l'avaient pas suivi. Les deux avocats requis d'office, ces jeunots blonds et roses que tout le monde prenait pour une paire de nigauds, avaient accompli des merveilles. Habilement, au milieu du procès, ils avaient changé de tactique. Ils avaient appelé à la barre une foultitude de témoins. À se demander d'où ils les avaient sortis ! Un homme avait juré avoir rencontré Adriaan plus d'une fois à des heures indues saoul comme un Polonais. Une femme, que, la croisant dans un chemin écarté, il avait exposé son membre vigoureux à sa fille de huit ans. Une de ses collègues à l'hôtel Vineyard se plaignait qu'à la moindre occasion il lui pétrisse les seins et les fesses. Un autre affirmait qu'il organisait des parties de poker clandestin dans un angle des cuisines. Bref, l'image du père Tranquille, mari solide, régulier au temple, chantant les cantiques d'une voix forte et juste, en avait pris un coup. Les deux jeunots blonds et roses que tout le monde prenait pour une paire de nigauds avaient introduit le doute. Le doute, il ne suffit que de cela en justice !

Soudain, Adriaan était suspecté d'avoir mené une double, voire une triple ou quadruple vie. Évidemment, l'opinion publique protestait, convaincue de la culpabilité de Fiéla. Une foule en rage avait entouré le palais de justice, exigeant que soit rétablie l'antique loi : un œil pour un œil, une dent pour une dent. Qu'on la tue, cette meurtrière. Qu'on la découpe en petits morceaux ainsi qu'elle l'avait fait au pauvre Adriaan.

Une photo accompagnait l'article de la *Tribune*. Debout entre ses gardes, une grande gaule de femme, comme moi, la figure énigmatique, comme moi, se préparant à ajouter son nom à la liste déjà longue des folles et des sorcières. Nul ne saurait jamais la vérité. Fiéla n'avait pas prononcé un mot pendant les dix jours du procès. Elle n'avait pas trahi sa joie à l'annonce de sa peine. Elle n'avait pas remercié ses sauveurs. Bref, elle emportait son secret dans la geôle.

Fiéla, Fiéla, pendant ces quelques jours, je t'avais oubliée dans l'angoisse où je vis. Toi au moins, tu connais le chemin tracé devant tes pieds. Moi, il me semble qu'un précipice m'attend où je vais sombrer sans jamais me relever. Dis-moi. À moi, tu peux tout confier, pourquoi est-ce que tu as tué Adriaan ? Quel était son crime ? Tu lui avais pardonné la première fois quand il a donné un ventre à Martha, la petite voisine. Ce nouveau crime était-il pire ? Tes avocats suggèrent-ils la vérité ? Qu'est-ce qu'il te cachait encore et encore et qu'en fin de compte tu as découvert ?

Rosélie coupa court aux récriminations déjà

entendues de Dido sur la barbarie du pays depuis que les Cafres étaient au pouvoir et s'extirpa du canapé-lit. La consultation de Joseph Léma était à onze heures rue Faure. Avec ces interminables trajets en autobus, elle aurait tout juste le temps d'un détour par le Strand. Elle ne savait pas ce qu'elle espérait de l'inspecteur Sithole. Parler. Parler de Fiéla. De Stephen aussi. À présent, les deux histoires se mêlaient dans sa tête.

Où commence la mienne ? Où finit la sienne ?

Mais l'inspecteur Lewis Sithole n'était pas au commissariat, où un désordre sans pareil régnait. Des délinquants noirs, des policiers blancs, noirs. Délinquants, policiers, avec d'identiques figures brutales et vicieuses comme si le bien, le mal, l'ordre, le désordre, la justice, l'injustice se confondaient. Sans doute à force de se côtoyer, ils finissent par se ressembler. Un Blanc, la face couverte d'acné bien qu'il eût largement passé l'âge de ce mal juvénile, la lèvre supérieure ornée d'une moustache à la Führer, aussi gros que Lewis Sithole était fluet, occupait son bureau. Sourcils froncés, il fit subir à Rosélie un interrogatoire très sec : Nom – Adresse – Profession – Objet de la visite, avant de l'informer :

— Sithole a perdu sa femme. Il est parti dans le Kwazulu-Natal. Il reviendra demain ou après-demain.

Comme elle prenait congé sans demander son reste, il l'arrêta avec la sempiternelle rengaine prononcée de ce ton indéfinissable, rassurant et menaçant à la fois :

302

— On répète à qui mieux mieux que la police ne fait rien. Pourtant, ce n'est pas vrai. Nous ne chômons pas, nous finissons toujours par découvrir la vérité.

Une fois dehors, Rosélie prit sans s'en apercevoir la direction du Three Penny Opera. À croire que son corps obéissait à des ordres donnés à son insu par son cerveau.

L'incompréhensible grossièreté de Bishupal l'obsédait. Jamais très communicatif ni souriant, au moins, il était poli. Un soir, lasse de le voir accroupi devant le bureau de Stephen, elle lui avait apporté une chaise et un verre de Coca-Cola qu'il n'avait pas refusés.

Vu l'heure, les commerçants lavaient encore leurs trottoirs à grande eau. Les SDF avaient déguerpi, abandonnant leurs ordures : bouteilles de vin vides, boîtes de conserve ouvertes, tas de hardes, morceaux de papier. La condamnation unanimement jugée trop légère de Fiéla était sur toutes les lèvres. Avec le jeu des réductions de peine, dans dix ans, elle serait libre comme l'air, libre de réduire un autre innocent en charpie.

Elle s'en aperçut dès l'entrée : au Three Penny Opera, pas trace de Bishupal, ni d'Archie. Assise sur un tabouret, une blondinette feuilletait un magazine. Des clients blancs fourrageaient dans le rayon Opéra. Des Noirs dans le rayon World Music. Mme Hillster paraissait plus ravagée que jamais. Avec son nez busqué, ses yeux retrécis entre les paupières fripées, elle ressemblait de plus en plus à la fée Carabosse ou plutôt à l'image que l'on se fait de la fée Carabosse, puisque celle-ci est un être de fiction, ne l'oublions pas. Mme Hillster était bien la seule à ne pas s'offusquer de la clémence du jury de Fiéla ! Elle avait d'autres soucis !

— Je n'arrive à trouver d'acquéreurs sérieux ni pour ma villa ni pour mon magasin, se plaignit-elle. Une ambassade africaine m'a fait une offre pour la villa. Mais je n'ai pas confiance. Vous me comprenez ?

Bien sûr ! C'est connu, les ambassades africaines sont insolvables et laissent des ardoises derrière elles, à Washington DC comme à Paris. Pourtant, Rosélie n'était pas au Three Penny Opera pour disserter sur les ambassades africaines :

— Figurez-vous que, hier, j'ai rencontré Bishu-pal à un mariage. Il a refusé de me saluer.

À ce nom, Mme Hillster ressembla à un boxeur sonné qui a reçu un coup dans l'estomac. Ses yeux s'emplirent de larmes. Elle bégaya :

— Bishupal ne travaille plus ici.

— Depuis quand ?

Les phrases se bousculèrent dans sa bouche :

— Lui que je chérissais comme mon propre gar-çon, c'est un ingrat. Comme il m'avait envoyé cet Archie qui ne valait rien, qui ne connaissait rien à rien, à part le hip-hop, qui mélangeait tout, Verdi et Rossini, la Callas et Élisabeth Schwarzkopf, ce n'est pas donné à tout le monde de travailler dans la musique, il faut des connaissances, qui fumait des joints et qui était insupportable par-dessus le marché, insolent, toujours son téléphone collé à l'oreille, je l'ai appelé pour savoir quand il envisageait de revenir. Rien que de très normal, non? Alors, il m'a répondu très grossièrement qu'il n'était pas mon esclave, que j'étais une sale colonialiste comme les autres, moi! moi! Que je m'étais servie de lui comme les autres, moi, moi! Après tout le bien que je lui ai fait, depuis le jour où Stephen me l'a présenté.

— C'est Stephen qui vous l'a présenté? interrogea Rosélie, atterrée.

— Comment, vous ne le saviez pas? s'exclama Mme Hillster, la lumière mauvaise se rallumant au fond de ses yeux. Bishupal était messager à l'ambassade du Népal. On l'a renvoyé, je ne sais trop pourquoi, et Stephen qui n'aimait rien tant que jouer les bons apôtres a volé à son secours. Il me l'a amené; il lui a payé de sa poche des cours par correspondance; il lui a trouvé un studio.

C'était bien dans la nature de Stephen, souvent généreux avec excès, toujours entouré de toutes qualités de protégés, étudiants, jeunes artistes, poètes, peintres, sculpteurs. Cependant, Mme Hillster distillait ces informations avec fiel, se délectant visiblement du sens que l'on pouvait leur prêter :

— Pour finir, il m'a hurlé qu'il ne remettrait plus les pieds chez moi, ni lui ni Archie! D'ailleurs, qu'il s'apprêtait à quitter ce foutu pays pour l'Angleterre. Ce que vous me racontez ne m'étonne pas, il vous a toujours détestée.

Moi? Pourquoi?

Pourtant, Rosélie ne posa pas cette question à haute voix et détala.

En son absence, Joseph Léma, familier des lieux, s'était déshabillé. Découvrant ses épaules osseuses, il s'était allongé sur la banquette du cabinet de consultation. Il avait déjà commenté le procès de Fiéla avec Dido, qui lui avait offert une tasse de café. À présent, il était prêt à exposer son point de vue à Rosélie. L'Afrique du Sud était le plus étrange des pays. Après les crimes de l'apartheid, sa philosophie de tolérance et de pardon était bien irritante. Fiéla ne méritait rien qu'une exécution publique. Cela aurait remis à l'endroit la tête des femmes qui auraient eu envie de l'imiter et de croquer leur mari. Exemple à suivre, le Nigeria qui lapide les adultères.

Rosélie ne discuta pas. Une fois de plus, elle avait l'esprit ailleurs.

18

Après une nuit sans sommeil entrecoupée de rêves aussitôt oubliés que prolongeait en elle le souvenir de leur horreur, Rosélie descendit à son atelier. Quand elle ouvrit les fenêtres, le ciel s'étendit morne et sans couleur. Une étoffe nouée serré au-dessus de la ville. Une bise aigre la gifla. Dans la lumière glauque du devant-jour, les arrière-cours des maisons remplies d'un bric-à-brac dis-

parate, instruments de jardinage, tuyaux d'arro-
sage, karchers, émergèrent. Elle referma les persiennes et s'assit sur le sofa qu'elle réservait à ses
visiteurs, sans jeter un seul regard à ses toiles
maussades, attristées comme des filles que leur
maman ignore. Elles l'interrogeaient silencieusement :

Est-ce que nous ne comptons plus pour toi ? Tu
sembles l'ignorer, nous sommes le sang qui te
donne la force, le sang qui irrigue ton cœur et chacun de tes membres. Si tu ne peins plus, tu ne vis
plus. Quand reviendras-tu vers nous ?

Bientôt, bientôt. Il me faut balayer le devant de
ma porte, comme on dit à la Guadeloupe, c'est-à-
dire mettre de l'ordre en moi.

Elle se serra théâtralement la tête entre les
mains. Si elle allait frapper chez la veuve van
Emmeling, Bishupal serait bien forcé de la recevoir, de répondre à ses questions. Mais que lui
demanderait-elle, à celui-là aussi ? Ses genoux fai-
blirent, ses pensées se dérobèrent. Elle se rappela
sa visite à Hermanus, Chris Nkosi et son air puéril :

— Vous êtes folle !

Ah ! Il avait bien dû rire derrière son dos. Il se
moquait d'elle ! Comme Bishupal se moquerait
d'elle. Comme tous les autres se moqueraient
d'elle !

Tous les autres ?

Comme pour fuir un danger qui tel le cyclone
annoncé par les services de la météo se rapprochait
inexorablement des côtes, elle bondit hors de

l'atelier et s'engouffra dans l'escalier. Tandis qu'elle dévalait les marches quatre à quatre, le glapissement d'une sirène de police se ruant vers un commissariat avec sa charge de malfrats scandait ses pas. Tant pis pour ceux qu'on avait volés, violés, tués à la faveur de l'ombre! Personne ne souffrait autant qu'elle qui avait tout perdu. Elle déboula près de l'arbre du voyageur. Dans le jour avare, Deogratias encore engoncé dans ses vêtements de nuit buvait à petits coups un thé de racines qu'il avait apporté dans un thermos. Devant lui, l'Évangile selon saint Luc était grand ouvert. Il interrompit sa lecture et s'étonna :

— Déjà réveillée?

Elle parvint à bredouiller une réponse et entra dans le bureau de Stephen. On aurait dit qu'elle pénétrait dans un tombeau de pharaon. Dans l'ombre, à portée de main, des trésors, irrésistibles tentations pour des voleurs voyeurs. Cependant, elle n'alluma pas la lumière, ne releva pas les persiennes et ne chercha rien autour d'elle. Elle n'essaya pas de forcer les serrures, d'ouvrir les tiroirs, d'interroger l'ordinateur, silencieux, blafard, replié sur ses secrets. Simplement, elle s'assit dans le fauteuil que Stephen avait occupé tant de fois et dont le siège en cuir gardait l'empreinte de son corps. Elle posa les mains à plat sur le bois, repassant dans sa tête ces années qu'elle avait toujours considérées comme heureuses. Stephen et elle ne se disputaient jamais. Elle le laissait tout décider, tout ordonner, tout résoudre. À son avis, il faisait pour le mieux. Dès la rencontre au

Saigon, les rôles avaient été distribués et n'avaient plus varié. Il était le Maître nageur. Elle était la Naufragée. Il était le Chirurgien. Elle était l'Opérée du cœur. Un lien de Reconnaissance doublait celui de l'Amour.

Elle revit ces années. New York, Tokyo, Le Cap. Jusqu'à cette nuit qui avait placé son point final incongru et grinçant. Toutes ces années chargées d'incidents souvent agréables, rarement importants ou notoires, qui mis bout à bout composaient une union réussie. Réussie? Pour la première fois, elle osa scruter ce mot tel un bijoutier à l'affût d'un crapaud dans un diamant. Bientôt, les larmes ruisselèrent sur ses joues.

Sur quoi pleurait-elle? Il fallait accepter avec l'inspecteur Lewis Sithole l'idée que la mort de Stephen n'était pas l'œuvre de jeunes drogués en mal de crack. Fait divers sans originalité pour journalistes sans copie. La violence gratuite des temps modernes n'avait rien à voir là-dedans. Une vérité nauséabonde se cachait, pareille à un poupon emmailloté dans des couches souillées.

En ce qui concernait Stephen, au fin fond d'elle-même, dans cette part de soi où jamais la lumière de la vérité ne s'aventure, elle devait s'avouer qu'elle avait toujours su qui il était. D'ailleurs, le premier jour, ne l'avait-il pas prévenue, mine de rien, à sa manière désinvolte et joueuse?

— Je n'aborde jamais les femmes. Elles me font trop peur.

Simplement, elle avait choisi d'ignorer l'évidence. Heureux ceux qui ont deux yeux pour ne rien voir. *Sa zyé pa ka vwè, kyiè pa ka fè mal*, dit le proverbe guadeloupéen. Elle avait refusé de payer le prix terrible de la lucidité.

Alors, qu'est-ce qui lui pesait soudain? Pourquoi était-elle envahie d'un sentiment de révolte, d'un sentiment d'avoir été flouée? À ce point de ses pensées, elle s'efforça maladroitement d'être moqueuse. Surtout pas d'expressions à la Beauvoir! Pourtant, l'ironie ne l'aida pas. Elle souffrait comme jamais.

— Stephen, c'est de la *mierda*! avait hurlé Fina.

— Tu te sacrifies pour rien, avait renchéri Dido.

Qui devait-elle pleurer?

En vérité, est-ce qu'elle devait pleurer?

C'est toutes ces réflexions que Dido interrompit avec son plateau, ses tasses de café et la *Tribune du Cap*. À la une, Fiéla, qui avait pris la route de la prison centrale de Pretoria, réservée jadis aux prisonniers politiques les plus rebelles, avait été remplacée par une autre femme, blanche cette fois, unie dans la même folie et la même malfaisance. Une fois de plus, les bien-pensants s'offusqueraient. Celle-là avait noyé ses cinq enfants, le plus jeune âgé de quelques mois, dans la baignoire familiale.

D'un geste, Rosélie interrompit les imprécations de Dido et attira une tasse à elle. Elle la porta à ses lèvres, but une gorgée de liquide brûlant, puis demanda, très bas :

— Tu savais, n'est-ce pas?

Aussitôt, Dido se troubla. À croire que depuis des jours elle n'attendait que cette question. Son

310

regard, éperdu, tel un papillon nocturne empri-
sonné par mégarde dans un galetas, fit l'entour de
la pièce avant de revenir se poser sur Rosélie.

— Qu'est-ce que je savais ? interrogea-t-elle.

Rosélie murmura simplement :

— Stephen ?

Toute l'affection de Dido reflua dans ses yeux,
qui soudain brillèrent de l'éclat des larmes. Elle
hésita, puis bégaya :

— Oui, je savais. Comme tout le monde. Mais
toi ? Quand l'as-tu su ?

Là-dessus, elle se mit à pleurer bruyamment
avec des hoquets et des sanglots. Elle reprit avec
passion :

— Tu n'en parlais jamais, aussi je n'osais pas
aborder le sujet. Je ne comprenais pas. Je me
torturais. Je pensais : elle ne peut pas ne pas savoir.
Alors, elle accepte ? Est-ce qu'on peut accepter
pareille chose ?

Rosélie se versa une deuxième tasse et fit lentement :

— Au fond de moi-même, je savais. Depuis le
début. Accepter ? Je ne sais pas si j'acceptais. Je
niais la vérité pour n'avoir pas à décider.

Voilà ! C'était dit.

Au milieu de cette lugubre matinée, Rosélie
écrasée, assise dans le patio, revoyant chaque
moment de sa vie sous un nouvel éclairage, Dido
remuant bruyamment ses casseroles dans la cuisine comme pour donner le change par ce regain

d'activité, l'inspecteur Lewis Sithole, qui avait visiblement fini de pleurer sa femme et repris sa figure des jours de travail, fit son apparition. Il était entouré de deux Blancs, ficelés dans leurs uniformes, versions juvéniles de Laurel et Hardy. Rosélie lui présenta ses condoléances. Mais il haussa les épaules :

— Nous ne vivions pas ensemble. Elle restait près de Pietermaritzburg avec nos deux garçons, car elle n'a jamais pu s'habituer au Cap. Apartheid ou pas, chez nous, cela a toujours été autre chose.

Il enchaîna sans transition :

— J'ai un mandat de perquisition. Nous voudrions fouiller le bureau de votre mari.

Rosélie douta de ce qu'elle entendait. On nageait en plein polar. Agatha Christie ou Chester Himes ? *Le meurtre de Roger Ackroyd* ou *La reine des pommes* ? Il fit signe à ses comparses :

— Allez-y, les gars !

Sans plus attendre, Laurel et Hardy se précipitèrent dans le bureau.

Est-ce que je rêve ? Un écrivain espagnol a écrit : « La vie est un songe. » Alors, oui, je rêve. Je vais me réveiller blottie contre l'ample poitrine de Rose, le goût du lait de son sein dans ma bouche, l'odeur chaude de sa peau m'enivrant. Ce n'est pas à moi que cela arrive. Qu'est-ce que j'ai fait pour mériter pareil calvaire ? Qu'est-ce que j'expie ?

Toujours la même faute. Il n'y a pas de pardon pour les filles assassines.

Sous ses airs professionnels, l'inspecteur Lewis Sithole était mal à l'aise. Son masque de matou madré se craquelait par endroits et perçait une compassion embarrassée. À force, il était devenu l'ami de Rosélie et souffrait de son rôle de bourreau.

— Tout se précise, fit-il. Hier, nous avons arrêté Bishupal Limbu pour le cambriolage du Three Penny Opera, effectué en février dernier, une semaine après le meurtre de votre mari. Mme Hillster avait beau jurer ses grands dieux de son innocence, nous n'en avons rien cru. Depuis ce moment-là, nous l'avions à l'œil. Nous savions que, tôt ou tard, il se découvrirait. Cela n'a pas manqué. Non seulement il a quitté son travail et s'est mis à mener la vie de château, mais il a acheté deux billets d'avion pour Londres, deux billets aller-retour comme les services d'immigration l'exigent, un pour lui, un pour un certain Archie Kronje, son ami, et il les a payés cash. South African Airways nous a prévenus aussitôt. Interrogé, il n'a pu expliquer d'où sortait cet argent. D'après lui, il s'agirait de ses économies. Avec ce qu'il gagnait! Nous avons vérifié.

Là, il s'interrompit afin que Rosélie, sans doute, le complimente sur son efficacité. Comme elle restait bouche bée, sans geste, presque sans pensée, il continua :

— Nous savons que, grâce à votre mari, il a obtenu un visa pour l'Angleterre. Ce n'est pas le cas de M. Kronje, qui n'a jamais quitté le pays. Un certain M. Andrew Spire ayant changé sa ligne téléphonique, on ne sait pour quel motif, M. Limbu lui a donc adressé un premier message télégraphique, puis un second, dont les P et T nous ont chaque fois donné copie, pour lui demander de se porter garant pour le visa de son ami.

— Andrew! s'exclama Rosélie, atterrée, les contours d'une diabolique coalition se dessinant soudain sous ses yeux.

— Vous le connaissez?

Qu'on ne s'y trompe pas. Le ton n'était pas celui d'une question, mais d'une affirmation. Elle bégaya:

— Oui! C'est... c'était le meilleur ami de mon mari. Chaque été, depuis près de vingt ans, nous allions chez lui à Wimbledon.

L'inspecteur Lewis Sithole se pencha en avant, plus près, tout près, et Rosélie respira l'odeur saine, tabac et Tic-Tac, de son haleine.

— C'est là que tout se corse et que nous entrons dans la seconde affaire, bien plus grave, le meurtre de votre mari. Vous pouvez nous aider à répondre à deux questions. Premièrement, à votre avis, comment Bishupal Limbu connaissait-il M. Spire?

Le cœur de Rosélie avait tellement ralenti qu'il lui semblait être morte. Elle parvint à balbutier:

— Stephen avait inscrit Bishupal à des cours par correspondance à Londres. Peut-être pour cela avait-il dû faire appel à l'aide d'Andrew.

— Admettons. Deuxièmement, savez-vous si M. Spire avait l'intention de l'héberger au cas où il émigrerait en Angleterre?

— Je n'en sais rien, répondit Rosélie à l'agonie.

L'inspecteur Lewis Sithole réfléchit un long moment avant de reprendre son récit:

— Malgré l'insistance de M. Limbu, l'assurant qu'Archie Kronje était comme lui un protégé de votre défunt mari, M. Spire semblait se méfier. Il n'a répondu ni au premier ni au second télégramme. M. Limbu s'est alors rendu au Cyber Café du Strand et lui a adressé une série d'e-mails de plus en plus pressants dont nous avons eu chaque fois copie. En vain. À votre avis, pourquoi ce silence obstiné de M. Spire?

Je n'en sais rien non plus! Inspecteur, je le répète, qui mène l'enquête? Vous ou moi?

— Comme nous n'avons pas qualité à interroger M. Spire, nous avons demandé à nos collègues de Scotland Yard de le faire à notre place, nous attendons leur réponse. Nous voulons connaître les relations exactes entre M. Limbu et M. Spire, comment ils se sont connus et si un accord a été initialement passé entre eux, que M. Spire a en fin de compte dénoncé.

Quel accord?

— Il est possible que, sur l'intervention de votre mari, M. Spire ait promis à M. Limbu de l'héberger, et même de l'aider matériellement à s'installer en Angleterre.

Tout cela ne tient pas debout. Stephen n'avait rien d'un naïf. Comment conseillerait-il à un individu sans aucune qualification d'émigrer en Angleterre? À ce moment, un des hommes, Laurel, s'encadra sur le seuil de la porte du bureau et déclara d'un ton plaintif :

— Patron, il y a plus d'une centaine de cassettes vidéo!

L'inspecteur ordonna :

— Laisse ! Je ne crois pas qu'en les visionnant elles donneront grand-chose.

Non, ce n'est que du Verdi ! À moins que vous n'appréciiez les trompettes d'*Aïda* !

Laurel insista :

— Et l'ordinateur ? Les disquettes ?

Lewis Sithole n'hésita pas :

— On les embarque !

Laurel disparut de nouveau à l'intérieur de la pièce. Il s'ensuivit un lourd silence.

— Ne pensez-vous pas, reprit l'inspecteur, que M. Spire a soupçonné Bishupal Limbu d'être impliqué dans le meurtre de votre mari et, dès lors, n'a plus voulu rien avoir de commun avec lui ?

Comment aurait-il pu soupçonner quoi que ce soit, alors qu'il vivait à dix mille kilomètres de distance, ne savait rien de Bishupal ni des détails des terribles événements de février ? C'est moi qui l'ai tenu au courant. Rompant avec sa réserve, voire sa froideur habituelle, Andrew lui avait aussitôt offert un billet d'avion pour venir en Angleterre. Elle pourrait demeurer chez lui autant qu'elle le voudrait. Dans sa détresse, un temps, elle en avait caressé l'idée.

Revenons à nos moutons, tout meurtrier agit poussé par un mobile. Quelle raison Bishupal aurait-il eue de s'attaquer à Stephen ? Quel insensé tue sa poule aux œufs d'or ?

Le masque de l'inspecteur se craquela tout à fait et le visage fraternel caché en dessous apparut. Pourtant, il ne mâcha pas ses mots :

— Votre mari entretenait depuis plus de deux ans une liaison avec M. Limbu. Il semblerait qu'il n'ait pas tenu les promesses qu'il lui avait faites. En particulier, celle concernant son installation avec lui en Angleterre. D'où des querelles incessantes. Ma théorie est qu'un soir de février une de ces querelles, plus violente, s'est terminée comme nous savons.

Inspecteur, pardon, d'aucuns appellent l'imagination la folle du logis !

— Je n'invente rien, fit l'autre gravement. Tout ce que je vous dis s'appuie sur des faits vérifiés. Je dois dire que nous n'avons pas retrouvé l'arme du crime malgré nos perquisitions chez M. Limbu. Il habitait un studio à Green Point. Vous vous rappelez le fameux coup de téléphone à votre mari à minuit dix-sept ?

Rosélie, écrasée, ne se rappelait rien.

— Nous avons interrogé les voisins, reprit Lewis Sithole. Bien sûr, ils connaissaient votre mari, un visiteur fréquent, et peuvent attester de ces disputes quasi quotidiennes qui les dérangeaient considérablement. Plus la musique, plus la drogue.

La drogue ? Et quoi encore ? C'est Stephen qui m'a guérie de mon goût pour la marie-jeanne. Il militait pour sa libéralisation, mais il n'avait pas fumé une malheureuse cigarette depuis ses dix-huit ans.

— Quelques semaines avant la mort de votre mari, continua l'inspecteur, les locataires ont adressé une pétition à Kroeger et Co, propriétaire de l'immeuble. Ils demandaient le départ de

M. Limbu. Ils ont obtenu gain de cause et, au mois de mai, M. Limbu a été éjecté. Il s'est réfugié à Mitchells Plains chez la mère de son nouvel ami, M. Kronje.

Son nouvel ami? Décidément, personne n'a pleuré Stephen longtemps! Moi! Bishupal!

L'inspecteur secoua la tête :

— Les relations de Bishupal Limbu et d'Archie Kronje datent d'avant la mort de M. Stewart, d'un an environ. Ils se sont connus sur un terrain de sport. Tous deux sont passionnés de foot. Ils sont aussitôt devenus inséparables, Archie s'installant à Green Point. Apparemment, votre mari l'a très mal pris. Les disputes du couple sont devenues des batailles à trois.

De qui parlons-nous? De l'homme avec qui j'ai vécu vingt ans, que j'ai cru mon sauveur, que j'ai toujours admiré, respecté? De l'homme en qui j'avais toute confiance? Stephen entre deux gamins, se battant vulgairement pour la possession de l'un d'entre eux!

— Il s'agit donc d'un drame de la jalousie dont nous ne connaissons pas encore les détails, conclut Lewis Sithole.

Un drame sordide, voilà ce que c'est!

À ce moment, chargés de leur butin, Laurel et Hardy sortirent du bureau. L'inspecteur se leva et affirma d'un ton qui se voulait rassurant :

— Je pense que M. Limbu passera bientôt aux aveux. C'est un individu très fragile. Pas une petite gouape comme M. Kronje, que nous avons plusieurs fois arrêté, pour cambriolage, pour trafic de drogue, mais que chaque fois nous avons dû relâcher, faute de preuves.

Ah, oui! De l'avis de tous, Bishupal, lui, était un être d'exception!

L'inspecteur Lewis Sithole répéta :

— Croyez-moi, il ne tiendra pas longtemps. Alors, pour vous, ce cauchemar sera fini.

Fini? Il ne fait que commencer. Tous mes souvenirs, toutes mes certitudes sont bouleversés comme après un ouragan. Le paysan sort de sa case, préservée par miracle, et ne reconnaît plus le paysage. Il marche dans un champ de ruines. Là s'élevaient des pié-bwa, des goyaviers, des letchis, des buissons d'icaque. Là, des bananeraies. À présent, tout est tombé, arraché. La terre est ventre à l'air. Les racines sinuent, pareilles à des serpents.

En dépit des apparences, ma vie ressemble à celle de Rose. Toutes les vies de femmes se ressemblent. Cocues, humiliées quand elles ne sont pas abandonnées. Simplement, à la différence d'Élie, et de tant d'autres, Stephen y a mis les formes.

The coward does it with a kiss
The brave man with a sword.

Dido s'encadra entre les bougainvillées, portant précautionneusement une tasse remplie d'un liquide fumant.

— Bois! ordonna-t-elle. Cela te remettra. C'est

une infusion de pousses de figuier d'Égypte avec des pétales de violettes de Madagascar.

On aurait pu lui recommander de boire elle-même sa mixture tant elle semblait épuisée, les yeux rouges, les paupières gonflées de larmes. Rosélie obéit, sentant la bienheureuse chaleur du breuvage se répandre à travers son corps gourd. Dido s'assit en face d'elle et balbutia :

— Est-ce que tu m'en veux?

De quoi? Je n'en veux qu'à moi-même, de ma lâcheté.

L'autre se mit à pleurer :

— Tu paraissais avoir tellement confiance en lui.

Oui, j'étais confiante, heureuse, à ma manière! Certains affirment que le bonheur n'est jamais qu'une illusion. Alors, pourquoi en vouloir à Stephen? Il me l'a donnée, cette illusion, pendant vingt ans.

Rosélie ordonna, caressant affectueusement la main de Dido qui reposait sur son genou :

— Ne parlons plus de cela.

Pour le moment bouillonnaient en elle chagrin et révolte. L'heure n'avait pas sonné où elle serait capable de réexaminer sa vie. Sans passion, comme on relit un livre dont on a tourné les pages trop vite et qu'on a de ce fait mal compris. Comme on réécoute une musique qui contient un motif que l'on n'a pas perçu. Quand poindrait l'aube de ce salut? Elle ne voyait devant elle que la traversée d'un marécage de douleurs.

— Je crois que je vais partir, murmura-t-elle. Plus rien ne me retient ici.

Elle prenait sa décision à l'instant même où elle parlait. En vérité, à quoi bon rester au Cap à jouer les vestales dans un temple profané? Sa posture était non seulement inconvenante, mais ridicule.

Rentrer chez soi!

Après l'infini de la mer, l'avion survole la mangrove, hérissée d'oiseaux blancs, les oiseaux pique-bœufs. Indisciplinée, la foule des voyageurs se bouscule avant l'arrêt complet de l'appareil, malgré les consignes de l'équipage. On n'arrête pas le progrès. Je n'avais jamais vu le nouvel aéroport de verre et de béton, conçu pour l'affluence des jets et des Boeing. Malheureusement, depuis peu, l'île est livrée à toutes sortes de violences. On braque dans les Écomax. Les touristes sacs au dos ne savent plus où acheter leur jambon torchon. Ils désertent ce paradis tellement différent de ce qu'on leur avait promis. Où sont les «Adieu foulards, adieu madras» que l'on chantait au départ des paquebots? Où sont les doudous à la chevelure d'huile? Des hommes cagoulés maniant des fusils à canon scié les ont remplacées. Conséquence, les compagnies d'aviation plient leurs ailes. Les hôtels ferment boutique.

Tante Léna m'attend à l'aéroport. Elle ressemble de plus en plus à la reine Mary, si tant est qu'une mulâtresse guadeloupéenne, façon chappée-couli, puisse ressembler à une aristocrate anglaise. Ses cheveux toujours soigneusement crantés à l'entour des oreilles sont blancs, tout blancs. Surprise, elle ne conduit plus. Il y a belle lurette qu'elle a vendu la DS 19 de Papa Doudou. C'est une vieille dame, un vieux-corps à présent. Elle a fait appel à un petit-neveu, chargé de communication dans une grosse boîte de Jarry, «rentré» l'an passé, chanceux, déjà du travail dans un pays qui compte 35 % de chômeurs. Il possède une Twingo couleur moutarde, horrible comme toutes les voitures françaises, pour se garer facilement, paraît-il. Il me regarde comme une bête de foire. On lit ses pensées dans ses yeux :

Pas possible ! C'est elle ?

À nouveau, Dido fondit en larmes :

— Si tu pars, si tu me laisses, comme je serai seule !

Rosélie s'efforça de plaisanter :

— Allons donc ! Tu auras Paul pour te consoler.

Dido pleura plus fort :

— Paul ! Est-ce que tu ne sais pas qu'il vient de se mettre avec Gabriella ?

Gabriella était une cousine, veuve elle aussi, mère de trois enfants. Elle aussi dépassait Paul de plus d'une tête et possédait un tour de taille imposant. Mais son sourire, ses yeux noisette avaient gardé la timidité de ses vingt ans. Sa voix était douce, elle s'exprimait les yeux baissés. Bref, c'était tout le contraire de Dido. En fin de compte, ses sœurs l'avaient prévenue : les femmes ne doivent jamais porter la culotte.

19

C'est dans la voiture de Papa Koumbaya, peu avant d'arriver à Lievland, qu'elles l'apprirent. Dido somnolait dans un coin. L'esprit de Rosélie vagabondait tristement autour de Stephen : M'a-t-il aimée ? Pendant toutes ces années, a-t-il joué la comédie ? Pourquoi aurait-il joué la comédie ? Papa Koumbaya radotait les histoires d'hôtels pour hommes. Il avait son sexe bien en main, le sperme moussait, quand Sun FM interrompit brutalement les rythmes saccadés d'un rap pour annoncer la tragédie.

Fiéla s'était ouvert les veines avec le manche de sa cuillère qu'elle avait limé comme un poignard. Transportée d'urgence à l'infirmerie de la prison, elle n'avait pu être ranimée. Son corps avait été remis à Julian.

Rosélie sombra aussitôt dans l'effroi et la culpabilité.

Fiéla, Fiéla, dans la débâcle de ma vie, pardonne, je n'ai plus pensé à toi. Moi aussi, je t'ai abandonnée. Pourtant, tu semblais n'avoir plus besoin de moi. Tu avais gagné en fin de compte. Explique-moi. Pourquoi as-tu revendiqué un châtiment que les hommes ne t'ont pas infligé ? T'estimais-tu coupable ? Ou est-ce que tu n'avais plus le cœur à vivre ?

Comme moi.

Rosélie avait tenu parole. Elle n'avait pas remis les pieds à Lievland depuis la mort de Jan.

Si elle s'y rendait ce week-end, c'était sur l'insistance de Dido. Brusquement, Sofie était tombée malade. Le médecin, des plus réservés, pensait qu'elle n'en avait que pour quelques jours. Elle ne s'alimentait plus. Elle se plaignait d'étouffements. Des fois, sa respiration s'arrêtait et elle gisait inerte, les joues, les lèvres bleuies.

À Lievland, les touristes affluaient. Les cars se rangeaient dans le parking et se vidaient d'une foule jacassante, prête à tout admirer, à tout photographier, les vignobles, la ceinture de montagnes, le Manoir, son ameublement. Dido et Rosélie montèrent jusqu'à l'appartement privé des De Louw. On avait transporté Sofie de la couche d'enfant où elle dormait depuis des années jusqu'au lit à baldaquin au centre de la pièce, face à l'armoire de Batavia en bois de Coromandel que Jan avait fixée jusqu'à sa dernière heure. Son corps s'y perdait. Le lit lui-même se perdait dans la pièce au sol recouvert de carreaux noirs et blancs comme un canot saintois dans l'immensité de la mer.

Rosélie s'approcha d'elle.

On aurait cru Sofie de l'autre côté de notre monde, n'eût été son regard, veilleuse bleue entre les paupières fripées. Tellement pareil par la patience et l'obstination à celui de Rose. Elle attendait son fils.

Elles sont ainsi, les mères. Elles ne croient pas à l'ingratitude et à la légèreté de leurs enfants.

La matinée s'écoula dans une atmosphère étrange. La lumière du soleil se déversait à profu-

sion à l'intérieur, caressant par jeu le damier
funèbre des carreaux. Des fenêtres parvenaient
les exclamations des touristes, des Suédois cette
fois. Ils musardaient à travers les champs, se
tenaient par la taille, posaient pour des photos.
Dehors donc, c'était la joie, la vivacité. Dans la
chambre, c'était le recueillement et l'effroi qui
accueillent la mort. Dido et Elsie lisaient les
psaumes à mi-voix. Rosélie massait sans relâche
le corps glacé, blanc, tellement blanc, plus blanc
que l'oreiller, les draps, l'édredon. Sous la pression de ses mains, le sang affluait, mais il ne dis-
pensait par-ci, par-là qu'une chaleur éphémère,
pareille à celle d'un boucan qui ne cesse de
s'éteindre. Si ses gestes, suite à l'habitude, étaient
assurés, dans son esprit régnait la pire confusion.
Le chaos. Ses pensées étaient aussi embrouillées
que les fils d'un écheveau : Rose, Sofie, Stephen,
Faustin, Fiéla y tournoyaient inlassablement.

Des fois, surgissaient des souvenirs de son
enfance.

À La Pointe dans la chambre à coucher de Rose.
La fenêtre grande ouverte découpait un carré de
ciel. Au mitan se dessinait aussi nettement que
sur une photographie le clocher de l'église de
Massabielle, à croupetons sur son morne, offrant
à l'adoration des fidèles sa Vierge miraculeuse. La
dernière fois qu'on l'avait promenée à travers le
pays, elle avait rendu à des perclus l'usage de leurs
deux jambes tandis qu'à sa vue un sourd-muet de
naissance s'était mis à héler «manman». Rose, qui
à l'époque pesait cent douze kilos sur sa balance

et se berçait à l'étroit dans sa dodine, la calait sur les bourrelets de ses cuisses comprimées par les montants de bois. Elle l'interrogeait, un souffle de passion labourant sa poitrine :

— Qui tu préfères ? Ton papa ou ta maman ?

Rosélie n'hésitait pas et donnait docilement la réponse espérée :

— Ma maman.

Alors, Rose l'embrassait avec emportement.

D'autres fois, Stephen prenait la place de Rose. Le décor avait changé. Le soleil brillait, mais distant et froid. On était à New York. À travers les baies, on apercevait le chatoiement de l'Hudson et les tours du New Jersey. Stephen était assis en tailleur sur le lit, tenue de jogging, cheveux dans les yeux. Il questionnait :

— De tous tes amants, lequel as-tu préféré ?

Elle protestait :

— De tous mes amants ! Il n'y en a pas eu tellement, tu le sais bien.

Car les fonctionnaires de N'Dossou ne comptaient pas. Non ! Pas de quoi écrire un roman porno avec ma vie privée. Ni *Histoire d'O*, ni *Emmanuelle*, ni *La vie sexuelle de Catherine M.*, ni *Contes pervers* de Régine Deforges. Les voyeurs ne perdraient pas leur vue à m'épier. J'ai gardé ma virginité jusqu'à dix-neuf ans, âge canonique, même à mon époque. Je n'ai jamais connu de partouzes, de partenaires multiples. Je n'ai jamais forniqué dans un lieu public : musée, ascenseur, église. Peu de fellations. Pas du tout de sodomisation. Pour moi, le sexe n'a jamais été prouesse ni performance. Il a toujours rimé bêtement avec amour. Voilà pourquoi je ne sais pas si un Noir vaut deux ou trois ou quatre Blancs. Je n'ai jamais comparé mes hommes.

Stephen insistait :

— Quand même, lequel as-tu préféré ?

Là encore, elle n'hésitait pas sur la réponse :

— Toi, bien sûr !

Il la couvrait de baisers.

Est-ce qu'il mentait à ce moment-là ?

Fiéla, là où tu es maintenant, tu sais tout. D'un mot, tu pourrais m'apaiser. M'a-t-il aimée ? A-t-il tout le temps joué la comédie ? Est-ce possible de jouer la comédie pendant vingt ans ? Et pourquoi ?

Puis, c'était au tour de Faustin. Faustin avait figuré dans sa vie un de ces enfants de la dernière heure, conçus sur le tard, les krazi a bòyò. Ils causent un grand bonheur à leurs quadragénaires de mères.

Je suis capable ! Mon mari est capable. Je confondais mes entrailles avec un paquet de ligaments secs et noueux. Son sexe avec un bâton de bois mort. Quelle erreur ! À deux, nous avons créé la vie.

Vers la fin de la matinée, les cars de touristes s'ébranlèrent en direction d'autres vignobles. Bientôt, un flot de voitures particulières les remplaça. L'odeur de la mort, cette odeur inimitable, attirait les amis, les parents, les alliés des De Louw, hochant tristement la tête et commentant :

— Eh bien, Sofie n'aura pas survécu longtemps à Jan ! Il y a quelques semaines, nous étions réunis en ce même endroit pour une aussi douloureuse circonstance. À croire qu'un cordon ombilical relie les époux, plus puissant que celui qui unit une maman à son enfant. Lui ne souffre pas d'être coupé.

La mine débonnaire, le maintien embarrassé et la mise sans apprêt de ces fermiers, de ces fermières ne devraient pas tromper. À travers le pays, ils avaient constitué les cohortes silencieuses, piliers de l'apartheid. Ils avaient, chacun à sa manière, préparé l'avènement de l'Afrikanerdrom, né lors de la rupture des liens avec l'Angleterre. Ils avaient souvent occupé des postes régionaux dans les instances du Parti. Dido, qui les connaissait chacun par leur prénom, leur présentait son amie Rosélie, médium, magicienne, capable de réaliser des miracles. Aussi, ils s'inclinaient devant elle avec un respect superstitieux. Rosélie, elle, luttait contre le malaise. Elle n'avait pas oublié le dernier regard de Jan. Aussi, elle se raidissait, guettait l'insulte et le mépris au fond de chaque prunelle.

Si Stephen avait été là, elle n'aurait pas échappé à une de ses tirades :

— Que crains-tu ? Que vas-tu encore chercher ? Ils ont l'esprit occupé par les peurs qui obsèdent les humains. Mêmes peurs que toi. Peur de la mort, peur de la vie, peur du connu, peur de l'inconnu. Du prévisible. De l'imprévisible. Est-ce qu'on doit constamment reprocher aux gens ce qu'ils ont été ? Est-ce qu'éternellement on doit tenir rigueur aux Anglais, aux Américains, aux Français, aux Blancs-pays guadeloupéens, aux békés martiniquais des crimes de leurs ancêtres esclavagistes ? Il faut aller de l'avant.

Stephen était injuste. Elle ne méritait pas ces critiques. Elle n'aurait pas demandé mieux que faire la paix avec tous, vivre libre et mourir. Est-ce sa faute si les autres, en face, ne désarmaient pas ? Eux gardaient en mémoire l'Autrefois et, malgré l'avancée du temps, leurs préjugés restaient intacts.

On a beau faire, le monde est un linge mal repassé dont on ne peut corriger les faux plis.

Vers midi, les prières s'interrompirent. La chambre de la mourante se vida, chacun se préoccupant de se restaurer. Dans la cour, les femmes allumèrent des réchauds et s'affairèrent autour des braais. Les hommes ouvrirent des canettes de bière et, malgré le deuil qui approchait, la cour du Manoir s'égaya comme une foire. Tout en dévorant les côtes de mouton, les amis, les parents, les alliés faisaient des pronostics désenchantés. Comme Sofie semblait affaiblie ! Par trois fois en quelques heures, sa respiration s'était arrêtée, puis était repartie en cahotant, sur un râle tenace. Est-ce qu'elle survivrait jusqu'à l'arrivée de Willem ? C'est-à-dire jusqu'au lendemain après-midi ? Rosélie s'attira une vive considération en affirmant que Sofie survivrait aussi longtemps qu'il le faudrait. Pourtant, son don de voyance ne surprenait pas. Les Cafres, on le sait, font d'excellents sorciers.

Au milieu du repas, le nouveau prêtre de la paroisse, le père Roehmer, un petit homme souffreteux, descendit de sa 4 × 4. Comme chaque jour, il portait la communion à Sofie. Malgré son apparence fragile, le père Roehmer avait résisté à neuf ans d'emprisonnement dans une prison de haute sécurité, accusé d'être un communiste en soutane, un agent du KBG, et de soutenir l'ANC. Aujourd'hui, il semblait n'avoir gardé aucune rancœur de ses souffrances et de ses humiliations d'autrefois. Il souriait, serrait des mains, frappait dans le dos ses anciens ennemis. Grand ami de Dido, il aborda Rosélie, familier, comme une vieille connaissance.

— Dido m'a dit que vous nous quittez. Quand partez-vous ?

Elle n'en savait rien. En réalité, elle avait mollement relevé l'adresse de quelques agences immobilières, et, plus mollement encore, fait le tri de ses effets personnels et l'inventaire des meubles qu'elle espérait vendre. Brusquement, la pensée d'un adieu au Cap la déchirait. Elle s'apercevait qu'à son insu des liens l'amarraient à cette ville, des liens qu'elle n'avait jamais noués avec aucun autre endroit. Même celui de sa naissance. Libérée par magie de ses peurs, elle s'aventurait par les rues, se repaissant de cette beauté insaisissable et arrogante, tellement particulière.

Elle marchait jusqu'à l'embarcadère de Robben Island, le matin, alors, la mer entrouvrait ses yeux gourds de sommeil, gris feutré comme le ciel. Le soleil hésitait sur sa course : sans force qu'il était, devait-il une fois de plus grimper là-haut? Elle n'avait pas le cœur de se mêler à la foule des touristes qui, déjà, faisaient la queue aux ferries en grelottant dans leurs anoraks. Elle attendait le lent apogée de la lumière et la métamorphose du jour tout en arpentant les quais. Ce spectacle ne la lassait jamais. Le monde entier s'y pressait. Des Japonais, des Brésiliens, des Libériens, aussi noirs que des Nègres du Narcisse, lavaient à grande eau le pont de leurs rafiots. Des Américains, des Australiens, des Nordiques, coiffés au contraire de tignasses de chanvre, s'affairaient pour reprendre la mer. À côté des catamarans, oiseaux impatients de s'envoler, se balançant sur la crête des vagues, les curieux admiraient une goélette aux multiples voiles, sortie des premiers âges de la navigation.

Silencieusement, le crépuscule tomba.

Les montagnes rougeoyèrent avant de bleuir et de se fondre dans la noirceur ambiante. Sans crier gare, la pénombre devint ombre. Un à un, les visiteurs se retirèrent et il ne resta plus dans la pièce que le père Roehmer et les amoureux de la Mort, jamais las de ressasser psaumes et litanies. Dido fit circuler un café très fort, parfumé à la cardamome, qui ranima les esprits. Les prières firent place aux discussions. On en vint à Fiéla. Certains étaient d'avis que les prêtres de sa paroisse refusent à ses restes la cérémonie religieuse. D'autres, parmi lesquels le père Roehmer, objectaient. Dans ce pays où la Commission vérité et réconciliation avait absous des tortures inimaginables, des crimes odieux, pourquoi refuser le pardon à Fiéla? Cela causa un vif débat. On ne peut comparer que ce qui est comparable. Peut-on comparer la culpabilité d'un individu à la culpabilité collective des tenants d'un régime politique?

Incapable d'exprimer une opinion, Rosélie se glissa au-dehors.

La cour du Manoir baignait dans l'obscurité. Transfigurés, les arbres, les buissons et même les massifs de fleurs affectaient des formes inquiétantes. Les vieilles superstitions de l'enfance renaissant, elle se mit à courir, son galop désordonné sur les pavés, réveillant les échos du chouval à twa pat de la Bèt à Man Hibè.

Au chevet de son lit l'attendaient, rigides dans le noir, Stephen, Faustin, Fiéla.

La nuit fut longue.

Le taxi de Willem s'amena plus tôt que prévu. À midi, alors qu'on l'espérait vers le début de l'après-midi. Quand il entra dans la chambre, blond et tanné par le soleil, l'odeur des grands espaces dans les replis de ses vêtements, Sofie émit un soupir comme si quelque chose se dénouait en elle. Les yeux écarquillés, elle l'examina de la tête aux pieds afin de graver son image pour l'éternité. Puis elle ferma les paupières tandis qu'un masque de paix se posait sur son visage.

La paix éternelle.

20

À six heures quarante-cinq, la sonnerie du téléphone tira Rosélie de son lit. C'était l'inspecteur Lewis Sithole.

Il ne s'excusa pas d'appeler à une heure si matinale, car il avait une excellente raison. Ainsi qu'il l'avait prévu deux jours plus tôt, Bishupal s'était mis à table, comme on dit en pareil cas. Mme Hillster avait raison, il était incapable de faire du mal à une mouche. Encore moins à Stephen. Ce n'est pas lui qui l'avait abattu. C'est Archie Kronje. L'histoire était rocambolesque. Archie s'était mis dans la tête de faire chanter Stephen. Il lui avait donc demandé de lui apporter trois mille dollars américains cash devant le Pick n'Pay. Pourtant, il le connaissait mal. Stephen s'était bien rendu au rendez-vous, mais batailleur, les mains vides, menaçant Archie de le dénoncer pour son commerce de drogue. La querelle s'était envenimée et Archie avait tiré. On trouverait l'arme du crime chez sa malheureuse mère, entortillée dans une serviette-éponge cachée sous une pile de draps.

Fiéla, Fiéla, tu m'as montré la voie. En finir. L'existence est une potion amère, une purge, un calomel que je ne peux plus avaler.

Pendant des jours, Rosélie abandonna sa pratique et demeura dans sa chambre, pratiquement du matin au soir, du soir au matin, prostrée sur son lit. En dépit du froid de plus en plus vif, elle gardait les fenêtres ouvertes à deux battants pour lutter contre cette sensation d'étouffement qui la gagnait. Elle ne fermait jamais les yeux. Quand la nuit était claire, elle pouvait compter les étoiles qui clignotaient durant des heures, puis s'éteignaient d'un seul coup comme des bougies soufflées sur un gâteau d'anniversaire. La lune était la dernière à disparaître, se balançant jusqu'à l'aube sur son escarpolette. Quand, au contraire, la nuit était d'encre, elle voyait l'air blanchir lentement, le ciel virer au gris, la silhouette de la montagne de la Table surgir, pachydermique, pareille à un éléphant qui surgit des fourrés. D'abord, seuls les éléments du décor naturel prenaient leur place : les nuages, les pins, les rochers. Puis les humains apparaissaient. Les premiers touristes se postaient en faction aux alentours du funiculaire. Un jour nouveau commençait.

Selon Andy Warhol, chacun de nous connaîtra la célébrité pendant quinze minutes de sa vie.

Rosélie n'avait pas prévu que la *Tribune du Cap*, l'*Observer*, d'autres quotidiens, des hebdomadaires, s'empareraient de son histoire pour l'offrir en pâture à des milliers d'individus qui n'avaient jamais entendu parler d'elle. Que les photos de Stephen, Bishupal, Archie, la sienne — mon Dieu, à quoi est-ce que je ressemble, suis-je vraiment si laide ? — orneraient leurs premières pages. Il est vrai que l'affaire était croustillante.

L'honorable professeur de littérature, le spécialiste de Joyce et de Seamus Heaney, qui préparait une étude sur Yeats et s'était illustré dans le théâtre scolaire, assassiné quelques mois plus tôt, menait en réalité une double vie. Pas à dire, il n'y a plus de refuge et l'université ne vaut pas mieux que l'église. Après les prêtres et les évêques pédophiles, voilà les enseignants canailles. Mon Dieu, à qui confier nos enfants ? Que leur apprennent ces faux mentors ? Le vice et rien de plus. Les journaux traçaient à l'envi des biographies romancées de Stephen. À les en croire, cet homme fêté, admiré, respecté avait en douce accumulé les mauvais coups. En Afrique, ses relations en haut lieu lui avaient sauvé la mise. Mais à New York, où on ne badine pas avec l'amour, un mineur s'étant plaint, il avait dû fuir pour échapper à la prison.

Ces circonstances infortunées avaient pourtant un côté positif. Les journalistes avaient découvert que la compagne de ce Docteur Jekyll et Mister Hyde des temps modernes, Rosélie Thibaudin, originaire de la Guadeloupe, une île des Caraïbes sous domination française — il y en a encore, des poussières d'îles, deux ou trois confettis sur la mer —, qui avait tout ignoré des méfaits de son compagnon — quel aveuglement, les femmes sont idiotes —, était un peintre. Le malheur agit souvent comme un aimant. Curieux de considérer la pauvre dupe sous le nez, les gens se bousculèrent rue Faure. Ils avaient compté sans l'à-propos de Dido. Grâce à elle, la maison était devenue un piège. Non seulement ils perdaient leur peine,

Rosélie était invisible, enroulée dans sa douleur, loin des regards, mais ils ne repartaient pas sans un tour par l'atelier. Quoiqu'ils fussent déçus par cette peinture si peu coloriée, si peu riante, si peu exotique en un mot, ils étaient forcés de mettre la main à la poche. Dido était là qui fixait les prix, à la tête du client, avouons-le, et ne tolérait pas d'excuse. Elle prenait au sérieux sa fonction d'imprésario. C'est ainsi qu'à Bebe Sephuma, attirée comme tout le monde par l'odeur du scandale, non seulement elle avait vendu deux toiles pour sa maison de Constantia, mais elle avait arraché la promesse d'expositions simultanées, l'une dans une galerie du Cap, l'autre dans une galerie de Jo'burg. Le soir, montant un bol de soupe à Rosélie, elle comptabilisait complaisamment la recette quotidienne, commentant :

— Tu vois, du mal sort toujours un bien. C'est une loi de la nature.

Rosélie, qui ne contemplait que ruines autour d'elle, ne discernait nulle part la silhouette du bien.

Elle avait honte et elle avait mal.

Quelquefois, elle avait la force de quitter sa chambre, de quitter ce lit que tous avaient bafoué et de monter à son atelier. Ses toiles lui faisaient grise mine.

Nous sommes lasses d'attendre, se plaignaient-elles. Nous ne t'avons rien fait. Est-ce que tu ne sais pas que si tes hommes te trahissent, les uns après les autres, nous, nous n'en ferons jamais autant ? Nous te serons toujours fidèles.

Elle tentait de leur expliquer. La douleur, la

honte s'étaient abattues sur elle, la ravageant, obscurcissant ses certitudes. Il fallait qu'elle se reprenne en main, qu'elle voie clair en elle-même.

Désirait-elle vraiment quitter Le Cap? Pour aller où? Retrouver quoi? L'indifférence de Paris? Le désert de Guadeloupe? Qui était-elle? Qui voulait-elle être? Un peintre? Un médium? Elle finissait invariablement par se désespérer de sa vie saccagée.

Ce matin-là, elle s'habilla très tôt pour ne pas faire attendre Papa Koumbaya. Malgré les efforts de Dido pour l'en dissuader, elle avait pris la décision de rendre visite à Bishupal.

— Qu'est-ce que tu espères de ce petit salaud? fumait Dido. Tu te feras encore plus mal, un point c'est tout.

J'espère comprendre.

Comprendre quoi?

Qu'y a-t-il à comprendre?

L'inspecteur Lewis Sithole, qui passait quotidiennement rue Faure, était du même avis :

— Elle ferait mieux de mettre tout cela derrière elle, répétait-il à Dido qui approuvait hautement.

Derrière moi? C'est un cercle vicieux : si je n'ai pas compris, comment est-ce que je parviendrai, non pas à oublier, mais à me résigner? À repartir en cahotant dans la vie?

Pour invraisemblable que cela paraisse, à qui n'ignore pas la haine séculaire opposant Noirs et métis, Dido et Lewis partageaient une romance. En vérité, Rosélie en était responsable. À force de boire des cafés dans la cuisine en déplorant les diableries insondables de la vie, Lewis et Dido s'étaient trouvés rapprochés. Lewis, qui possédait une Toyota, achetée d'occasion, avait offert à Dido de la reconduire à Mitchells Plains. Là, il était resté d'abord pour partager le dîner, puis le lit où, ma foi, il ne s'était pas comporté plus mal qu'un autre.

Rougissant comme une vierge, Dido confiait à qui voulait l'entendre :

— Il n'est pas très beau, mais il a un cœur gros comme ça.

Elle envisageait à présent de louer sa maison et de déménager chez Lewis dans un immeuble ultra-moderne construit par la police à False Bay. Ses relations avec l'inspecteur lui garantissaient la lecture gratuite de tous les journaux et une connaissance de première des affaires de justice. C'est ainsi qu'elle avait appris que la défense de Bishupal se révélait difficile. Sous ses airs d'ange, il était un têtu. Il refusait d'obéir à la stratégie préconisée par son avocat, encore un jeunot requis d'office, mais on sait maintenant qu'il faut se méfier des jeunots requis d'office : se désolidariser d'Archie, le charger. Au contraire, il revendiquait sa responsabilité. Il avait approuvé le meurtre commis par son ami. Même, il avait acheté le revolver.

La rue émergeait, livide et grelottante, des affres de la nuit. Rosélie fut blessée.

Comme je compte peu ! Alors que je touchais le fond du désespoir, le monde n'a pas changé de place. Les façades délicatement ouvragées, coloriées de teintes pastel, des maisons victoriennes n'ont pas bougé. Les bougainvillées rougeoient de même contre le fer forgé des balustrades. Dans les jardins, les roses ont continué d'embaumer et l'air de vibrer de leur senteur.

En même temps, elle ressentait l'ivresse involontaire d'être en vie.

Rampant le long des rues, l'odeur de la mer, entêtante et chaude comme celle du goudron, me prend aux narines. La main familière du vent me frappe durement au visage.

Déjà levée, le sécateur à la main, Mme Schipper examinait ses arbustes, branche par branche. Pas plus qu'à l'habitude elle ne daigna tourner la tête vers la Thunderbird et Rosélie. Avait-elle pris connaissance des éditoriaux des journaux ou regardé la télévision? Était-elle au courant des derniers détails d'un drame qui s'était joué à sa porte? Est-ce qu'elle le commentait avec ses parents, ses amis?

Et les domestiques qui prenaient leur service? Les gardiens de nuit qui terminaient le leur? Chassé-croisé de pas furtifs. Murmure de salutations respectueuses.

— *Goeimore!*

Personne n'avait manifesté de sympathie à Rosélie. Deogratias avait continué de méditer les béatitudes et de ronfler comme si de rien n'était. Elle ne recevait plus de visites de Raymond, rendu à l'évidence et à la raison. Seuls Dido et Lewis Sithole étaient fidèles, aux petits soins.

Ce dernier lui avait fait cadeau d'un musenda

aux fleurs couleur saumon qu'il avait planté lui-même entre les pieds de l'arbre du voyageur.

En attendant son jugement, Bishupal était détenu à Pollsmoor, ancienne prison politique réservée à présent aux délinquants mineurs. L'autoroute était déjà encombrée de toutes qualités de véhicules rutilants, pleins de gens qui couraient à leurs affaires, à la poursuite de l'argent. Papa Koumbaya, qui n'avait rien manifesté alors que son dieu Stephen roulait dans la poussière, continuait comme par le passé à débiter ses histoires. Elle ne l'entendait pas. Sous ses paupières serrées, elle voyait défiler une succession d'images. Le pire, c'est de tenter de se représenter ce qu'on ignore. De faire surgir une vérité rapiécée ainsi qu'une photo déchirée dont on a recollé les morceaux.

Maintenant, elle comprenait pourquoi, aux dernières grandes vacances, Stephen l'avait laissée seule une semaine à Wimbledon. Prétexte : un colloque sur Oscar Wilde à l'université d'Aberdeen. Elle se rappelait son étonnement. En plein été ? Lui bourrait son sac de voyage sans prendre la peine de lui répondre avec des gestes déterminés. Il l'avait confiée à la garde d'Andrew. Le soir, ils allaient revoir de vieux films de Luis Buñuel. Comme ils ne savaient cuisiner ni l'un ni l'autre, ils dînaient dans les pubs. Malgré ses silences et ses airs bourrus, elle était persuadée de son amitié alors qu'il n'éprouvait de loyauté que pour Stephen.

La prison de Pollsmoor se composait d'une infinité de bâtiments séparés par des cours et reliés par des préaux couverts. Il y régnait une activité de ruche : voitures de police, camionnettes, scooters, et Rosélie dut montrer des dizaines de fois l'autorisation que lui avait obligeamment procurée l'inspecteur Lewis Sithole. Enfin, elle se trouva dans un parloir rectangulaire aux murs barbouillés de couleur crème. Comme d'habitude, partout des Noirs. De rares Blancs. Des mères, toujours elles, reconnaissables à leurs larmes et à leur maintien désolé, étaient assises devant des parois de verre. Il fallait appuyer sur un bouton et parler dans des sortes de cornets acoustiques. Une dizaine de policiers blancs et noirs faisaient les cent pas, l'air mauvais, la main sur la crosse de leurs revolvers.

Quand Bishupal entra, flanqué d'un garde qui le fit asseoir d'une bourrade, Rosélie eut du mal à le reconnaître. Il était vêtu d'un pyjama rayé, trop ample. Sans pitié, on avait rasé sa toison de soie et son crâne apparaissait énorme, couleur de vieil ivoire, çà et là piqueté de noir. Ses yeux immenses mangeaient son visage émacié et il ressemblait à un échappé d'un camp de concentration. Tout cela n'avait pu lui ôter entièrement sa beauté, sa grâce, toute son attraction juvénile. Le cœur de Rosélie se serra de jalousie.

— Pourquoi êtes-vous ici ? murmura-t-il sauvagement. Je ne voulais pas vous voir. Et puis je me suis dit qu'il fallait en finir. Venir vous le dire.

Rosélie se rendit compte que c'était une des premières fois qu'elle entendait le son de sa voix, agréable, basse, un peu nasale. Jusqu'alors, avec elle, il s'était borné à des saluts, des monosyllabes.

— Voici !

— Tenez !

— Merci !

— Merci beaucoup !

L'employé modèle du Three Penny Opera. Le parfait apprenti poète. En réalité, qui était-il ?

Généreuse, la *Tribune du Cap* l'avait dépeint comme un vicieux. Il aurait perdu son modeste emploi à l'ambassade du Népal parce qu'il monnayait ses services avec les visas. À en croire le journal, l'affaire était juteuse. Si les chemins de Katmandou sont moins fréquentés qu'autrefois, on ne s'y bouscule plus, les touristes abondent encore, désireux d'admirer la tour de Bhimsen.

Après quoi, il se serait prostitué.

Où se situait la vérité ? Elle hésitait sans doute entre ces deux extrêmes. Rosélie croyait déchiffrer entre les lignes une histoire de solitude, de naïveté, d'espérances bafouées.

Elle avait préparé un petit discours. Mais, ainsi qu'ils en avaient coutume, les mots lui désobéissaient. Ils s'enfuyaient en désordre à droite et à gauche, et elle restait silencieuse, un sanglot pareil à une arête lui barrant la gorge.

— Il ne vous a jamais aimée, articula-t-il, ses yeux étincelant à travers la partition de verre. Jamais.

Elle ne s'attendait pas à cette méchanceté, qui détruisait tout ce qu'elle s'était imaginé.

— Ni moi non plus, poursuivit-il, ni personne

d'ailleurs. Il n'a jamais aimé que lui-même. Stephen n'avait pas de cœur.

Elle parvint à bégayer :

— Et vous, l'avez-vous aimé ?

Il fit sans émotion :

— Un temps, je l'ai adoré.

Il s'approcha encore plus près de la paroi, martelant entre ses dents serrées :

— Il n'a eu que ce qu'il méritait. Si c'était à refaire, nous le referions. Archie a eu le courage, les couilles qui me manquaient.

Elle s'entendit éclater en sanglots. Il la fixa avec la même froideur, puis reprit :

— Ne nous plaignez pas. Ne nous plaignez surtout pas.

Il y eut un silence.

— Vous savez, même si nous en prenons pour quinze ans, vingt ans, quand nous sortirons d'ici, nous aurons trente-trois, trente-huit ans. Nous aurons encore la vie devant nous.

Il se rejeta en arrière et laissa tomber cruellement :

— Vous, c'est fini.

Les mots la brûlèrent. Elle gémit :

— Pourquoi me haïssez-vous ?

Il se leva avec exaspération et fit signe au gardien que la visite était terminée.

— Vous vous trompez. Je ne vous hais pas. Je n'ai pas de temps pour vous. Ne revenez plus, je vous prie.

Il s'éloigna, résolu, déterminé, et cependant tellement sans défense, tellement pathétique, flottant dans son uniforme trop large, que le cœur de Rosélie se brisa de douleur.

L'entrevue n'avait pas duré cinq minutes.

Rosélie retourna à sa chambre et retrouva son lit, la fenêtre ouverte sur la froidure et le tintamarre de la ville. Elle avait toujours pensé que New York était une ville bruyante. Le Cap l'était bien davantage. Par moments, sa cacophonie l'assourdissait.

Comment parvient-on à terminer ses jours quand on n'a pas de barbituriques à portée de main ? On pousse la porte d'un Pick n'Pay et on cherche de la mort-aux-rats au rayon des produits d'entretien ? Non ! Pas de fin à la Madame Bovary ! La pensée des souffrances atroces d'Emma lui ôtait toute sa détermination. On se taillade les veines comme Fiéla avec une lame de rasoir ? Elle n'en avait pas le courage non plus. Comment procéder ? On reste couchée et on espère le terme fixé par Dieu. Il en avait été ainsi pour Rose, clouée à sa couche, lentement écrasée par son propre poids de graisse.

Peu avant midi, Dido poussa la porte, la mine étrangement réjouie :

— Habille-toi. Tu as une visite, annonça-t-elle mystérieusement.

Une visite ? Tu le sais bien, je ne veux recevoir personne.

Dido insista de la même façon énigmatique :

— Ce n'est pas un journaliste. Ce n'est pas non plus un curieux. Il dit qu'il est un ami.

Un ami? Combien ai-je d'amis dans ce pays? En Guadeloupe? Dans ce bas monde? Personne ne m'aime. Pourtant, la curiosité aidant, elle se leva, passa des vêtements, descendit l'escalier.

Un homme l'attendait au salon. Un Blanc. Grand, un peu ventru, une belle tignasse noire, des yeux gris, des joues hâlées.

Où l'ai-je déjà vu?

— Vous ne me reconnaissez pas? sourit-il. Je m'appelle Manuel Desprez. Mais tout le monde m'appelle Manolo parce que, à mes heures perdues, je joue de la guitare.

Ce fut comme un disque qu'elle entendait pour la seconde fois. La mémoire lui revint. Le thé à l'Hôtel du Mont Nelson, quelques mois plus tôt. Encore un professeur! Je déteste cette engeance pour l'avoir trop fréquentée. Celui-là appartient au département de français. Mais, anglais, français, études orientales, c'est du pareil au même. Même arrogance. Même conviction d'appartenir à l'espèce supérieure. L'espèce des intellectuels.

Il paraît qu'il y a eu un grand débat au Café Créole, émission mensuelle de RFO-Guadeloupe, sur le thème : à quoi servent les intellectuels dans ce pays? Les participants ont tous donné leur langue au chat. Un insolent a osé dire : à rien!

Allons, allons! Ceci est une autre histoire!

— Je ne suis pas venu plus tôt, expliqua-t-il, car, j'en étais sûr, vous préfériez être seule au plus fort de ce brouhaha médiatique. J'ai laissé passer quelque temps, mais je n'ai pas cessé de penser à vous.

Le ton de sympathie émue semblait sincère. On lui manifestait si rarement pareils sentiments que la gorge de Rosélie se noua d'émotion. Elle faillit fondre en larmes. Il s'en aperçut et l'attira contre sa poitrine, fleurant bon le Hugo Boss :

— Pleurez un bon coup si le cœur vous en dit. Dans ma famille, on assure que j'ai des épaules de réconfort.

Elle se dégagea, grimaça un sourire, bredouilla que, non merci, cela allait.

— Voulez-vous que je vous emmène à Clifton ? proposa-t-il. J'y connais un endroit où on mange des moules et où on sert un excellent vin blanc. On se croirait à Bruxelles.

Cela aussi, je l'ai déjà entendu quelque part. C'est terrible comme les hommes manquent d'imagination.

Allons pour Clifton ! Elle le suivit vers la porte sous l'œil hautement approbateur de Dido.

Cette fois encore, la nature démontrait son indifférence à l'endroit du chagrin des hommes. Le soleil radieux, mais glacial, inondait les rues. Le ciel était pareil à une soyeuse écharpe bleue mouchetée de blanc se balançant à l'infini. La mer submergeait tout de son odeur âpre de sel. Sur l'autoroute, toujours des voitures rutilantes, pleines de gens insouciants. Quelle injustice, le bonheur ! Donné aux uns, refusé aux autres. Sans explication.

Le Sea Lodge à Clifton était un restaurant branché pour autochtones. Peu de touristes. À cette heure, il était bondé. Toutes les têtes se levèrent et Rosélie retrouva, comme un habit familier pour un temps écarté, oublié, l'hostilité méprisante de dizaines de paires d'yeux. Un Blanc avec une pute cafrine. Manuel Desprez semblait ne s'apercevoir de rien et argumentait avec la serveuse parce qu'il souhaitait s'asseoir en terrasse. Peut-être était-il secrètement émoustillé par tous ces regards ? Comme Stephen ? Quand ils furent casés, il lui prit la main à travers la table sous l'œil courroucé des voisins.

— Ce qu'il vous faudrait, c'est un voyage ! assura-t-il. Changer d'air. Je suis invité à un festival de guitare à Cadix. Voulez-vous m'accompagner ?

Elle ne répondit pas à cette proposition, préférant poser une question brutale, une question sans détour, la même qu'elle avait posée à Dido :

— Est-ce que vous saviez ?

Il rougit et cette flambée adolescente le rajeunit de trente ans. Il avoua très bas :

— Je m'en doutais. Comme tout le monde. Pas mal de ragots circulaient dans le département. Les étudiants, les profs chuchotaient.

Cela ne les avait pas empêchés de proclamer Stephen professeur de l'année et, connaissant son goût du jazz, de lui offrir l'intégrale de Dollar Brand. Ah ! Là où il était, il devait bien rire de leur hypocrisie !

Mais moi, dans tout cela ? N'étais-je pas la plus hypocrite ? Que pensait-il de moi ?

Il ajouta gauchement :

— Stephen vous aimait infiniment, n'en doutez jamais.

Tiens, il y a deux jours, quelqu'un de bien placé pour savoir de quoi il retournait m'a affirmé le contraire. Il insista :

— Oui. Tous ceux qui l'ont connu, qui l'ont approché, le savent. Il parlait sans arrêt de vous. Il se faisait beaucoup de souci. Il disait que vous étiez hyper-sensible, une écorchée vive. Il ne songeait qu'à vous protéger.

Et pourtant, c'est lui qui m'a finie, qui m'a tuée. Histoire banale.

« *Each man kills the thing he loves.* »

— Partons à Cadix, répéta-t-il plaisamment. Je suis un compagnon de voyage modèle, discret, obéissant. Je ne ferai que ce que vous voulez. Si cela vous chante, je me contenterai de porter vos valises.

« *Fanm tonbé pa janmin dézespéwé* », clame la chanson guadeloupéenne. Bishupal, avec l'outre-cuidance de l'extrême jeunesse, s'était trompé. La vie d'une femme n'est jamais finie. Il se trouve toujours des hommes pour l'aider à continuer son chemin. Salama Salama l'avait vengée de l'ennui et de la solitude de son adolescence. Stephen lui avait évité la déprime après l'abandon de Salama Salama. Faustin l'avait réchauffée du froid de la mort de Stephen. Ce Manuel s'offrait à la consoler et de la trahison de Stephen et de celle de Faustin. Mais, précisément, tous ces sauveurs providentiels ne la sauvaient pas. Ils ne faisaient que la détourner d'elle-même. Ils ne faisaient que la détourner de ce qui aurait dû être l'essentiel de ses préoccupations. Sa peinture. Qu'aurait été son existence si, à Paris, elle n'avait pas rencontré Salama Salama, qui l'assourdissait de ses accords de reggae? Si, à N'Dossou, elle n'avait pas rencontré Stephen, tout occupé de Seamus Heaney ou de Yeats? Au Cap, Faustin, espérant sa nomination? Sans doute, elle se serait concentrée sur elle-même. Elle n'aurait pas relégué sa création au rang de hobby, ne mettant jamais ses jours en péril. Elle se serait battue, bec et ongles, pour la parachever, l'imposer.

Elle regarda Manuel Desprez. Pas de doute, ce quinquagénaire bien entretenu, trois heures par semaine de gymnastique à Équinoxe, une heure de marche à pied quotidienne, de la natation, devait bander à la perfection et ferait un excellent amant. Pourtant, elle ne l'accompagnerait pas à Cadix, prélude à une nouvelle histoire de cœur, de sexe ou des deux qui, à plus ou moins brève échéance, se solderait par une désillusion. Encore une. En outre, elle n'avait plus le courage de passer par où elle avait passé toutes ces années, de supporter à nouveau l'exclusion et l'incompréhension. Le couple mixte est un vin fort pour tempéraments robustes. Que les faiblards s'en abstiennent.

Elle n'avait que trop perdu de temps.

Brusquement, son futur lui apparaissait, voie droite, chemin tout tracé, pour les années qui lui restaient à vivre.

Fiéla, tout bien réfléchi, tu ne m'as pas donné l'exemple. Tu as choisi de mourir. Or, ce n'est pas mourir qu'il faut mourir. C'est vivre qu'il faut vivre. S'accrocher à la vie. Obstinément.

Elle ne quitterait pas Le Cap. Souffrance vaut titre. Cette ville, elle l'avait gagnée. Elle l'avait faite sienne en un mouvement inverse de ses ancêtres dépossédés d'Afrique, qui avaient vu surgir, tel un mirage à l'avant des caravelles de Colomb, les îlots où ils feraient germer la canne et le tabac de leur re-naissance.

Je n'userai plus mon cœur à l'amour. Pourquoi n'attache-t-on pas plus d'importance aux romances, aux chansons populaires? Elles détiennent la vérité. Quand j'étais petite, Rose qui chantait encore, quoique d'une voix étranglée, avait constamment une mélodie à la bouche. Cet air entendu depuis que j'étais au berceau, j'aurais dû en tirer profit :

> *Ah! N'aimez pas,*
> *n'aimez pas sur cette terre!*
> *Quand l'amour s'en va,*
> *il ne reste que les pleurs.*

Elle regarda à nouveau Manuel, sa figure séduisante, attentionnée, et dit fermement :

— Je n'irai pas à Cadix avec vous. Je n'ai jamais aimé les voyages. C'est Stephen qui m'y entraînait et j'obéissais. Maintenant, je ne veux faire qu'à ma volonté.

Il ne s'avoua pas battu et sourit :

— Alors, je n'irai pas non plus. Moi aussi, je suis un casanier. Je reviendrai vous voir, si vous le permettez, et nous écouterons les *Suites pour violoncelle* de Bach. Vous aimez Bach ?

Après Verdi, Jean-Sébastien Bach ?

Quatre à quatre, Rosélie courut jusqu'à son atelier, sans prêter attention à Dido, curieuse comme une mère maquerelle, debout au seuil de sa cuisine pour s'enquérir des nouvelles. Les fenêtres étaient restées ouvertes. Le soleil de cinq heures débordait, frigide. Cependant, pour l'œil familier des nuances, son éclat était terni. Déjà, la noirceur guettait, pareille à une bête qui a grand goût et rôde à l'arrière-plan. Peu à peu, la montagne de la Table serait défaite par l'ombre et relâcherait sa surveillance sur Le Cap. Alors, de tout partout, des banlieues, des quartiers pauvres et de l'infini des terrains vagues, surgirait la cohorte des amoureux frustrés qui, n'ayant pu posséder la ville de tout le jour, se défoulaient la nuit sur son corps enfin vulnérable, accessible, offert.

Rosélie sélectionna soigneusement une toile : cent dix centimètres sur cent trente. Elle la fixa au mur. S'emparant d'un crayon, sa main rapide, précise, dessina une paire d'yeux en son mitan. Les yeux qui l'avaient tellement impressionnée. Yeux mal éclos, yeux à moitié fendus, yeux comme entravés de chair où le feu des prunelles filtrait entre les paupières. Pour ces yeux-là, le monde alentour ne comptait pas. Seul importait ce qui bouillonnait à l'intérieur et dont nul n'avait conscience. La figure en entier serait construite à partir des yeux. Ensuite, un à un, elle déboucha ses tubes de peinture, sélectionnant les couleurs qu'elle affectionnait : rouge, noir, bleu, vert sombre, blanc. Elle les pressa contre ses paumes, étalant le contenu sur sa palette. Sourdement, elle sentait se réveiller en elle l'impatiente clameur de ses entrailles se préparant à l'enfantement. Enfin, elle s'approcha du carré de toile où le regard tellement impénétrable soutenait le sien et, avec détermination, elle se mit à peindre.

Fiéla, est-ce toi ? Est-ce moi ? Nos deux figures se confondent.

Cette fois, elle était en possession de son titre. Elle l'avait trouvé avant même que de commencer son ouvrage. Il avait surgi du plus profond d'elle-même au bout d'une marée incontrôlable : *Femme cannibale.*

DU MÊME AUTEUR

Livres pour enfants

HAÏTI CHÉRIE, Bayard Presse, 1986 ; nouvelle éd. RÊVES AMERS, 2005

HUGO LE TERRIBLE, Sépia, 1989 ; 2010

LA PLANÈTE ORBIS, Éditions Jasor, 2001

SAVANNAH BLUES, Je Bouquine, *n° 250*, 2004 ; Sépia, 2009

À LA COURBE DU JOLIBA, Grasset Jeunesse, 2006

CHIENS FOUS DANS LA BROUSSE, Bayard Jeunesse, 2008

Composition Bussière
Impression Maury-Imprimeur
45330 Malesherbes
le 3 octobre 2018.
Dépôt légal : octobre 2018.
1ᵉʳ dépôt légal dans la collection : juin 2005.
Numéro d'imprimeur : 230720.

ISBN 978-2-07-030915-3. / Imprimé en France.

343093